Judith Cook, 1933 in Manchester geboren, ist Journalistin und Autorin einer Reihe von Büchern zu historisch-literarischen Themen. Sie lehrt englische Literatur an der Universität von Exeter und lebt in Cornwall.

Judith Cook

Tod einer Zofe

Ein historischer Kriminalroman

Deutsch von
Regina Baumann

rororo

Rowohlt

Die Originalausgabe erschien 1997 bei Headline, London
unter dem Titel «Death of a Lady's Maid»
Umschlaggestaltung: Walter Hellmann
Illustration: Jürgen Mick

Lektorat: Boris Heczko

Deutsche Erstausgabe
Veröffentlicht im Rowohlt Taschenbuch
Verlag GmbH, Reinbek bei Hamburg, Mai 1998

Satz Baskerville (PageOne)
Gesamtherstellung Clausen & Bosse, Leck
Printed in Germany
ISBN 3 499 22349 x

Für Sylvia Parrell,
die immer für mich da ist

FROM THE SHELDON TAP

(BODLEIAN) MAP, LATE 16th CENTURY.

Danksagung

Ganz besonders herzlich möchte ich Dr. A. L. Rowse danken, der das Tagebuch und die Patientengeschichten des historischen Simon Forman editorisch betreut und in Auszügen veröffentlicht hat und ihn als Person zugänglich gemacht hat. Lange hat er mich dazu angeregt, über Simon zu schreiben, auch wenn er vielleicht mit einem anderen Ergebnis gerechnet hat!

Dank gebührt auch dem *Royal College of Physicians* für tatkräftige Unterstützung sowie der Bibliothek des *Shakespeare Centre* in Stratford-on-Avon für die Nutzung ihrer wertvollen Unterlagen.

1. Kapitel

Eliza – «Wie die Königin»

Die Leiche trieb stetig stromabwärts, etwas schneller jetzt, denn der Fluß war durch die Ebbe und den ungewöhnlich heftigen Regen stark angeschwollen. Sie wurde jedoch aufgehalten, als sie gegen einen Pfeiler der London Bridge schlug, ein Hindernis, das ihr Vorankommen so hemmte, daß sie auf das Surry-Ufer zugetrieben wurde, wo der Wasserstand rasch sank. Dort lag sie unmittelbar unter der Wasseroberfläche und wurde immer wieder durch die Röcke nach oben getragen. Und genau dort fand sie der Fährmann.

Wie an jedem seiner Arbeitstage war er noch vor Morgengrauen aufgestanden, und nachdem er einen Krug mit schalem Ale geleert und ein Stück trockenes Brot verzehrt hatte, war er durch den Regen zu der Anlegestelle oberhalb von Westminster gegangen, wo sein Boot lag. In jedem normalen Jahr wäre das Wetter Ende Juni gut gewesen, und zahlreiche Fahrgäste hätten auf ihn gewartet, aber 1591 war kein normales Jahr. Einem harten Winter war der kälteste und regenreichste Frühling seit Menschengedenken gefolgt, und unheilvolle Zeichen deuteten darauf hin, daß womöglich die Pest bald wieder umgehen würde.

Der Fährmann ging dort seiner Arbeit nach, wo er den besten Verdienst erhoffte. Im Frühsommer begann er den Tag flußaufwärts und brachte die Lavendelpflücker ans andere Ufer zu den Wandsworth-Feldern; aber jetzt faulte der Lavendel, bevor er hatte blühen können. Aus Gewohnheit nahm er jedoch seinen üblichen Platz ein, und schließlich tauchte eine einsame Gestalt aus der Dunkelheit auf, ein junger Bursche, gehüllt in einen alten Umhang. Zitternd stieg er ins Boot und murmelte, der Fährmann solle ihn zur flußabwärts gelegenen Seite der London Bridge bringen, denn er käme sonst zu spät zur Arbeit.

So beugte sich der Fährmann zu seinen Rudern hinab und nutzte die Ebbe. Vereinzelt glommen an beiden Ufern Lichter auf, während Regennässe an ihren Gesichtern haftete und die Themse brackig roch. Die kräftige Strömung brachte sie schnell flußabwärts zur Brücke, und der Fährmann schickte sich an, sein Boot gekonnt unter den Bögen hindurchschnellen zu lassen, als ein Ruder gegen irgend etwas unmittelbar unter der Wasseroberfläche stieß.

«Was ist los?» wollte der Fahrgast wissen.

Der Fährmann brummte. «Keine Ahnung. Irgend etwas im Wasser. Hier, nehmt dieses Ruder und versucht, das Boot ruhig zu halten, während ich nachsehe.» Sein eigenes Ruder noch immer fest in der Hand, kniete er sich hin, beugte sich hinaus und versuchte, es aus dem Gewirr zu befreien, das sich darumgeschlungen hatte. Was auch immer das Ruder festgehalten hatte, plötzlich gab es nach, und als das Ruder auftauchte, erkannte der Fährmann, daß er es mit einer Leiche zu tun hatte. An sich war das nicht so ungewöhnlich, leichtsinnige Betrunkene, Opfer von Straßenräubern und verführte junge Frauen fanden nur zu oft im Fluß den Tod. Er erschrak. Die Vorschriften der Stadt und seines Gewerbes verlangten, daß ein Fährmann, der eine Leiche im Fluß fand, diese an Land zu bringen und unverzüglich die zuständigen Behörden zu informieren hatte; die Suche nach diesen Behörden konnte eine lange und mühselige Sache sein. Am Horizont kündete ein fahler Streifen einen tristen Morgen an, aber wenn es hell wurde, konnte der Fährmann wenigstens auf Kundschaft hoffen. Wenn er sich jedoch vorschriftsmäßig verhielt, die Leiche ans Ufer brachte, einen Constable aufsuchte und eine offizielle Aussage machte, konnte das den halben Tag dauern, und das bedeutete, daß er kostbare Arbeitszeit verlor. Er stieß einen Fluch aus.

«Was ist denn?» fragte sein Fahrgast, der immer ärgerlicher wurde, während er sich mit dem schweren Ruder abmühte.

«Eine verfluchte Wasserleiche. Der Vormittag ist hin, es sei denn...» Der Fährmann hielt inne und fügte dann hinzu: «Sitzt nicht herum und starrt mich an, helft mir, sie ins Boot zu schaffen.» Das war kein leichtes Unterfangen, denn obwohl sie abseits der Hauptströmung lagen, zog der Fluß sie doch in Richtung Meer. Sie setzten mehrmals an, bevor es ihnen gelang, die triefend nasse Last über die Bordwand ins Boot zu hieven; danach waren sie beide völlig durchnäßt, und im Boot stand ordentlich Wasser. Sie betrachteten ihren Fang. Es war ein junges Mädchen. Leere Augen starrten sie aus einem wächsernen Gesicht an.

Während das Boot wieder zur Flußmitte zurücktrieb, schaute der Fährmann flußaufwärts zu einem Haus nah am Ufer, in dem Licht leuchtete. Er faßte einen Entschluß. Er begann wieder zu rudern und steuerte auf das Licht zu.

«He, wohin wollt Ihr?» fragte der Fahrgast erstaunt. «Ich habe doch gesagt, ich komme zu spät zur Arbeit, und jetzt bringt Ihr mich dahin zurück, woher wir kommen.»

«Ich konnte ja nicht wissen, daß wir eine Leiche finden würden», entgegnete der Fährmann. «Aber da ich nicht den ganzen Tag Zeit habe, mich damit aufzuhalten, will ich sie zu Dr. Forman bringen. Er wird wissen, was zu tun ist.»

Dem Jungen blieb der Mund offenstehen. «Zu dem, der Schwarze Kunst betreibt?»

«Dr. Forman betreibt keine Schwarze Kunst. Vergangenes Jahr hat er einen Abszeß an meinem Hals geöffnet und wunderbar geheilt. Die Leute behaupten alles mögliche.» Der Fährmann steuerte das Boot zurück in die Hauptströmung und dann auf das Licht zu.

Ungefähr zu der Zeit, als die Leiche auftauchte, verließ ein Mann ein kleines Haus in einer Gasse in der Bankside; er hatte sich zum Schutz gegen das Wetter gut eingemummt und trug eine große Ledertasche. Er seufzte, als die Tür sich hinter ihm schloß, denn er hatte nichts tun können. Während er sich auf den Heimweg machte, verweilten seine Gedanken bei der Frau, die er soeben verlassen hatte. Eigentlich stand Simon Forman jeden Morgen sehr zeitig auf, um die Notizen über die Behandlungen des Vortages in sein Patientenbuch einzutragen, aber an diesem Morgen hatte ihn um drei Uhr der Mann der alten Frau geweckt, der der Obst- und Gemüsestand beim *Green Dragon* gehörte. Er hatte ihm selbst die Tür geöffnet.

«Es ist wegen Sara», hatte der alte Mann, den Tränen nahe, gesagt. «Sie ist sterbenskrank. Werdet Ihr kommen? Hier ist ein Florin, das ist alles, was wir haben.» Simon wehrte ab. «Geht zurück und sagt ihr, daß ich mich anziehe und sofort komme. Ist es wieder ihr Husten?»

Der alte Mann nickte. «Er zerreißt sie. Und jetzt hat sie auch Fieber und atmet so.» Er gab keuchende Laute von sich. «Und sie phantasiert. Bat mich, einen Priester zu holen. Gut, antwortete ich, ich hole den Pfarrer, aber sie sagte nein, den Priester. Sie hat vergessen, daß es keine Priester mehr gibt.»

Nachdem er sich angezogen hatte, ging Simon in sein

Arbeitszimmer, goß Mohnsirup und einen Aufguß aus Weißem Andorn in zwei kleine Fläschchen, packte sie zusammen mit zwei weiteren Dingen in seine Tasche und machte sich auf den Weg zu seiner Patientin. Ihr Mann führte ihn nach oben, wo sie sich auf der Strohmatratze des Ehebettes unruhig hin und her wälzte. Der Raum war ärmlich ausgestattet, aber sauber, lediglich eine in Öl getauchte Binse spendete Licht. Simon nahm zwei Kerzen aus seiner Tasche und zündete sie an; wenn er arme Leute besuchte, trug er immer einige bei sich. Gute Kerzen waren teuer, und in vielen Häusern wurde bei der Beleuchtung gespart.

Behutsam beugte er sich über die Frau. Es gab kaum Grund, sie zu untersuchen, denn er sah sofort, daß ihr Tod nahe war, litt sie doch an jener Erkrankung der Lunge, die viele alte Menschen dahinraffte, wenn das Wetter kalt oder feucht war. Er wandte sich dem alten Mann zu. «Dies liegt nun in Gottes Hand, aber zumindest kann ich ihr Linderung verschaffen. Ihr braucht die Hilfe einer Frau. Geht in die Rose Alley, fragt, ob Mutter Baker da ist, und bestellt ihr, Dr. Forman lasse fragen, ob sie herkommen kann.» Der alte Mann zögerte. «Ich werde sie bezahlen. Seit ich nach London zurückgekommen bin, hat Eure Frau mich mit köstlichem Obst und Gemüse versorgt.»

Simon beugte sich zu der Frau hinab, hob ihren Kopf und gab ihr mit einem Löffel etwas von dem Andorn. Schon bald wurde sie ruhig, öffnete die Augen und suchte ängstlich nach ihrem Mann. Dann richtete sich ihr Blick auf Simon. «Gut, daß Ihr gekommen seid, Doktor», flüsterte sie, «aber wir wissen beide, daß es nichts nützt. Ich sterbe, nicht wahr?» Er nickte, denn er wollte sie nicht belügen. «Dann geht nach Hause, Ihr braucht Schlaf. Das Geld im Strumpf unter der Matratze ist für meine Beerdigung besser angelegt als für Euer Honorar.»

Sie tätschelte seine Hand, und er ergriff die ihre. «Euer Geld ist dort gut aufgehoben. Jetzt bezahle ich all die Äpfel und Apfelsinen, die ich in den letzten beiden Jahren von Euch bekommen habe.»

Sie lächelte, dann huschte ein kummervoller Ausdruck über ihr Gesicht, und sie versuchte verzweifelt, sich aufzusetzen. «Ich habe Angst ...»

«Das haben wir alle, Sara, ob wir unsere Stunde kennen oder nicht», gab Simon zur Antwort.

«Nein, Doktor, es ist nicht der Tod, vor dem ich Angst habe, sondern das, was danach kommt. Ich bin zur Zeit der alten Religion geboren worden, als man Sünden dem Priester beichtete und dieser Gott um Vergebung bat, wenn man sie bereute. Aber heute gibt es solche Priester nicht mehr.» Sie fing an zu weinen. «Und so sterbe ich mit einer Todsünde auf dem Gewissen. Wollt *Ihr* meine Beichte hören?»

«Um Himmels willen, Sara, ich bin kein Mann Gottes! Weit davon entfernt. Ich kann nicht glauben, daß Ihr eine so entsetzliche Sünde begangen habt, daß Ihr das Jüngste Gericht des Allmächtigen Gottes fürchten müßt», erwiderte Simon, aber sie ließ sich nicht trösten, und so hörte er an, was sie zu sagen hatte. Ihr Mann war zur See gefahren, als sie geheiratet hatten, und sie hatten eine gute Ehe geführt, aber sie war kinderlos geblieben, ein trauriger Umstand, den sie als Gottes Willen hatte annehmen müssen. Kurz vor ihrem vierzigsten Geburtstag, als ihr Mann gerade auf See war, hatte ein Hausierer an die Tür geklopft, ein Mann mit fröhlichem, gebräuntem Gesicht, der Ohrringe trug und ihr schöne Augen machte.

«Gott vergebe mir, ich hatte nie zuvor einen Fehltritt begangen, nicht einmal in Gedanken, und er muß zehn Jahre jünger gewesen sein als ich, aber er hatte eine ganz eigene

Art, und es war Frühling – Mai.» Zwei Wochen lang hatte ihre Liebe gedauert, dann war er gegangen, und sie hatte ihn nie wieder gesehen. Bald wußte sie, daß sie schwanger war. «Es war wie ein Wunder. Aber ich konnte meinem Mann, wenn er nach Hause kam, nicht mit dem Kind eines anderen gegenübertreten.»

«Und das Baby?» wollte Simon wissen.

«Es wurde im Februar geboren, ein Winterkind, und obwohl ich vierzig war, eine leichte Geburt. Ich brachte es heimlich im Haus meiner Schwester auf dem Land zur Welt, und sie zog das Kind wie eins ihrer eigenen auf. Ich habe meine Tochter seit vielen Jahren nicht mehr gesehen, sie weiß nicht, daß ich ihre Mutter bin.» Sie rang nach Luft. «Jetzt wird sie es nie erfahren.»

«Wenn das Eure entsetzliche Sünde ist, Sara, dann hat sie fast die ganze Menschheit begangen – und ich vor allen anderen», fügte Simon zerknirscht hinzu, denn es war ihm bewußt, wie leicht gerade er dieser Versuchung erlag. «Ich bin kein Priester, aber ich glaube bestimmt, daß Ihr nichts zu fürchten habt. Gott wird wohl mit den wirklich Ehrlosen und Schlechten genug Rechnungen zu begleichen haben und wird sich nicht um eine Frau kümmern, die aus Liebe ein Kind geboren hat. Wenn er all jene, die so in Versuchung geführt wurden, verstoßen wollte, wäre der Himmel leer und das Fegefeuer überfüllt! So, ich werde Euch etwas Mohnsirup geben, damit Ihr schlafen könnt.» Er half ihr, sich wieder hinzulegen, als ihr Mann in Begleitung einer freundlich wirkenden Frau zurückkam. Simon nahm sie zur Seite und steckte ihr eine Münze zu. «Sollte sie wach werden, gebt ihr etwas mehr von dem Sirup. Es wird nicht lange dauern.»

Simon war so tief in Gedanken versunken, daß er, ohne es zu bemerken, die Ufertreppen bei seinem Haus erreichte. Er schaute herab und sah, daß eine Fähre anlegte. Das Boot war offenbar schwer zu manövrieren, es lag tief im Wasser. Der Fährmann sprang heraus, und während er es vertäute, rief er herauf: «Könnt Ihr uns helfen? Wir haben eine Wasserleiche gefunden.»

Simon seufzte, die Aussicht auf ein herzhaftes Frühstück verflüchtigte sich. Nachdem er seine Tasche abgestellt und den Mantel ausgezogen hatte, stieg er vorsichtig die rutschigen Stufen hinab. «Na», begrüßte ihn der Fährmann, «wenn das kein Glück ist. Ich bin auf dem Weg zu Euch, Dr. Forman.» Sein Fahrgast musterte den angeblichen Geisterbeschwörer mit einiger Besorgnis, aber alles, was er sah, war ein Mann mittlerer Größe in den Dreißigern. Wenn man es genau nahm, war er nicht schön zu nennen, doch sah er nicht schlecht aus mit seinen lebhaften braunen Augen und der sonnengebräunten Haut, die verriet, daß er im Süden gewesen war. Winzige Wassertropfen schimmerten in seinem kastanienbraunen Haar, und in einem Ohr glitzerte ein goldener Ring. Er sah nicht aus wie einer, der Umgang mit dem Teufel pflegt.

Mit vereinten Kräften hievten die drei Männer die Leiche aus dem Boot auf die Treppe. Das in ihren Körper gedrungene Wasser machte sie sehr schwer. «Wartet hier», sagte Simon, «ich hole meinen Diener, er wird uns helfen, sie nach oben zu schaffen.»

Unmittelbar darauf kehrte er mit einem großen, grauhaarigen Mann zurück, dessen Gesicht durch die Narbe von einem alten Schwerthieb entstellt wurde; er fluchte laut. John Bradedge, der am frühen Morgen nie in Höchstform war, vermochte nicht einzusehen, warum der verfluchte Fährmann die Sache nicht allein hatte regeln können. Das gab er auch dem Fährmann deutlich zu verstehen, worauf dieser antwortete, er bitte Dr. Forman um

Rat, weil der Arzt einen Abszeß an seinem Hals behandelt hatte, also scheine er der richtige Mann für diese Angelegenheit zu sein.

Sie trugen die Leiche die Treppe hinauf und legten sie auf den Kai. Langes blondes Haar breitete sich wie ein nasser Schleier aus, das trübe Morgenlicht verlieh ihm einen grünlichen Schimmer. Es erinnerte Simon an die zarten Gräser, die in Wiltshire, wo er geboren war, im Mai an Teichen und an Flußufern wuchsen. Die kleinen weißen Blüten dieser Gräser hatten einen unangenehmen Geruch verströmt. Dies tat die Leiche nicht, was darauf hindeutete, daß das Mädchen noch nicht lange tot war. Er bückte sich und schaute ihr ins Gesicht, betrachtete sie genau. «Um Himmels willen!» rief er aus. «Ich kenne sie!»

Nachdem sie die Tote in ein Nebengebäude hinter dem Haus gebracht hatten, schickte Simon den Fährmann und seinen Fahrgast fort; er selbst ging mit seinem Diener ins Haus. Dort traf er Johns Frau Anna, die ein Kind von ungefähr eineinhalb Jahren auf der Hüfte trug. Sie war inzwischen vertraut genug mit Simon, um ihm Vorwürfe wegen seines Aufzugs zu machen, und kündigte an, sie werde sich um sein Frühstück kümmern, während er seine nassen Sachen auszog.

Eine halbe Stunde später kehrte Simon, der inzwischen gefrühstückt hatte, in das Nebengebäude zurück. Auch nach Tagesanbruch blieb es düster und trübe, und so löschte er die flackernde Kerze nicht. In der Stille hörte man nur das Geräusch der Wassertropfen, die stetig aus den Kleidern und Haaren der Toten auf den Boden fielen. Er öffnete die Fensterläden, um ein wenig Licht hereinzulassen, nahm die Kerze und musterte die Leiche aufmerksam; dabei dachte er daran, wie das Mädchen vor etwa vier

Monaten zu ihm gekommen war. Sie war ohne Anmeldung erschienen und hatte ihn gebeten, ihr Horoskop zu erstellen. Das erste, was ihm an ihr auffiel, war ihre ungewöhnliche Blässe; ihr Haar war so hell, daß es fast weiß wirkte, ihre Augenbrauen ebenso, und ihre Augen waren blaßblau. Sie war schlank und hatte doch eine volle Brust; einen solchen Körper fand er oft verführerisch, den ihren jedoch nicht. Mit der ihm eigenen Empfindsamkeit spürte er bei ihr eine frostige Ausstrahlung, die auf ihn nahezu abstoßend wirkte. Sie erinnerte ihn an eine kleine Katze. Ihr hellgraues Kleid war sauber und aus gutem Stoff, aber ganz schlicht; er stufte sie als Dienerin ein.

Er hatte ihr erklärt, daß er ihr Horoskop nicht anfertigen konnte, während sie wartete. «Ich muß Fragen stellen, die Antworten notieren, außerdem das Datum und die Stunde, in der Ihr geboren wurdet. Aber ich bin sehr beschäftigt, muß mich um meine Patienten kümmern; ein gutes Horoskop zu erstellen braucht Zeit. Kommt in zwei Tagen wieder, dann ist es fertig. Ich vermute, Ihr könnt lesen?» fügte er hinzu.

Sie nickte. Aber als es dann um persönliche Auskünfte ging, gab sie nur wenig von sich preis. Sie hieß Eliza – «wie die Königin» –, und ihr Vater war erster Pferdeknecht auf einem Landsitz, ihre Mutter war für das Milchvieh zuständig, aber sie verschwieg wo. Sie war siebzehn und ihr Geburtstag der 10. Juli 1575: «Meine Mutter erzählte, ich wurde genau in dem Moment geboren, in dem die Sonne aufging.» Aber das Mädchen schien nicht bei der Sache zu sein. Ihr Blick schweifte durch den Raum, den Simon als Arbeits- und Behandlungszimmer nutzte. In den Regalen standen zahlreiche Gläser und Flaschen jeglicher Form und Größe, Schachteln mit kleinen Fläschchen, Mörsern und Stößeln, furchteinflößende Instrumente aus Metall und etliche in

Leder gebundene Bücher. Auf Nachfragen hin hatte Eliza ihm widerstrebend einige Auskünfte über ihre Gesundheit, ihre Konstitution und ihre Eßgewohnheiten gegeben.

Während er alles Wichtige notierte, strich sie leise im Raum umher, betrachtete die Himmelskarten, die an einer Wand hingen, und blieb vor dem großen, fünfzackigen Stern stehen, der auf den Boden gemalt war. Er schien sie zu faszinieren. Sie blieb stehen und blickte ihn an. «Stimmt es, daß Ihr den Teufel beschwören könnt, Dr. Forman?»

Simon seufzte. «Um Himmels willen, Mädchen, ich bin doch nicht Dr. Faustus. Ihr wart zu oft im Theater.» Dann war er aufgestanden, um sie hinauszubegleiten. «Es wäre gut, wenn Ihr mir gegenüber offener wärt. Ihr seid sehr jung. Was erhofft Ihr Euch, was soll Euer Horoskop zeigen?»

Sie blickte ihn mit ihren seltsamen hellen Augen fest an. «Reichtum.» Das überraschte ihn. Normalerweise erwarteten junge Männer diese Vorhersage. Hoffte sie, daß jemand ihr Geld hinterließ? Auf eine Mitgift vielleicht?

«Habt Ihr Aussichten darauf?»

«So kann man es sagen» erwiderte sie ernst.

«Ist das alles? Wollt Ihr nicht wissen, ob Ihr bald einen Verehrer oder einen Ehemann finden werdet und wer es sein wird? Das ist es, was die meisten jungen Frauen wissen wollen.»

«Ich bin nicht wie die meisten jungen Frauen», sagte sie. Er öffnete ihr schon die Tür, als sie plötzlich innehielt. «Beantwortet mir eine Frage, Dr. Forman. Stimmt es, daß ein Mädchen beim ersten Zusammensein mit einem Mann nicht schwanger werden kann?»

Er mußte lachen. «Geht es etwa darum? Wenn Euer junger Mann das behauptet hat, kann ich nur hoffen, daß er bereit ist, das Aufgebot zu bestellen und den Ring zu kaufen! Es ist durchaus möglich, dabei schwanger zu werden. Seid Ihr also doch einem Mann versprochen?»

Die ersten Anzeichen weiblichen Zweifels amüsierten ihn, er klopfte ihr auf die Schulter.

Sie fuhr zurück und erstarrte. «Es gibt keinen jungen Mann und keine Heiratspläne.»

«Dann nehmt dies als Warnung. Wer Euch diese Geschichte erzählt hat, hat sie auch anderen unerfahrenen Mädchen erzählt.»

Darauf erwiderte sie nichts, sondern vereinbarte lediglich, wann sie ihr Horoskop abholen konnte. Während Simon ihr nachblickte, dachte er über ihre letzte Frage nach. Wenn es kein Freier war, wer dann? Der Sohn des Hauses? Ein junger Verehrer, der einen ansehnlichen Preis für eine Jungfrau forderte? Er fand es erstaunlich, daß trotz jahrhundertelanger Erfahrung junge Frauen noch immer derselben alten Geschichte Glauben schenkten: die lange Reihe weinender Mädchen, die ihn um Rat ersucht hatten, bezeugte das.

Wie vereinbart kam Eliza zwei Tage später wieder. Er hatte Schwierigkeiten mit ihrem Horoskop gehabt, einmal weil sie so zurückhaltend gewesen war, aber auch weil ein unerklärlicher Schatten über ihrer Zukunft zu liegen schien. Sie hörte ernst zu, als er das Horoskop mit ihr durchging: ja, ein Vermögen, aber dann... Er konnte es einfach nicht deutlich erkennen. Daher sagte er ihr, er wolle kein Honorar verlangen, sie solle in ein paar Wochen wiederkommen, dann wolle er es noch einmal versuchen. Sie nahm das Horoskop, dankte ihm und sagte dann: «Da Ihr Arzt seid, bittet meine Herrin Euch um einen starken Schlaftrunk. Sie hat viele Nächte lang wach gelegen und braucht Ruhe.»

«Dann ist es am besten, sie kommt selbst oder ich besuche sie», antwortete Simon.

Wieder einmal hatte sie ihn ganz merkwürdig angeschaut. «Ich werde es ausrichten, aber kann ich nicht bis dahin einen solchen Trunk bekommen? Sie leidet sehr.»

Widerstrebend goß er etwas Flüssigkeit in ein winziges Fläschchen. «Hier, nehmt dies. Es ist schwacher Mohnsirup. Bevor sie zur Ruhe geht, muß sie ihn nehmen, so wie er ist oder mit Wein vermischt.»

Sie sah überhaupt nicht erfreut aus. «Ist das alles, was Ihr mir gebt?»

«Das ist alles, was ich Euch oder irgend jemandem gebe, den ich nicht selbst untersucht habe. Mit Mohnsirup, egal ob schwach oder kräftig, muß man vorsichtig sein. Das hier reicht für eine Nacht ruhigen Schlaf, aber wenn das Problem schwerwiegend ist, muß ich die Ursache kennen und ein milderes Mittel verordnen. Gepreßter Lattich, mit Rosenblättern gekocht, wirkt zuverlässig und ist weniger gefährlich. Sagt das Eurer Herrin.»

Sie sah aus, als wolle sie widersprechen, aber dann zuckte sie die Achseln, bezahlte und ging. Er hatte sie nicht wiedergesehen und konnte sich auch an keine Patientin erinnern, die ihre Herrin hätte sein können. Und jetzt war sie tot. Er hatte zu Recht einen Schatten über ihrem Leben gesehen. Ganz gleich, welche Vorbehalte er ihr gegenüber gehabt hatte, jetzt, da sie tot war, konnte er nur Mitleid für dieses Mädchen empfinden, das man «nach der Königin» Eliza genannt hatte. Simon seufzte und begab sich auf die Suche nach seinem Diener.

John Bradedge war in der Küche dabei, voll Eifer die Reitstiefel seines Herrn zu putzen; dabei schimpfte er seiner Frau etwas vor, die den großen Holztisch schrubbte, während ihr Kind auf einer Decke auf dem Fußboden saß und auf einem Stück Brot herumkaute. In der Küche war es trotz des trüben Morgens hell, denn ein Feuer brannte, und alles glänzte. Anna war sehr gründlich.

Aber wie sehr John auch schimpfen mochte, und er schimpfte beständig, so wußte er doch, daß er großes Glück gehabt hatte, Dr. Forman zu begegnen. Seine Mutter wurde nie müde, jedermann zu erzählen, wie er seine Jugend vergeudet hatte. Er war in Cheapside geboren und bei einem Silberschmied in die Lehre gegangen, er war ein fauler Bursche gewesen, der sich nur für Trinkgelage, Mädchen und Kartenspiel interessiert hatte. Als sein Meister ihn wütend hinauswarf (und eine junge Frau ihn verfolgte, die behauptete, er sei der Vater ihres unehelichen Kindes), hatte er London eilig verlassen und war in den Niederlanden zur Armee gegangen. Dort hatte er Anna kennengelernt und geheiratet, aber bei Kriegsende wurde er nach Hause zurückgeschickt. Er hatte kein Geld und keine Bleibe, und seine Frau war hochschwanger. Simon hatte die beiden vor dem St.-Saviour-Friedhof sitzen sehen – ohne etwas zu essen, zu verschüchtert, um zu betteln. Als er von ihrer Not erfuhr, nahm er sie mit in sein Haus, bot ihnen ein Zimmer unterm Dach an und half der Frau binnen einer Woche bei der Geburt, was nur gut war, da der Junge mit den Füßen voran zur Welt kam.

Einige Tage später erklärte Simon den beiden in aller Ausführlichkeit, daß er selbst erst vor kurzem aus dem Ausland nach London zurückgekehrt war und einen tüchtigen Diener und eine Wirtschafterin suchte. Sollten sie mit seinen Bedingungen einverstanden sein, würde er sie für einen Monat auf Probe beschäftigen. Wenn er mit ihnen zufrieden war, konnten sie bleiben, er würde ihnen eine gute Unterkunft und ordentlichen Lohn bieten; dafür verlangte er harte Arbeit, absolute Zuverlässigkeit und ihr feierliches Versprechen, daß sie nirgendwo etwas von dem erzählten, was sie bei ihm sahen und hörten. Ein Arzt mußte vieles geheimhalten.

Das war über ein Jahr her, und alles lief bisher zur allseitigen Zufriedenheit, wenn es auch nicht leicht gewesen war, sich an die Eigenheiten Simons zu gewöhnen. Daß sein Haus immer sauber und ordentlich sein mußte, bedeutete für Anna, die in Leyden aufgewachsen war, keine zu harte Forderung; wenngleich der von ihm verlangte Standard in den meisten englischen Häusern als übertrieben gegolten hätte. Er selbst nahm jede Woche ein Bad, manchmal auch zwei: daß Ihre Majestät die Königin regelmäßig alle drei Wochen badete, wurde allgemein als höchst exzentrisch erachtet. Und der Doktor stand bei jedem Wetter morgens um sechs Uhr auf, auch wenn er die Nacht mit einer Frau verbracht hatte, zog einen Eimer Wasser aus dem Brunnen hoch, tauchte seinen Kopf hinein, frühstückte und zog sich dann zurück, um seine endlosen Aufzeichnungen zu vervollständigen. Von dieser Routine wich er nur ab, wenn er zu einem Patienten gerufen wurde.

Johns Geschimpfe endete abrupt, als Simon mit seinem typischen raschen Schritt erschien. «Stell die Stiefel weg, hol eine Schüssel Wasser und ein Tuch und komm mit», befahl er. «Und denk an ein paar Kerzen. Hier draußen ist es noch immer so dunkel wie in der Unterwelt. Ach, und gib einem der Jungen die Medizin, die ich für Master Horner gemacht habe. Ich brauche dich draußen.» John erledigte alles und folgte seinem Herrn. Simon hielt eine Kerze über das Gesicht des Mädchens und fragte: «Erkennst du sie nicht auch?»

John betrachtete sie nochmals, kratzte sich am Kopf, erinnerte sich dann. «Sie sieht anders aus, weil ihre Haare vom Wasser dunkel sind ..., aber kam sie nicht wegen eines Horoskops, laßt mich überlegen, Anfang Februar?»

«Genau. Und jetzt wollen wir sehen, was wir herausbekommen können, bevor wir die Behörden informieren.» John machte ein zweifelndes Gesicht. «Ist das klug, Sir? Es wird doch eine gerichtliche Untersuchung geben.»

«Bestimmt. Aber es schadet nicht, wenn wir sie uns vorher ansehen. Hilf mir, sie aufzuschnüren. So, du arbeitest lange genug mit mir, sag mir, seit wann sie tot ist, und denk daran, daß sie im Wasser gefunden wurde.» Sie drehten die Leiche um und schnürten ihr Mieder auf, zogen es vorsichtig über die nun steif werdenden Arme. Dann schnürten sie den Rock auf und streiften ihn herunter. John befühlte Arme, Beine und dann den Rumpf. «Die Leichenstarre setzt ein, und da die Tote im Wasser war, kann das bedeuten –»

«– daß sie rascher als normalerweise abkühlte. Genau. Ich glaube in der Tat, daß sie sehr spät gestern nacht oder sogar erst heute in den frühen Morgenstunden gestorben ist.»

Unter dem Kleid trug das Mädchen einen dünnen Unterrock und ein Hemd aus Baumwolle, beide mit schmaler Spitze abgesetzt. Simon untersuchte sie sorgfältig. Außer den Spuren auf ihrem Gesicht, die er schon bemerkt hatte, schien sie keine weiteren Verletzungen zu haben.

John betrachtete sie teilnahmslos. «Aber wir wissen doch, wie sie gestorben ist, oder? Sie ist ertrunken.»

«Schon möglich.» Simon hob vorsichtig ein Augenlid, nachdem er ihr zuvor die Augen aus Pietät zugedrückt hatte. Ihm fiel auf, wie seltsam ihre Pupillen aussahen. Fast schwarz. Und doch erinnerte er sich daran, daß ihre Augen auffällig hell gewesen waren. «Sie sprach von Reichtum, von irgendwelchen Erwartungen. Warum also sollte sie ihr Ende in der Themse finden?»

«Vielleicht war sie schwanger, und ihr Geliebter hat sie sitzenlassen, also ertränkte sie sich. Das passiert oft genug.»

«Laß uns nachsehen.» Simon schob das Unterhemd hoch. Der Bauch war leicht gerundet. «Du könntest recht haben.» Vorsichtig tastete er die Rundung ab. «Ja, ich würde sagen, sie war ungefähr im dritten Monat, vielleicht sogar etwas darüber.»

«Na, dann ist doch alles klar, oder? Sie hatte Angst vor ihrer Herrin und ihrer Familie. Wenn Ihr das dem Richter sagt, ist der Fall erledigt.» John konnte nicht verstehen, warum soviel Aufhebens um eine Tote mehr gemacht wurde.

«Vielleicht», erwiderte Simon und dachte noch einmal an Sara und ihr uneheliches Kind. Er betrachtete die Leiche. «Ich muß die Behörden bitten, sie abzuholen, damit das Gericht einberufen werden kann; ich werde erklären, daß ich bereit bin, an der Untersuchung teilzunehmen. Ob es Selbstmord war… Ich weiß es nicht, aber ich werde es anzweifeln, damit sie nicht an einer Wegkreuzung begraben wird, sondern auf dem Friedhof. Denk nach, bist du sicher, daß sie nicht bei einem ihrer Besuche etwas zu dir gesagt hat, was wichtig sein könnte?»

Plötzlich durchzuckte John ein furchtbarer Gedanke; er wollte ihn gerade aussprechen, doch da sah er das Gesicht seines Herrn und beschloß, lieber den Mund zu halten; also räusperte er sich und schüttelte den Kopf. Simon warf seinem Diener einen durchdringenden Blick zu, er spürte sein Unbehagen. Wußte er etwas, was er nicht mitteilen wollte? Er entschied, es erst einmal auf sich beruhen zu lassen.

Wegen der rasch einsetzenden Leichenstarre hatten die beiden Schwierigkeiten, die Tote wieder anzuziehen. Als er ihren Rock hochzog, fühlte John einen kleinen, runden

Gegenstand, wie eine Münze, unterhalb der Taille des Unterrocks. Er schaute nach, und es war eine kleine Tasche, in der er keine Münze, sondern einen Kettenanhänger fand, einen wertvollen aus Gold mit einem Kreis kleiner Rubine um ein Wappen herum. Er hing an einer Goldkette. John reichte ihn Simon. «Ein wertvolles Schmuckstück für eine Dienerin, meint Ihr nicht auch, Sir?»

Simon hielt ihn ins Licht. «Aber ja. Der wird wohl eine ordentliche Summe wert sein.»

«Das war es also, Doktor. Sie hat ihn gestohlen und ist weggelaufen», meinte John triumphierend. «Sie hatte Angst, erwischt und gehängt zu werden.»

Simon befühlte den Anhänger. «Warum sollte sie das tun? Wenn sie London verlassen und ihn irgendwo, viele Meilen entfernt verkauft hätte, hätte das Geld einige Jahre lang für sie und das Kind gereicht. Dies ist nicht das Wappen eines der großen Adelshäuser, aber heutzutage kann sich ja jeder wohlhabende Kaufmann, der etwas Geld übrig hat, einen Titel kaufen.»

Sein Diener schaute ihm über die Schulter. «Ich möchte es nicht beschwören, aber ich glaube, ich habe dieses Wappen am Tor eines großen Hauses in der Nähe von Bishopsgate gesehen.»

«Dann prüf das nach. Wenn es stimmt, frag die ansässigen Händler oder die Wirtin im nächstgelegenen Gasthaus, wem das Haus gehört und wie man dort lebt. Du weißt ja jetzt, was ich meine. Der halbe Vormittag ist um. Wenn ich den Constable und den Richter benachrichtigt habe, muß ich mich um meine Arbeit kümmern.»

Sie rückten das Mieder des Mädchens zurecht, und als sie ihren Arm in den langen Ärmel schoben, sah Simon etwas, das ihm zuvor entgangen war. «Da, John, siehst du das? Eine schwache Strieme um das Handgelenk.» Sofort hob er den anderen Arm. «Hier genauso. Ihre Handgelenke waren irgendwann gebunden, nicht fest genug, daß die Fesseln ins Fleisch einschnitten, aber so, daß ein Abdruck blieb. Das ist kein Selbstmord. Sie war gefesselt, bevor sie ins Wasser fiel.»

2. Kapitel

Olivia

Zwar hatte es aufgehört zu regnen, aber es war immer noch trüb und bedeckt, als John Bradedge sich auf den Weg nach Bishopsgate machte und die London Bridge überquerte. In den Häusern auf beiden Seiten der Straße schienen Lichter, aber es war erstaunlich wenig Betrieb für einen Junimorgen. Sonst hätte er Mühe gehabt, sich einen Weg durch die Menschenmenge zu bahnen: Kunden hätten um die Preise von Stoff oder Wein gefeilscht, zielstrebige Handwerker wären von der Bankside ins Stadtzentrum geeilt, auswärtige Besucher hätten die aufgespießten, verwesenden Köpfe, die den Nordeingang zierten, begafft. Die Brücke – eine eigene Einkaufs- und Wohnstraße – war eine der großen Sehenswürdigkeiten der Stadt. Aber jetzt schreckten das andauernde schlechte Wetter und die Furcht vor der Pest die Menschen ab.

Aber auch wenn die Brücke voller Tänzerinnen aus türkischen Harems gewesen wäre, die sich zu den Klängen der Sirenen bewegt hätten, hätte John dies kaum bemerkt, so vertieft war er in sorgenvolle Gedanken. Natürlich hätte er seinem Herrn sofort ein umfassendes Geständnis ablegen sollen; aber da alles sich so gut entwickelte und der Doktor ihm immer mehr Aufgaben anvertraute – warum sollte er die beste Anstellung, die er je gehabt hatte oder bekommen würde, aufs Spiel setzen? Aber dann kam die Frage nach dem Vertrauen.

Aber es war nicht so, daß er bewußt gegen die Vereinbarungen verstoßen hatte, oder? Hatte er nicht in gutem Glauben gehandelt? Er hatte Eliza tatsächlich erst wiedererkannt, als er sie ein zweites Mal betrachtete; aber als der Doktor nicht nur fragte, ob er sich an sie erinnerte, sondern auch ob sie irgend etwas Wichtiges zu ihm gesagt hatte, wäre das der richtige Moment für ein Geständnis gewesen. Und wenn herauskam, daß er wichtige Informationen zurückhielt?

Denn die Wahrheit war, daß Eliza, eine Woche nachdem sie sich mit ihrem unvollständigen Horoskop und dem Schlaftrunk verabschiedet hatte, zurückgekommen war. John hatte ihr gesagt, daß Dr. Forman nicht da sei und so bald nicht wiederkommen würde; sie hatte geantwortet, daß sie das wisse, da sie ihm soeben vor der St.-Paul's-Kathedrale begegnet sei, wo sie ihm gesagt habe, daß sie mehr Mohnsirup für ihre Herrin brauche. Der Doktor habe geantwortet, er müsse etliche Patienten besuchen, sie solle John Bradedge bitten, ihr ein großes Fläschchen Mohnsirup abzufüllen. Simon hatte von Anfang an betont, daß John selbst niemals irgendeine Arznei verabreichen dürfe, egal wie harmlos sie auch sei. «Wenn ich nicht hier bin, wird das zwar als ganz naheliegend erscheinen, aber die Patienten müssen warten. Es mag vielleicht offensichtlich für dich scheinen, was ihnen fehlt, aber du hast keine Erfahrung im Erkennen von Symptomen und könntest ihnen eine Arznei oder eine Salbe geben, die gefährlich ist, weil du eine falsche Diagnose gestellt hast. Nach einigen Jahren gemeinsamer Arbeit werde ich keine Bedenken mehr haben, dich Wundsalben und Mittel gegen rheumatische Beschwerden verabreichen zu lassen, aber jetzt ist es noch zu früh dafür. Versprichst du mir, daß du dich daran halten wirst?» Natürlich hatte John das versprochen.

Und doch schien alles in Ordnung gewesen zu sein. Das Mädchen beharrte darauf, daß Forman persönlich ihr versichert habe, sie könne die Arznei abholen. Also war er mit ihr ins Arbeitszimmer gegangen, hatte ganz hinten aus einer Reihe eine Flasche Mohnsirup genommen und sie ihr gegeben. Als sie nach dem Preis fragte, geriet er in Verlegenheit. Er hatte keine Ahnung, was er verlangen sollte. Schließlich hatte sie ihm einen halben Sovereign gegeben, und er hatte ihn in die gerade halbvolle Schachtel gesteckt, die Simon dafür vorgesehen hatte. Simon hielt es für richtig, denen, die es sich leisten konnten, einen ordentlichen Preis abzuverlangen; dies erlaubte es ihm, wenig oder gar nichts von jenen zu fordern, die nicht so gut gestellt waren. John war klar, daß er gegen eine Regel verstoßen hatte, aber erst als Eliza gegangen war, wurde ihm deshalb wirklich unbehaglich zumute, und er nahm sich fest vor, dem Doktor bei seiner Rückkehr sofort alles zu erzählen. Eigentlich hoffte er, Simon würde ihn fragen, ob er dem Mädchen den Mohnsirup gegeben habe. Aber Simon hatte überhaupt nichts davon erwähnt, und als ein Abend vergangen war, hatte John sein Geständnis immer weiter herausgeschoben. Da er offenbar kein Unheil angerichtet hatte und Simon das Fehlen der Arznei nicht bemerkte, hatte John die ganze Sache schließlich fast vergessen. Aber sie konnte doch unmöglich etwas mit dem Tod des Mädchens zu tun haben?

Ganz in Gedanken versunken, war John nicht nur über die Brücke, sondern bis nach Bishopsgate gelangt, dem Stadtviertel der Lagerhäuser, Kirchen und Wohnhäuser von Kaufleuten, von denen die meisten durch hohe Tore geschützt und von der Straße kaum einsehbar waren. Schon bald fand er, was er suchte: ein ziemlich neues Eisentor mit zwei bemalten Holzschildern in der Mitte jedes Flügels, die ein Wappen zeigten. Verstohlen zog er den Kettenanhänger aus seiner Tasche. Es war eindeutig dasselbe Wappen. Jetzt mußte er nur noch herausbekommen, wer hier wohnte.

Er überlegte noch, ob er seine Nachforschungen in einer nahe gelegenen Bäckerei oder in dem Wirtshaus an der Straßenecke beginnen sollte, als das Tor sich öffnete und zwei Männer, allem Anschein nach Händler, herauskamen; sie hatten sich soeben ein erbittertes Wortgefecht mit dem grimmig aussehenden Pförtner geliefert, der nun das Tor sorgfältig hinter ihnen verschloß. Als sie vorbeigingen, drehte John sich weg und starrte auf ein Plakat, welches verbotenerweise an der Mauer klebte und bekanntgab, daß die Schauspielertruppe des Lord Admiral nachmittags um zwei Uhr das Stück *Tamburlaine der Große* von Master Marlowe im Rose Theatre aufführen würde. Aus den Augenwinkeln beobachtete John, wie die beiden Männer die Straße überquerten und in die *Blue Boar Tavern* gingen. Er folgte ihnen sofort.

Inzwischen war der Vormittag schon ziemlich vorgerückt. Im Wirtshaus war wenig los, die meisten Leute arbeiteten. Die beiden Händler saßen an einem Tisch im fast leeren Schankraum; bei einem Jungen bestellten sie Ale.

John klopfte dem Jungen auf die Schulter. «Für mich auch einen Krug.» Dann setzte er sich den beiden Männern gegenüber auf die Bank und fragte, ob sie etwas dagegen hätten. Sie antworteten mit einem Achselzucken und der Bemerkung, daß dies ein öffentliches Wirtshaus sei, in dem sich jeder hinsetzen könne, wo er wolle. John wartete auf seinen Bierkrug, trank einen ordentlichen Schluck und fragte dann beiläufig, ob die beiden vielleicht wüßten, wem das stattliche Haus an der Ecke gehörte.

«Sir Wolford Barnes, dem Großkaufmann», gab einer der beiden zur Antwort, «warum fragst du?»

«Weil ich eine gute Anstellung suche. Es ist gar nicht so einfach, Arbeit zu finden, wenn man wie ich aus dem Krieg in den Niederlanden kommt.» John befühlte seine Narbe.

«Es scheint dir nicht gerade schlechtzugehen», sagte der zweite und begutachtete mit kritischem Blick Johns hochwertige Weste und Hose.

«Ich hatte Glück da drüben in Holland», log John. «Konnte ein paar Kronen auf die Seite legen, aber sie sind schnell verbraucht. Ich brauche jemanden, der mir hilft, hier in der Stadt eine Anstellung als Diener zu finden.»

Der eine spuckte nachdenklich auf den Fußboden. «Keine Ahnung, ob sich ein Versuch da drüben lohnt. Was meinst du, Harry? Dein Mädchen arbeitet doch da.»

«Weiß nicht genau», war die Antwort. «Ich arbeite nicht da. Will und ich liefern nur das Gemüse, Käse und Eier für die Küche. Jede Woche seit – ja, seit fast sieben Jahren. Eins spricht für Sir Wolford: Er zahlt sofort, nicht so wie manch anderer.»

«Sicher nicht so wie dieser Nichtsnutz von Schwiegersohn», unterbrach ihn Will. «Man sagt, er macht überall Schulden, und Sir Wolford muß sie schließlich für ihn bezahlen. Harrys Mädchen ist dort Hilfsköchin, und sie weiß so manches, was dort vorgeht, glaub mir. Heute gab es große Aufregung, stimmt's Harry?»

Harry nickte. «Die Dienerin der Herrin wird vermißt, und sie kocht vor Wut. Sagt, sie kann ohne das Mädchen nicht zu Rande kommen. Mein Mädchen konnte sie nicht ausstehen, sie sagt, sie war so hochnäsig, als sei sie die Herrin des Hauses.»

John seufzte erleichtert. Das würde glatt laufen. Vielleicht konnte er so viel herausbekommen, daß der Doktor ihm die Sache mit Eliza verzieh. «Noch ein Ale für die beiden Herren?» fragte er. «Es geht auf meine Rechnung.»

John kehrte kurz nach zwei nach Lambeth zurück, die Zecherei des Vormittags hatte ihn nur wenig mitgenommen. Simon wußte, daß sein Diener die meisten Männer unter den Tisch trinken konnte und einen Schädel aus Teak hatte. Er selbst war sehr beschäftigt gewesen. Ein halbes Dutzend Leute waren mit kleinen Malaisen zu ihm gekommen, mit Husten und Erkältungen, die durch das schlechte Wetter verursacht wurden. Ihnen hatte er eine Arznei aus Weißem Andorn oder Angelikawurzel verordnet. Ein riesiger, verschwitzter Kerl hatte eitrige Geschwüre, die geöffnet und mit einer Salbe behandelt werden mußten, welche aus einer Pflanze, dem gefleckten Aronsstab, hergestellt wurde. Ein Zimmermann hatte anstelle des Nagels seinen Daumen getroffen. Als nächstes bat ein Ratsherr um ein Horoskop, um zu erfahren, ob seine Frau ihm treu war oder nicht (diese Frage wurde durchschnittlich zweimal pro Woche gestellt). Die Frau eines jungen Stoffhändlers hatte wissen wollen, ob sie wieder ein Kind erwartete – eine Angelegenheit, die beiden Beteiligten ein wenig peinlich war. Als Anna die junge Mistress Walsh ankündigte, hatte Simon ihren Namen in seinem Patientenbuch nachgeschlagen. Am Ende der sorgfältigen Notizen, die er gemacht hatte, war ein kleines Sternchen, daneben das Wort «halek». Dies war sein Kodewort für die Frauen, die ihn ohne Geld bezahlen wollten und auf deren Angebot er eingegangen war. Er hatte der alten Sara durchaus die Wahrheit gesagt. Er war empfänglich für weibliche Reize, und bei etlichen Gelegenheiten hatten die verschiedensten Frauen sich ihm angeboten, von jungen Huren bis zu gereiften Kaufmannsgattinnen.

Mistress Walsh ging nicht, ohne ihm sehnsüchtige Blicke zuzuwerfen und zu dulden, daß er ihre Hand drückte. Nach dem Mittagessen hatte er in seinem Patientenbuch den Eintrag über die Tote gesucht. Ja, da war er. «Eliza –?» hatte er notiert. Ein kurzer Abschnitt faßte die Ergebnisse des Horoskops zusammen und erwähnte das kleine Fläschchen Mohnsirup für die unbekannte Herrin. Er war noch in seine Aufzeichnungen versunken, als John zur Tür hineinschaute und fragte, ob er hereinkommen dürfe.

«Aber natürlich. Was hast du herausgefunden?»

John, dessen Magen noch wegen der gewaltigen Menge Ale grummelte, begann damit, wie er in Bishopsgate das Wappen entdeckt und herausgefunden hatte, daß es Sir Wolford Barnes gehörte, einem Großkaufmann, der in der Stadt und bei Hof einen guten Ruf genoß. «Er soll ein strenger, aber gerechter Herr sein und hat einen großen Haushalt. Die Ritterwürde bekam er vor ein paar Jahren für Verdienste um die Krone: das übliche, ein großes Geschenk für die Königin, Zahlungen an einflußreiche Würdenträger ...»

Als der Alkohol ihnen die Zunge gelöst hatte, waren Harry und Will immer gesprächiger geworden. Vor einigen Monaten hatte Sir Wolford seine Tochter mit Sir Marcus Tuckett verheiratet, einem jungen Verschwender, der einen Titel und große Ländereien in Hampshire erben würde. «Sein Vater ist ein Lord, und das Ganze scheint nichts anderes als ein Handel zu sein. Sir Wolford wollte seine Tochter als Lady sehen, Tucketts Vater brauchte das Geld. Nach allem, was man hört, ist der junge Tuckett ein Verschwender, und es war gar nicht so einfach, eine Braut für ihn zu finden», berichtete John.

«Und die Lady?»

«Dazu komme ich jetzt. Anscheinend ist sie ein süßes Früchtchen mit keckem Blick. Es hat zahllose Gerüchte gegeben. Zuerst machte sie in aller Öffentlichkeit einem Schauspieler schöne Augen, so daß ihr Vater ihr verbieten mußte, auch nur in die Nähe eines Theaters zu gehen. Dann soll sie eine Liaison mit dem Sekretär ihres Vaters gehabt haben. Alles in allem war es das beste, sie zu verheiraten, bevor es einen echten Skandal gab. Tucketts Vater kränkelt, das einzige, was ihm wichtig ist, bevor er stirbt, ist ein Enkel, der die Erbfolge sichert.»

«Du scheinst außerordentlich gut informiert. Und ist die Lady in dieser Hinsicht entgegenkommend?»

«Noch nicht. Einer der Männer hat ein Mädchen, das als Hilfsköchin im Haus arbeitet und mitbekommt, was vorgeht – Ihr wißt ja, wie das in diesen großen Häusern ist. Sie hat erzählt, daß Tuckett sich beschwert, seine Frau würde ihn kaum in ihre Nähe lassen und ihm eine Chance geben, das könne ruhig jeder erfahren. Ihre Streitereien sind allgemein bekannt. Tuckett sagt, er habe genug, schließlich habe er vor seiner Heirat alle flachgelegt, die Röcke trugen und ihn wollten, und auch einige, die ihn nicht wollten!»

Simon lächelte nachdenklich. «Das hast du gut gemacht, John, sehr gut sogar. Nicht ohne Spesen, vermute ich?»

«Ich mußte die beiden reichlich mit Ale versorgen, Sir. Und dann war da die Wildpastete.»

Simon nahm seine Geldbörse und gab John eine Crown. «Das müßte genug für alles sein und sogar etwas mehr, wegen der Mühe, die du dir gemacht hast.» John bedankte sich und teilte ihm dann die echte Neuigkeit mit. «Da ist noch etwas. Offenbar gab es heute bei Sir Wolford große Aufregung. Die Dienerin der Herrin ist seit gestern morgen verschwunden.»

Simon stand auf und rieb sich die Hände. «Heute nachmittag muß ich zu einem Goldschmied in Cheapside. Danach werde ich wohl Sir Wolford einen Besuch abstatten und sehen, ob irgend jemand diesen Anhänger wiedererkennt.»

Es war später Nachmittag, als er schließlich vor Sir Wolfords Tor stand und kräftig an der Glockenschnur zog. Er mußte noch einmal daran ziehen, bevor der mürrisch dreinschauende Pförtner erschien, ihn abweisend musterte und nach seinem Anliegen fragte.

«Ich bin Dr. Simon Forman und möchte Euren Herrn sprechen.»

«Er hat nich' nach 'em Doktor geschickt», war die Antwort, «sonst wüßt ich das.»

«Ich bin nicht wegen einer ärztlichen Behandlung gerufen worden, guter Mann. Ich habe eine dringende vertrauliche Angelegenheit mit ihm zu besprechen. Wollt Ihr ihm das sagen? Und auch, daß er besser anhört, was ich zu sagen habe, weil er die Sache sonst vom Richter von Lambeth erfährt!» Der Pförtner schlurfte davon und ließ ihn gut fünf Minuten lang draußen vor dem Tor warten, wo er jedesmal, wenn ein Karren vorbeifuhr, zur Seite springen mußte, um den übelriechenden Spritzern aus dem Rinnstein in der Straßenmitte auszuweichen. Schließlich öffnete der Pförtner das Tor und ließ Simon herein. Mit einer Kopfbewegung wies er in Richtung Haus, das mit seinem schönen Fachwerk hinter der hohen Mauer versteckt lag. Nach diesem Empfang machte Simon sich darauf gefaßt, zum Dienstboteneingang geschickt zu werden, aber er wurde doch zum Hauptportal geführt und konnte in der Halle warten.

Er schaute sich um und versuchte, die Umgebung in sich aufzunehmen. Die Halle war mit Eichenbrettern vertäfelt, an den Wänden hingen Bilder. Ihm gegenüber war ein großes Portrait eines stattlichen Herrn, der ein lilafarbenes Wams trug, das reichlich mit kupferroter Spitze besetzt war. Seine Hand ruhte auf einem Globus, und im Hintergrund war eine Schiffsflotte zu sehen. Das mußte der Herr des

Hauses sein. Daneben befand sich ein kleineres Bild, das eine hagere, trübsinnig wirkende Dame mittleren Alters zeigte, die ein wenig vorteilhaftes rosa Kleid trug; das war wohl seine Frau. Auf der anderen Seite war ein größeres Portrait einer geziert lächelnden blonden Frau, ihr Haar war elegant frisiert, und sie trug ein noch eleganteres Kleid aus hellblauer Seide, das mit Blumen bestickt war. Eine große Krause aus feinster Spitze schmückte ihren Hals, dazu mehrere Ketten, eine davon aus Perlen. Sir Wolford wollte ganz offensichtlich zeigen, was er besaß. Die junge Frau war ungefähr so, wie Simon sie sich vorgestellt hatte, hübsch wie eine Puppe und nicht besonders gescheit. Sie paßte wahrscheinlich sehr gut zu ihrem Mann.

Hinter ihm hüstelte jemand. Es war ein dunkelhaariger junger Mann, elegant in Dunkelgrau gekleidet. «Dr. Forman? Ich bin Francis Down, Sir Wolfords Sekretär. Wollt Ihr bitte mit mir kommen? Sir Wolford und Lady Tuckett werden Euch jetzt empfangen.» Aus seinem gewichtigen Auftreten schloß Simon, daß Down seine Rolle in Sir Wolfords Haus für sehr bedeutend hielt.

Er geleitete Simon durch einen langen Korridor, an geöffneten Türen vorbei, durch die man einen Blick in mehrere große luxuriös eingerichtete Zimmer werfen konnte. Aber der Raum, in den er schließlich geführt wurde, war offenbar ein Wohnzimmer. Es roch streng nach Hund, und auf dem Fußboden schliefen mehrere große Jagdhunde auf Strohbündeln, die alles andere als frisch waren; die Wandteppiche waren verblaßt und von Motten angefressen. Offensichtlich maß man Dr. Forman nicht genügend Bedeutung bei, um ihn in einem der besseren Räume zu empfangen.

Sir Wolford – es war unverkennbar der Mann auf dem Portrait, wenngleich er weniger auffällig gekleidet war –, saß an einem Tisch und unterschrieb Papiere. Die junge Frau mit den sorgfältig frisierten Locken, die aus dem Fenster schaute, mußte seine Tochter Lady Tuckett sein. Im Gegensatz zu ihrem Vater war sie prächtig gekleidet, über einem großen Reifrock trug sie ein dunkelrotes, mit Gold besetztes Kleid.

Simon verbeugte sich und stellte sich vor. Sir Wolford blickte ungeduldig auf. «Also gut, Dr. – hm – Forman, sagt uns, worum es geht, und möglichst schnell, denn meine Zeit ist knapp bemessen. Ich muß noch heute nachmittag zu einer Verabredung in die Stadt.»

«Dann will ich gleich zur Sache kommen», erwiderte Simon rasch. «Heute morgen wurde die Leiche einer jungen Frau in mein Haus gebracht. Ein Fährmann hatte sie in der Themse gefunden.»

«Und warum kommt Ihr damit zu mir?» wollte Sir Wolford wissen.

«Deshalb.» Simon reichte ihm den Kettenanhänger. Sir Wolford starrte wie gebannt darauf, rief dann seine Tochter, die noch immer aus dem Fenster starrte und kein Interesse an den Vorgängen zeigte. «Um Himmels willen, Olivia. Schau dir das an! Das ist doch der Anhänger, den ich dir zur Hochzeit geschenkt habe.»

Jetzt drehte die Frau sich um, und Simon spürte einen heftigen Schlag. Das affektierte Portrait der faden jungen Frau war weder ihr noch dem Geld gerecht geworden, das ihr Vater dafür bezahlt hatte. Olivia Tuckett war schön im eigentlichen Sinne, ihr Gesicht war zart, die Züge waren ebenmäßig, aber es waren ihre Augen, die ihn aus der Fassung brachten, nicht nur wegen der Farbe – braune Augen waren äußerst selten bei so hellem Haar –, sondern wegen der Klugheit, die aus ihnen sprach. Sie schien beides in sich zu vereinen: Schönheit und einen wachen Verstand.

Kein Wunder, daß sie ihrer Familie und ihrem Mann Mühe machte. Sie ging zu ihrem Vater, nahm den Anhänger und fragte Simon: «Wo habt Ihr ihn gefunden?»

«Bei der Toten. Er war in ihrer Tasche. Ich mußte die Leiche untersuchen, bevor sie zur Untersuchung abgeholt wurde. Ich versuchte sie zu identifizieren, und dies war der einzige Gegenstand, den sie bei sich trug. Ich erkannte das Wappen», die Lüge ging ihm glatt über die Lippen, «denn ich hatte es an Eurem Tor gesehen. Mein Diener, der heute morgen in der Nähe etwas zu erledigen hatte, erzählte mir dann, daß eine Dienerin aus Eurem Haushalt vermißt wird.»

«Ich verstehe.» Sie warf noch einen Blick auf den Anhänger. «Meine Zofe ist seit gestern morgen verschwunden. Meint Ihr, sie ist die Tote?» Sie schien in keiner Weise überrascht.

Simon musterte sie nachdenklich. «Mit großer Wahrscheinlichkeit. Vielleicht könnte jemand aus Eurem Haus die Leiche identifizieren. Bis zur Untersuchung morgen liegt sie im Stall hinter dem *Anchor.* Der Richter läßt schon Steckbriefe verteilen, um festzustellen, ob jemand sie kennt.»

Die Lady sagte nichts, doch sie erwiderte Simons Blick. Sir Wolford spürte voller Unbehagen, daß hier etwas vorging, was er nicht verstand, und erhob sich entschlossen. «Nun, vielen Dank für Eure Mühe, Doktor», sagte er in der Absicht, das Gespräch zu beenden. «Ich werde Francis Down, meinen Sekretär, zum *Anchor* schicken, um zu sehen, ob er Eure Tote erkennt. Jetzt muß ich gehen. Wenn es noch etwas zu besprechen gibt, wendet Ihr Euch am besten an meine Tochter. Es ist ihre Angelegenheit. Oh, was schulde ich Euch für Eure Mühe?» Sir Wolford war es offenbar gewohnt, für Waren, die in sein Haus gebracht wurden, zu zahlen, und sah in Simon schlicht einen weiteren Händler, der gekommen war, um etwas zu verkaufen.

«Ich bin ein Doktor der Medizin, Sir Wolford», erwiderte Simon nicht ohne Schärfe, «und ich werde nur in meiner Eigenschaft als solcher bezahlt. In dieser Sache handle ich lediglich als guter Bürger.»

Olivia Tuckett wartete, bis die Tür sich hinter ihrem Vater geschlossen hatte, und wandte sich dann wieder zu Simon. Sie warf ihm einen Blick zu, in dem Anerkennung, ja Ermutigung lag. Simon kam zu dem Schluß, daß sie ihren Ruf wohl verdient hatte. «Nun», sagte sie, «ich nehme an, es gibt noch mehr?»

Simon berichtete in aller Kürze, wie Eliza ihn im vergangenen Februar gebeten hatte, ihr Horoskop zu erstellen, und daß sie bei ihrer Rückkehr einen Schlaftrunk für ihre Herrin verlangt hatte. «Ich gab ihr Mohnsirup, genug für eine Nacht, und sagte ihr, daß ich ihre Herrin selbst sehen müsse, wenn sie mehr brauche. Habt Ihr irgendeine Erinnerung daran?»

«Vielleicht», erwiderte sie und schaute ihm unverwandt in die Augen. Sie trat näher auf ihn zu, wobei sie eine Duftwolke teuren Parfums verströmte, und fragte dann unvermittelt: «Diese Tote, wie sieht sie aus?»

«So groß wie Ihr und von ähnlicher Statur. Strohblondes Haar, fast weiß. Hellblaue Augen, bevor sie starb.»

Olivia Tuckett dachte nach. «Ja, das könnte Eliza sein.»

«Sie muß es sein», antwortete Simon, «denn das ist der Name, den sie nannte, als sie zu mir kam – Eliza, ‹nach der Königin›. Aber sie war nicht bereit, ihren Familiennamen zu nennen, obwohl ich ihn für das Horoskop brauchte. Sie sagte nur, ihre Eltern arbeiteten auf einem Landsitz.»

«Das ist unser Gut in Dedham Vale. Ihre Eltern arbeiten beide für uns; ihre Mutter wird von meiner sehr geschätzt.»

Erklärend fügte sie hinzu: «Meine Mutter verbringt die meiste Zeit auf dem Land, sie ist nicht bei guter Gesundheit. Nun, wenn Francis zurückkommt, werden wir Genaueres wissen.» Sie betrachtete noch einmal den Anhänger. «Ich habe ihn vor einigen Wochen vermißt, aber ich wollte meinen Vater nicht beunruhigen. Ich dachte, vielleicht –.» Sie machte eine Pause. «Der Gedanke, daß Eliza ihn gestohlen haben könnte, kam mir nie. Seit ihrem vierzehnten Lebensjahr ist sie meine Dienerin und eine sehr gute dazu, sehr diskret und immer ehrlich. Wie traurig! Die Versuchung muß einfach zu groß für sie gewesen sein, und als ihr klar wurde, was sie getan hatte, ging sie lieber ins Wasser, als mir ein Geständnis abzulegen.» Es waren die angemessenen Worte, in denen sogar Anteilnahme mitschwang, aber auf Simon wirkten sie unaufrichtig.

«Das könnte eine Erklärung sein, aber ich bin fast sicher, daß sie sich nicht das Leben genommen hat. Ich denke, daß sie vielleicht schon tot war, bevor sie in den Fluß fiel.»

Olivia dachte nach und schien gerade etwas erwidern zu wollen, als die Tür aufgerissen wurde und ein junger Mann hereinkam. Er war nach der neuesten Mode gekleidet, trug ein geschlitztes, gebauschtes Wams, auf dessen Ärmel Schleifen genäht waren. Aber seine Kleidung war beschmutzt, sein Gesicht gerötet und aufgedunsen, und er roch nach einem Gemisch aus abgestandenem Wein und Schweiß. Er war kein gutaussehender Mann, seine Augen waren zu klein, und er hatte kein Kinn. Das, dachte Simon, muß der Tuckett-Erbe sein. Was für ein Mann für eine solche Frau!

Es kostete Tuckett einige Mühe, seinen Blick auf die beiden zu richten, er schwankte leicht, hickste dann: «Wer ist denn das, Livvy? Dein Liebhaber?»

Olivia versuchte gar nicht erst, ihren Abscheu zu verbergen. «Dies, Marcus, ist Dr. Forman. Er wollte uns mitteilen, daß ein armes Mädchen im Fluß gefunden wurde, bei dem es sich vielleicht um Eliza handelt.»

«Dr. Forman?» Tucketts Blick huschte unruhig über Simon hinweg. «Doch nicht *der* Dr. Forman – ja, ja, ja. Hast du nicht von ihm gehört, Livvy? Ein Mann mit vielen Fähigkeiten, sagt man. Bekämpft Pocken, erstellt Horoskope und treibt etwas Alchimie. Das stimmt doch, oder, Doktor?»

Simon nickte. «Ich empfehle mich, Lady Tuckett. Solltet Ihr irgendwann meine Hilfe brauchen, findet Ihr mein Haus unten am Fluß, nicht weit von der Kirche St. Saviour. Jeder kann Euch den Weg zeigen.» Er wandte sich zur Tür, aber Tuckett stellte sich ihm in den Weg. «Das verschlagene kleine Weibsstück hat also ihr Ende im Fluß gefunden? Ich mochte sie nie.» Er warf Simon einen anzüglichen Seitenblick zu. «Ihr habt Livvy gesagt, wo Ihr zu finden seid, und ich werde sie zu Euch schicken. Ich bin sicher, der gute Doktor weiß alles über Liebestränke, Livvy. Gebt Ihr eine ordentliche Portion, Doktor. Sie ist so kalt wie Eis.»

In diesem Moment ließ Simon die Bombe platzen, um zu sehen, wie die Wirkung sein würde. «Oh», sagte er, «da ist noch etwas, Lady Tuckett. Euer Dienstmädchen war ungefähr im dritten Monat schwanger. Wußtet Ihr das?»

«Nein.» Lady Tuckett hatte ihr Gesicht nach der Mode geschminkt, aber trotzdem sah man, daß sie erblaßte. Winzige Schweißperlen sammelten sich auf ihrer Stirn.

Tuckett brach in schallendes Gelächter aus. «Wenn das kein seltsamer Zufall ist! Diese mickrige Dirne schwanger! Das ist mehr, als du zustande bringst, stimmt's, Livvy?» Simon ging, während die beiden einander wortlos anstarrten.

3. Kapitel

Die Untersuchung

In der Regel schlief Simon sofort ein, vor allem wenn er in der Nacht zuvor geweckt worden war, aber die Ereignisse dieses Tages waren zu aufwühlend, sie drehten und drehten sich in seinem Kopf in einer endlosen Bildfolge: die triefend nasse Leiche, die aus dem Wasser gezogen wurde, die Entdeckung, wer die Tote war, seine Mutmaßungen über ihr Ende, der Haushalt von Sir Wolford Barnes mit all seinen Spannungen und seine Begegnung mit der schönen Olivia. Die Gesichter der beiden jungen Frauen, das eine weiß und leblos, das andere sprühend vor Vitalität, verschwammen vor seinen Augen.

Der Gedanke an das Haar der Toten, das im Wasser dahintrieb wie die Pflanzen in einem Teich in Wiltshire, weckte Erinnerungen, die er lieber verdrängt hätte. Der verschollene Vater, von dem er nicht wußte, ob er seine gleichgültige Mutter geheiratet hatte, eine Ausbildung, die in der Dorfschule gegenüber der Wiese vor seinem Elternhaus begonnen hatte, und die, für einen Jungen seiner Herkunft höchst ungewöhnlich, an der höheren Schule in Salisbury fortgeführt worden war, wo seine Lehrer ihm eine glanzvolle Laufbahn prophezeiten. Aber es war weder das Geld noch der Wille dagewesen, ihn nach Oxford zu schicken, was er sehnlichst gewünscht hatte. Wie alle anderen Schüler seiner Herkunft hatte er nur Aussicht auf ein Leben als Landarbeiter oder als ehrbarer Handwerker.

Dennoch sehnte er sich danach, das neue Wissen kennenzulernen, das die Begeisterung der Bessergestellten entfachte – Sternkunde, Mathematik und vor allem Medizin. Seine Lage spitzte sich zu, als es zu einem Zusammenstoß mit einem der ansässigen Landbesitzer kam; der konnte den jungen Burschen nicht ausstehen, dem er anmerkte, daß er Ideen hatte, die seinem Stand nicht angemessen waren. Streitereien wegen der Einfriedung bisher öffentlichen Landes hatten sich zu gewalttätigen Auseinandersetzungen gesteigert, Beteuerungen, daß er zu Unrecht als Rädelsführer ausgemacht worden war, trafen auf taube Ohren; das Ergebnis war, daß er die nächsten zwölf Monate im örtlichen Gefängnis verbrachte.

Als er mit dem Ruf eines Unruhestifters ohne Zukunftsaussichten entlassen wurde, tat Simon, was so viele junge Männer vor ihm getan hatten, und ging als Söldner nach Europa; unterwegs sammelte er medizinisches Wissen, oftmals auf dem Schlachtfeld. Zu seiner großen Freude stellte er fest, daß er eine ausgeprägte Eignung dafür besaß. Schließlich war er mit einigen Ersparnissen und unterwegs erworbenen Sprachkenntnissen nach Italien gegangen und hatte sich als Student der Medizin und Astrologie an der Universität von Mailand eingeschrieben; er war erfolgreich und hätte für den Rest seines Lebens in Italien in Wohlstand leben können, aber er bekam Heimweh nach England. Manchmal beschlich ihn jedoch das Gefühl, daß er eine falsche Entscheidung getroffen hatte. Denn bei seiner Rückkehr war er daran erinnert worden, daß sich trotz seiner Qualifikationen und Fähigkeiten eine Kluft zwischen ihm und den Söhnen der Reichen auftat, die sich nach Abschluß ihrer Ausbildung stolz als Ärzte bezeichneten.

Erst in den frühen Morgenstunden kam Simons überreizter Kopf zur Ruhe, und er fiel in unruhigen Schlaf, aus dem er erwachte, ohne sich erholt zu fühlen. Nun hatte er auch noch verschlafen. Als er aufstand und gähnend die Treppe zur Wasserpumpe hinunterlief, war es schon nach neun, und die Untersuchung war für Punkt halb zehn anberaumt. In sein Zimmer zurückgekehrt, kleidete er sich sorgfältig in nüchternes Schwarz und zog dann seine lange Robe an, um seine berufliche Stellung zu zeigen. Er war äußerst unzufrieden mit sich selbst: jetzt blieb ihm keine Zeit für seine Eintragungen über die Patienten des Vortages. Er wehrte Annas Angebot zu frühstücken ab, stürzte einen Krug Ale hinunter, biß in einen Apfel, während er in seinen Behandlungsraum ging, wo er zwei Fläschchen Medizin und einen Topf Salbe herausstellte und nach John Bradedge rief.

Dieser erschien mit den blankpolierten Stiefeln und dem Schwert seines Herrn.

Simon setzte sich und zog seine Stiefel an. «Ich lasse eine Notiz da, für wen dies bestimmt ist», er deutete auf die Arzneien. «Du kannst sie jetzt wegbringen.»

«Was ist hiermit?» John zog das Schwert hervor, als Simon zur Tür ging. Er zögerte einen Augenblick lang, dann schüttelte er den Kopf. In der langen Robe ein Schwert zu tragen war schwierig, und überhaupt ging er als Arzt häufig ohne Waffe aus, obwohl viele ehrbare Bürger sich nie ohne das beruhigende Gefühl, ihr Schwert bei sich zu tragen, aus dem Haus wagten.

Als Simon aus dem Haus trat, schien die Sonne vom dunstigen Himmel. Das Wetter war besser als am Vortag, aber es war noch immer ungewöhnlich kalt, und ein schneidender Ostwind kräuselte die Oberfläche der Themse. Simon sah etliche Bootsführer, klein wie Käfer, die große Mühe hatten, ihre Fahrgäste ans andere Flußufer zu bringen.

Er schloß die Tür hinter sich und sah Saras Mann von der anderen Straßenseite auf sich zukommen. Auch wenn er wußte, daß er kaum pünktlich im *Anchor* sein würde, brachte er es doch nicht übers Herz, an dem alten Mann vorbeizugehen, denn er sah an seinem Gesicht, was geschehen war. «Ist sie von uns gegangen?» fragte er.

Die Augen des alten Mannes füllten sich mit Tränen. «Bei Gezeitenwechsel, so um vier Uhr. Es ging so leicht wie bei einem Kind. Euer Trank beruhigte sie, und im Schlaf hielt sie meine Hand. Sie war eine gute Frau und mir eine gute Ehefrau. Vierzig Jahre waren wir zusammen, und in all den Jahren bereitete sie mir nie Kummer, nie hat sie mich hintergangen. Es war grausam von Gott, daß sie unfruchtbar war und daß keine Söhne und Töchter da sind, um sie zum Grab zu begleiten.» Er wischte die Tränen fort. «Sie wird morgen beerdigt. Könnt Ihr es einrichten zu kommen?»

«Wenn es möglich ist, komme ich.» Simon drückte den Arm des Alten. «Es war das Beste so. Die Krankheit zerfraß ihre Lunge, und sie kämpfte um jeden Atemzug. Aber jetzt muß ich gehen, sonst komme ich zu spät zu einer gerichtlichen Untersuchung.»

Er überlegte kurz, ob er die Straße am Fluß entlanggehen sollte, wo das rege Treiben der Marktleute am Ufer ihn aufhalten könnte, oder ob er es riskieren sollte, den kürzeren Weg durch das Gewirr von Straßen und Gassen zu wählen, die die Diözese des Bischofs von Winchester in der Bankside waren. Dafür entschied er sich schließlich und ging mit raschen Schritten voran. Ein Bursche, der an der Wand des Hauses gegenüber gelehnt hatte, richtete sich auf und folgte ihm im Abstand von ein paar Schritten.

Als er dann in der Bankside war, fluchte er, weil er offensichtlich die falsche Entscheidung getroffen hatte. Das freundlichere Wetter hatte Menschenmengen herausgelockt, die, so schien es ihm, alle in die ihm entgegengesetzte Richtung unterwegs waren. Er war gezwungen, sich entweder einen Weg mitten durch sie hindurch zu bahnen, oder er riskierte, sich mit Schlamm und mit Schlimmerem zu beschmutzen, das aus den Rinnsteinen in der Mitte der breiteren Straßen strömte. Seinen Verfolger, der sein Gesicht halb mit einem Schal verhüllt hatte, bemerkte er nicht.

Als die Turmuhr von St. Saviour die halbe Stunde läutete, war Simon klar, daß er kaum pünktlich sein würde. In der Straße vor ihm drängten sich nicht nur die Leute, zwei Karren standen einander gegenüber und blockierten den Weg, jeder Fahrer brüllte den anderen an, Platz zu machen. Zu seiner Rechten war ein enger finsterer Durchgang zwischen zwei Lagerhäusern in der Nähe der Bärenhatzarena, Simon meinte sich zu erinnern, daß er zum Flußufer zurückführte und einen Steinwurf vom *Anchor* entfernt endete. Er sah alles andere als einladend aus. Er war nicht beleuchtet, und Simon hörte, wie Wasser vom Dach tropfte und die Wände herunterrann; es stank nach Urin; offenbar wurde er als Latrine benutzt. Simon hatte ein ungutes Gefühl, er zögerte einen Augenblick und schaute sich um. Er schien allein zu sein, und es gab keinen vernünftigen Grund, warum er bei der gebotenen Eile nicht diese Abkürzung nehmen sollte. Ohne weitere Umstände tauchte er in die Dunkelheit ein, seine Schritte hallten gedämpft wider.

Er war ungefähr in der Mitte der Passage, als er spürte, daß irgend etwas nicht stimmte. Es war eher sein Gefühl, als daß er etwas gehört hätte, er drehte sich blitzschnell um und sah einen Mann mit halb verhülltem Gesicht auf sich zukommen, in der erhobenen Hand hielt er einen Dolch, der offensichtlich für seinen Rücken bestimmt war. Simon reagierte blitzschnell. Er versuchte den Angreifer am Handgelenk zu packen, aber seine Robe behinderte ihn, ebenso die Enge des Durchgangs und der nasse, rutschige Boden. Einige Minuten lang rangen die beiden Männer stumm miteinander, nur ihr angestrengtes Atmen war zu hören, bis es Simon schließlich gelang, das Handgelenk des Mannes so fest zu umklammern, daß er die Waffe fallen lassen mußte, allerdings fühlte Simon, wie die Dolchspitze die Außenseite seiner Hand streifte. Nach mißlungenem Angriff wandte der Mann sich um und floh in die Richtung, aus der er gekommen war.

Simon sah ihm nach, während er an der Wunde sog. Selbst wenn er Zeit gehabt hätte, den Mann zu verfolgen, hätte er dabei wohl kaum Erfolg gehabt. Bis er den Eingang der Passage wieder erreicht hätte, wäre sein Angreifer längst im Gewirr der Gassen der Bankside verschwunden gewesen. Er zuckte die Achseln und eilte zum Ausgang der Passage, um im Tageslicht nachzusehen, wie groß die Verletzung war. Der Schnitt war nicht gefährlich, aber doch so tief, daß Blut herausquoll. Fluchend wickelte Simon sein Taschentuch um die Wunde, nahm die Zähne zur Hilfe, um es zu verknoten, und hoffte, daß der Verband halten würde, bis er nach seiner Aussage nach Hause kam. Jetzt lag der *Anchor* in Sichtweite vor ihm, und er kam viel zu spät. Die Untersuchung hatte ohne ihn begonnen. Trotzdem ging Simon nicht weiter, sondern blieb einige Minuten lang stehen und starrte gedankenverloren auf den Fluß. Wenn der Angreifer ein gewöhnlicher Taschendieb gewesen wäre, hätte er ihn doch niedergeschlagen und seine Börse gestohlen und nicht versucht, ihn zu töten.

Die Zuschauerbänke in dem großen Raum der ersten Etage des *Anchor Inn* waren nicht einmal zur Hälfte besetzt.

Die üblichen Schaulustigen waren da, die es spannend fanden, die Leiche zu beglotzen und von den blutrünstigen Umständen ihres Todes zu hören. Dann gab es einige, vor allem ältere Leute, die nichts Besseres vorhatten; einer von diesen, der alte George, wohnte allen Untersuchungen in Southwark bei und sogar manchen in weiter entfernten Gegenden. Mehrere Frauen mittleren Alters, offenbar aus der Nachbarschaft, hatten in einer Ecke Platz genommen und ihr Strickzeug mitgebracht. Wäre der Tod eines berüchtigten Schurken oder einer vermögenden Person verhandelt worden, wären die Bänke dicht besetzt gewesen, aber da es sich herumgesprochen hatte, daß die Tote ein einfaches Dienstmädchen gewesen war, blieb das Interesse mäßig. Im Raum war es kühl, es roch nach schalen Getränken und schmutziger Wollkleidung.

Punkt neun Uhr dreißig öffnete sich die Tür, und ein Constable schritt feierlich vor einem kleinen, älteren Mann her, der die Robe eines Juristen trug und sich eine Aromakugel vors Gesicht hielt. Ihm folgte der Gerichtsdiener mit Pergamentrollen, einem Tintenfaß und mehreren Federkielen. Diese stellte er auf einen Tisch vor den Platz, den der Richter einzunehmen pflegte.

«Die Tote kann niemand besonders Wichtiges sein», raunte George seinem Nachbarn zu, «sonst wäre Richter Danby hier, und nicht der muffige alte Monkton.»

«Erhebt Euch», verlangte der Gerichtsdiener und verlas eine Schriftrolle. «Das Gericht tagt heute, um die Ursache des Todes einer gewissen Elizabeth Pargeter festzustellen, die Verhandlung wird geleitet vom Richter Ihrer Majestät Sir Thomas Monkton. Das Gericht ist einberufen in Southwark in der Grafschaft Kent, am zwanzigsten Juni 1591 im vierunddreißigsten Jahr der Herrschaft Elizabeths, von Gottes Gnaden Königin von England, Frankreich und Irland,

Verteidigerin des Glaubens, in Gegenwart des genannten Sir Thomas Monkton die Leiche von Elizabeth Pargeter zu beschauen. Die Geschworenen werden jetzt den Eid ablegen.»

Man hörte laute Schritte, als die sechzehn Geschworenen den Raum betraten, nachdem sie Elizas Leiche im Stall des Gasthauses besichtigt hatten. Der Reihe nach legten sie den Eid auf die Bibel ab, die der Gerichtsdiener vor sie hinlegte, während er ihren Namen und ihren Beruf ansagte. Es handelte sich offensichtlich um ehrbare Händler oder Handwerksmeister, die zumeist mittleren Alters waren.

«Habt Ihr die Leiche gesehen?» fragte Monkton.

«Jawohl, Euer Ehren», antworteten sie im Chor.

«Habt Ihr einen von Euch als Obmann gewählt?»

«Wir haben beschlossen, daß es Christopher Mountjoy, Perücken- und Hutmacher, sein soll», sagte einer.

«Danke, Ihr könnt Platz nehmen.» Monkton blickte zu der Bank hinüber, wo üblicherweise die Zeugen saßen. Dort sah er nur einen dunkelhaarigen, graugekleideten jungen Mann.

Er runzelte die Stirn. «Ich dachte, Dr. Forman sollte an der Untersuchung teilnehmen und aussagen.»

«So ist es, Sir», erwiderte der Gerichtsdiener. «Offenbar hat er sich verspätet.»

«Nun, die Verhandlung kann wohl kaum aufgeschoben werden, bis es ihm beliebt zu erscheinen», meinte Monkton säuerlich, worauf der junge Mann in der Zeugenbank lächelte, «laßt uns also fortfahren.»

Der Gerichtsdiener stand auf und räusperte sich. «Wir haben uns heute hier versammelt, um die Ursache des Todes von Elizabeth Pargeter zu ermitteln, nachdem die Leiche dieser Frau am Morgen des 19. Juni im Jahre des Heils

1591 in der Themse gefunden wurde, und zwar von einem Fährmann namens Thomas Deakin.»

«Ist der Fährmann anwesend?» fragte Monkton.

«Nein, Sir. Dr. Forman sollte für ihn aussagen, damit er seinem Gewerbe nachgehen kann.»

«Ein Grund mehr für ihn, hier zu sein, und zwar pünktlich», murmelte Monkton. «Gibt es einen Zeugen, der die Leiche mit Sicherheit identifizieren kann?» Der Diener deutete auf den jungen Mann in der Zeugenbank, der sich sofort erhob. Monkton wandte sich ihm zu. «Euer Name und Beruf, Sir?»

«Francis Down, Sir Thomas. Persönlicher Sekretär von Sir Wolford Barnes, Großkaufmann der Stadt London.»

«Bitte legt den Eid ab, Master Down», sagte der Gerichtsdiener. Gerade als Down das tun wollte, öffnete sich die hintere Tür und Simon betrat den Raum. Der Richter gab ein Zeichen innezuhalten, während Down den Neuankömmling musterte, als wolle er die Situation einschätzen. «Ihr kommt zu spät, Dr. Forman», bellte Monkton. «Vielleicht geruht Ihr, uns mitzuteilen, warum Ihr diesem Gericht so wenig Achtung erweist?»

Simon hob die rechte Hand, die mit dem nunmehr bluttgetränkten Taschentuch umwickelt war. «Ich bitte ergebenst um Entschuldigung, aber ich wurde aufgehalten. Unglücklicherweise wurde ich auf meinem Weg hierher von einem Taschendieb überfallen, der mir diese Verletzung zufügte.» Sogleich war ein Summen von den Zuschauerbänken zu hören, da alle einander erzählten, daß die Zustände so schlimm seien, daß man auf der Hauptstraße am hellichten Tag nicht mehr sicher sei, geschweige denn nachts; deutlich war die Stimme des alten George herauszuhören, der jedermann wissen ließ, daß zu seiner Zeit «den Leuten beigebracht wurde, sich wie Christen zu benehmen: Als kleine Kinder sollte man sie nach Tyburn bringen und ihnen die Galgen zeigen – so wie mir, als ich ein kleiner Bub war – und ihnen sagen, daß ihnen das blüht, wenn sie gegen das Gesetz verstoßen.» Sein Nachbar wollte gerade lautstark seine Zustimmung äußern, als der Gerichtsdiener Ruhe verlangte.

«Wir werden jetzt fortfahren», sagte Monkton. «Ihr könnt Euch setzen, Dr. Forman. Es ist sicherlich ein Zeichen der Zeit, in der wir leben, daß man Euch in solcher Weise zugesetzt hat. Fahrt bitte fort, Master Down.»

Ohne Simon eines weiteren Blickes zu würdigen, wandte Down sich zum Richter. «Ich kann beschwören, daß die tote junge Frau im Sarg da draußen Elizabeth Pargeter ist, Zofe der Lady Olivia Tuckett, Ehefrau von Sir Marcus Tukkett und Tochter von Sir Wolford Barnes.»

«Habt Ihr irgendeine Vermutung, warum sie in diesem Zustand aufgefunden wurde?»

«Nein, Sir. Lady Olivia vermißte sie vor zwei Tagen und fragte die anderen Bediensteten nach ihrem Verbleib, aber niemand wußte etwas. Ihr Verschwinden überraschte die Lady, da sie eine gute und zuverlässige Dienerin war.»

Der Richter dachte nach. «Natürlich ist es möglich, daß sie aus Versehen in den Fluß gefallen ist, aber in Fällen dieser Art stellt sich immer eine Frage: Ist Euch irgendein Grund bekannt, warum sie sich das Leben hätte nehmen wollen?»

«Nein, Sir. Aber», fügte Down hinzu, «sie war immer sehr verschlossen, und vielleicht wissen andere mehr.»

«Ist es möglich, daß sie von ihrer Herrin wegen eines Vergehens entlassen wurde?»

«Die Frage kann ich mit Sicherheit beantworten. Das ist nicht möglich. Wie ich schon sagte, Sir, sie galt als gute Dienerin und genoß daher das Vertrauen ihrer Herrin.»

«Hat sie Familie?»

«Ihre Eltern arbeiten auf Sir Wolfords Landsitz. Unmittelbar nachdem ich die Tote gestern abend gesehen und bestätigt hatte, daß es Eliza war, ließ Lady Tuckett sie benachrichtigen.»

«Vielen Dank, Ihr könnt Euch setzen. Nun, Dr. Forman?»

Simon legte den Eid ab und stellte sich dem Richter gegenüber, als Wohnsitz gab er Bankside und als Beruf Arzt und Chirurg an.

«Eure Qualifikationen?» fragte der Richter. «Es ist ungewöhnlich, einen Mann Eurer Herkunft bei einer Untersuchung dieser Art anzutreffen. Ich vermute, Ihr besitzt eine Approbation?»

Simon seufzte. «Ich habe meine Ausbildung in Mailand gemacht. Aber sie ist hier von der Universität Cambridge und dem Königlichen Ärztekolleg anerkannt worden.» Von letzterer Institution höchst widerwillig, dachte er, ohne dies auszusprechen.

Monkton beugte sich vor. «Seid so gut, uns zu erklären, wie Ihr in diesen Fall verwickelt wurdet.»

«Auf meinem Heimweg nach einem Patientenbesuch war ich gerade oben auf der Ufertreppe in der Nähe meines Hauses, als ich sah, wie ein Fährmann und sein Fahrgast versuchten, eine Last, die der Körper einer Frau zu sein schien, aus dem Boot die Treppe hinaufzuschleppen. Sie riefen mir zu, ich solle helfen, und das tat ich auch. Ich stellte fest, daß das Mädchen tot war, und als ich sie betrachtete, erkannte ich sie, denn sie hatte vor ungefähr vier Monaten meinen Rat gesucht. Um dem Fährmann einen Verdienstausfall zu ersparen, schlug ich vor, sie in mein Haus zu bringen, bis die Behörden benachrichtigt werden konnten.»

«Ich verstehe.» Monkton runzelte die Stirn. «Und um welchen Rat ersuchte sie Euch?»

«Wie viele junge Mädchen bat sie um ihr Horoskop, um zu erfahren, ob ihr Glück beschieden sein würde», erwiderte Simon fast wahrheitsgemäß. «Und auch um einen Schlaftrunk für ihre Herrin.»

«Sagte sie, wer ihre Herrin ist?»

«Nein Sir, das tat sie nicht. Ich gab ihr ein kleines Fläschchen mit schwachem Mohnsirup, der oft verordnet wird, stellte aber klar, daß ihre Herrin, wenn sie mehr brauchen sollte, persönlich kommen müsse, da diese Arznei nicht leichtfertig eingenommen werden darf. Übrigens hatte ich Schwierigkeiten, ihr Horoskop zu erstellen – wahrscheinlich, weil das arme Mädchen keine Zukunft hatte.»

Monkton blickte auf eine Notiz, die vor ihm lag. «Offenbar habt Ihr die Leiche untersucht. Warum?»

«Weil ich als Arzt dachte, damit könne ich diesem Gericht behilflich sein.»

Monkton schien davon nicht ganz überzeugt. «Aber es gibt doch gewiß keinen Zweifel. Das Mädchen ist ertrunken. Alles, was wir zu entscheiden haben, ist, ob dies durch einen Unglücksfall oder mit Absicht geschah.»

«Es steht fest, daß sie ertrunken ist. Aber ich muß hier und jetzt feststellen, daß ich nicht glaube, daß dies durch einen Unfall geschah oder daß sie ihrem Leben ein Ende setzen wollte.» Seine Äußerung rief lautes Stimmengewirr hervor, worauf der Gerichtsdiener den Zuschauern mitteilte, beim nächsten Mal würde er den Saal räumen lassen.

Simon fuhr fort: «Als ich die Leiche genau anschaute, sah ich, daß ihre Handgelenke vor kurzem mit einer dünnen Schnur gefesselt worden waren – die Abdrücke sind immer noch deutlich zu sehen, falls Ihr Euch vergewissern wollt. Und wegen der veränderten Größe und Farbe ihrer

Pupillen würde ich sagen, daß man ihr eine Droge, möglicherweise ein Beruhigungsmittel wie Mohnsirup, verabreicht hatte, vielleicht um ihre Gegenwehr zu verhindern.»

«Behauptet Ihr, daß sie vorsätzlich in den Fluß geworfen wurde?» fragte Monkton mit nicht geringem Erstaunen.

«Ich kann mir keine andere Erklärung vorstellen. Es könnte für Euch außerdem wichtig sein, daß sie ungefähr im dritten Monat schwanger war.»

Monkton schlug erbittert auf den Tisch. «Aber damit liefert Ihr uns den denkbar besten Grund, warum sie sich umbringen wollte! Ihre Angst, ihrer Familie und dem Haushalt von Sir Wolford Barnes Schande zu machen.»

«Das könnte durchaus sein, Sir, aber sie würde sich doch zuvor kaum betäubt und jemanden gebeten haben, sie zu fesseln.»

Der Richter wirkte alles andere als erfreut. «Ich wollte eigentlich beiden Herren die Frage stellen, ob sie es für möglich halten, daß das Mädchen durch ein Versehen in den Fluß gefallen ist, aber wie es scheint, ist zumindest Dr. Forman schon zu einem Urteil gelangt. Was meint Ihr, Master Down?»

Francis erhob sich wieder. «Ich weiß nicht, Sir. Da wir nicht wissen, wo sie ins Wasser fiel, ist es schwer zu entscheiden, ob sie versehentlich hineinfiel oder nicht; natürlich gibt es etliche gefährliche Stellen am Fluß. Aber das erklärt noch nicht, warum sie unseren Haushalt verließ. Wenn es allerdings stimmt, wie Dr. Forman sagt, daß Eliza schwanger war, dann wäre das, wie Ihr ja selbst gesagt habt, eine mögliche Erklärung dafür, warum sie sich das Leben nehmen wollte.»

«Und Dr. Formans Hinweis, daß vor ihrem Tod in irgendeiner Weise Zwang angewendet wurde, was darauf hinausläuft, daß sie von einem oder mehreren Unbekannten in den Fluß geworfen wurde?»

«Ich bin kein Arzt», erwiderte Francis Down bescheiden, «aber es klingt doch ziemlich unwahrscheinlich. Ich sehe keine Möglichkeit herauszufinden, ob es stimmt oder nicht. Aber wenn Ihr meine Meinung hören wollt, ich glaube, daß Eliza sich bedauerlicherweise selbst das Leben nahm.»

Der Richter nahm dies zur Kenntnis und sagte dann: «Vielen Dank, meine Herren. Ihr könnt Euch setzen. Ihr, Dr. Forman, wollt bestimmt möglichst bald nach Hause, um Eure Wunde zu versorgen.» Das Blut sickerte inzwischen durch den behelfsmäßigen Verband. Zu den Geschworenen gewandt, fuhr Monkton fort: «Meine Herren, Ihr habt von Master Down gehört, daß ihm persönlich kein Grund bekannt ist, warum dieses Mädchen sich das Leben hätte nehmen sollen, wenn er auch diese Möglichkeit nicht ausschließt, und von Dr. Forman, daß sie schwanger war und daß er glaubt, ihr sei in irgendeiner Weise Zwang angetan worden, bevor sie starb. Das ist natürlich nur seine Meinung. Die dritte Möglichkeit ist, daß das Mädchen ausrutschte oder durch einen unglücklichen Zufall in den Fluß fiel, aber, wie Master Down sagte, es ist schwierig zu entscheiden, ob ein solcher Unfall geschehen ist, wenn wir nicht wissen, wo er geschehen sein könnte. Es liegt daher bei Euch zu entscheiden, ob ihr Tod ein Unglücksfall war, ob sie sich das Leben durch Ertrinken nahm – vergeßt nicht, daß sie ein uneheliches Kind erwartete – oder ob sie, wie Dr. Forman sagte, genötigt wurde, was bedeutet, daß sie mit Gewalt ins Wasser gestoßen wurde, was vorsätzlichen Mord bedeuten würde.»

Die Geschworenen verließen nacheinander den Raum, Monkton und der Gerichtsdiener unterhielten sich flüsternd, während Simon und Francis Down Seite an Seite auf der Bank saßen.

Francis Down brach das peinliche Schweigen. «Ihr habt ein Drama aus dieser Sache gemacht, Dr. Forman. Kann es nicht sein, daß Ihr Euch irrt? Wenn Abdrücke zu sehen sind, könnte es nicht doch eine andere Erklärung dafür geben? Sie könnte sich die Arme im Unterholz oder an Ästen zerkratzt haben, irgendwo flußaufwärts am Ufer, oder sich an Treibgut im Fluß verletzt haben. Ich war geneigt, die Sache für einen Unfall zu halten, bis Ihr das Kind erwähnt habt. Jetzt ist Selbstmord wohl die wahrscheinlichste Erklärung.»

Simon, der Down bei ihrer Begegnung am Vortag nicht sonderlich sympathisch gefunden hatte, spürte, daß seine spontane Reaktion sich zu entschiedener Abneigung verhärtete. «Ich habe keinen Fehler gemacht. Die Spuren des Seils sind an beiden Handgelenken deutlich zu sehen. Geht hin und überzeugt Euch selbst. Wahrscheinlich lebte sie, war aber völlig wehrlos, als sie in den Fluß geworfen wurde.»

Down betrachtete das blutdurchtränkte Taschentuch. «Ein übler Schnitt. Ihr hattet Glück, daß es nichts Schlimmeres war.»

«Ja, das hatte ich», sagte Simon, «denn ich habe das sonderbare Gefühl, daß mein Angreifer kein gewöhnlicher Taschendieb war. Möglicherweise sollte ich verbreiten, daß meine Ausbildung als Arzt im Krieg in den Niederlanden begann. Ich glaube, in einem fairen Kampf mit dem Schwert kann ich es mit den meisten aufnehmen. Es steht Euch frei, diese Information weiterzugeben, wo es nützlich scheinen mag.»

Aber bevor Down antworten konnte, kamen die Geschworenen zurück, und der Gerichtsdiener bat die Anwesenden aufzustehen.» Seid Ihr zu einem Urteil gelangt?» fragte Monkton Mountjoy.

«Mit Schwierigkeiten, Sir. Gewiß hatte das Mädchen einen Grund, sich das Leben zu nehmen, aber wenn Dr. Forman, der ja in solchen Dingen Erfahrung hat, meint, sie wurde vor ihrem Tod gefesselt, dann würde das darauf hindeuten, daß dies mit böser Absicht und vorsätzlich geschah. Keines der möglichen Urteile erscheint uns völlig zufriedenstellend, aber unter diesen Umständen haben wir beschlossen, uns letzterer Ansicht anzuschließen: daß Elizabeth Pargeter durch eine oder mehrere unbekannte Personen den Tod fand.»

«Ich verstehe.» Monkton war offensichtlich verärgert, denn das Urteil bedeutete, daß weitere Nachforschungen unumgänglich waren. «Und seid Ihr alle dieser Meinung?»

«Jawohl, Sir.»

Monkton räusperte sich. «Nun gut. Da ihr zu dem Schluß gekommen seid, daß sie sich nicht das Leben nahm, kann sie ein christliches Begräbnis erhalten. Wer Anspruch auf ihre Leiche hat, muß ihn jetzt erheben. Sonst wird sie im Armengrab beigesetzt.»

Francis Down erhob sich. «Meine Herrin hat mir Geld gegeben, damit ihre Leiche einen würdigen Sarg erhält und zum Begräbnis zu ihren Eltern nach Essex überführt wird.»

«Dann kümmert Euch darum!» bellte Monkton und rauschte hinaus.

4. Kapitel

Ratschlag eines Sekretärs

Anna war in der Küche gerade dabei, für ihren Mann Eintopf in eine Schale zu schöpfen, als Simon von der Untersuchung zurückkam. Beide schrien erschrocken auf, als sie seine verbundene, blutige Hand sahen. «Sei so gut und stell mir warmes Wasser bereit, Anna. Und auch ein paar Leinenstreifen, ich suche derweil eine Salbe», rief er, als er an ihnen vorbei in sein Arbeitszimmer ging. Einige Minuten später kam er mit einer kleinen Flasche zurück. Behutsam wickelte er sein beflecktes Taschentuch ab und untersuchte den Schnitt. Er reichte vom Mittelfinger bis zur Seite über dem Handgelenk, aber er blutete nicht mehr stark, und nachdem Simon ihn gewaschen und mit der Salbe bestrichen hatte, bat er Anna, einen festen Verband anzulegen. Dann setzte er sich zu ihnen an den Tisch.

«Was ist denn passiert?» wollte John wissen, als Simon sich hungrig über einen Teller mit Rindfleisch und Rüben hermachte.

«Irgendein Kerl hat mich in der Passage unterhalb von Henslowes Lagerhaus in der Nähe der Bärenhatzarena überfallen.»

Sein Diener schnaubte. «Ihr wißt, daß ich Euch gewarnt habe! Auf jeden ehrlichen Mann in der Bankside kommen zwei Schurken.»

Simon stimmte zu, dann aber entschied er, seine Befürchtungen nicht für sich zu behalten. «Vielleicht. Aber ich glaube nicht, daß dies der übliche kleine Gauner war. Er schlich sich an mich heran und versuchte nicht, meine Börse zu stehlen, sondern mich in den Rücken zu stechen.» Als John ihn unterbrechen wollte, fügte Simon hinzu: «Ich hätte gar keine Möglichkeit gehabt, mein Schwert zu ziehen, selbst wenn ich es bei mir gehabt hätte. Die Passage ist viel zu eng, und das muß der Kerl bedacht haben. Ich glaube, ich wurde aus einem bestimmten Grund überfallen, aus welchem, kann ich allerdings nicht sagen.»

John verkniff sich eine Antwort. Das Interesse seines Herrn für die undurchsichtigen Belange seiner Mitmenschen erschien ihm kaum nachvollziehbar, da er doch schon als Arzt alle Hände voll zu tun hatte.

Simons Gedanken wanderten zum Ergebnis der Untersuchung zurück. Der Richter war offensichtlich in hohem Maße verärgert über seine Aussagen und seinen Einfluß auf das Urteil gewesen. Bestimmt wußte Sir Thomas Monkton über Sir Wolford Barnes und dessen Reichtum Bescheid, vielleicht kannte er ihn sogar persönlich, und überhaupt konnte er wahrscheinlich nicht verstehen, warum so viel Aufhebens um den Tod eines einfachen Dienstmädchens gemacht werden sollte. Hätte Simon sich nicht eingemischt, wäre jeglicher Zweifel an der Todesursache unter den Teppich gekehrt worden, und das Gesetz, die Stadt und der Adel, verkörpert durch den unreifen Sir Marcus Tuckett, hätten die Reihen geschlossen, um einen öffentlichen Skandal zu verhindern. Bei dem Gedanken an seine eigene Reaktion auf das Verhalten der Mächtigen gegenüber dem gemeinen Volk mußte Simon wehmütig lächeln. Als er sechzehn war und Sir Giles Estcourt of Quidhampton ihn zu einer Gefängnisstrafe verurteilt hatte, hatte Simon ihm eine Lektion zu diesem Thema erteilt, die dieser zeit seines Lebens nicht vergessen sollte.

Jetzt war es ihm unmöglich gewesen, über Elizas Tod hinwegzugehen. Wenn die Anziehungskraft von Frauen auch stark auf ihn wirkte, konnte Simon doch mit Bestimmtheit sagen, daß nicht die Erinnerung an ihre Reize ihn antrieb, nach der Ursache ihres Todes zu forschen – es ging ihm ganz einfach um Gerechtigkeit. Dann war da noch die Sache mit dem Überfall am Morgen. Vielleicht war es ja nur ein Zufall und hatte nichts mit seinem Besuch im Haus von Sir Wolford Barnes zu tun, und doch ... Er dachte an die Reaktionen der entzückenden Olivia Tuckett und ihres Gatten. Wäre einer von beiden imstande dazu, jemanden anzuheuern, der verhindern sollte, daß er zu der Untersuchung kam? Und was war mit Elizas Angehörigen? Wie mochten sie über all das denken? Was auch immer in ihnen vorging, da ihr Vater und ihre Mutter im Dienst von Sir Wolford und seiner Frau auf ihrem Landsitz in Essex standen, waren sie kaum in der Lage, darauf zu drängen, daß die Wahrheit aufgedeckt wurde – schließlich verdankten sie Sir Wolford Barnes das Dach über ihrem Kopf und ihren Lebensunterhalt.

Heute war Mittwoch. Auch wenn Elizas Leiche unmittelbar nach der Verhandlung aus dem *Anchor* abgeholt würde, konnte sie doch erst recht spät am folgenden Tag an ihren Bestimmungsort überführt werden; und auch wenn ihre Eltern inzwischen über die Tragödie Bescheid wußten, wie Down es dem Richter zugesichert hatte, so mußte man noch Vorkehrungen für ihr Begräbnis treffen und das Grab ausheben lassen. Demnach würde die Beerdigung wohl erst am Freitag stattfinden können. Simon ging in sein Arbeitszimmer und schaute in seinem Kalender nach, ob es in den nächsten Tagen wichtige Termine gab. Es stand nur wenig an. Er faßte einen Entschluß. Vielleicht würde er nicht in London, sondern in Essex die Wahrheit über den

Tod des Mädchens erfahren können? Vielleicht hatte er überhaupt nichts mit dem Haushalt des Großkaufmanns zu tun, sondern einen viel profaneren Grund – etwa die Eifersucht irgendeines liebeskranken Verehrers, den sie zu Hause zurückgelassen hatte. Simon beschloß, sein Möglichstes zu tun, um das herauszufinden.

Beim Gedanken an Elizas Begräbnis erinnerte er sich daran, daß die alte Sara am kommenden Morgen bestattet werden sollte. Wie versprochen würde er zu ihrer Beerdigung gehen und anschließend zusammen mit John Bradedge nach Stratford St. Anne im Dedham Vale reiten. Zu diesem Zweck wies er seinen Diener an, dafür zu sorgen, daß sein Pferd am kommenden Vormittag bereitstand, und auch eins für sich selbst zu mieten.

Simon war nicht der einzige, der eine Menge zu regeln hatte. Auch für Francis Down gab es vieles, was ihn beschäftigte, als der Raum sich nach der Verhandlung leerte. Zuerst ging er in den Stall hinunter, um noch einmal Elizas Leiche anzusehen. Er biß sich auf die Lippe, als er die Arme des Mädchens betrachtete, die jetzt, wie es sich schickte, gekreuzt auf der Brust lagen; dabei sah er selbst die Abdrücke, von denen Dr. Forman behauptet hatte, sie stammten von Seilen. Ihre Augen waren jetzt geschlossen, und er spürte keine Neigung, die Lider zu heben, um die Pupillen zu untersuchen. Er betrachtete sie eine Weile nachdenklich, bevor er sich umwandte.

Nachdem er bei einem Zimmermann in der Nähe einen passenden Sarg erstanden hatte, machte er sich auf die Suche nach einem zuverlässigen Fuhrmann. Er erklärte ihm, welcher Art die Fracht war, die er nach Essex bringen sollte, und bezahlte ihn. Sobald das Mädchen in den Sarg gelegt und der Deckel fest verschlossen worden war, sollte er sich damit zum Landsitz seines Herrn am Rande von Stratford St. Anne aufmachen. Francis schärfte ihm ein, wie wichtig es sei, daß er das Heim des Mädchens so früh wie möglich am kommenden Tag erreichte. Dann ging er in die nächste Wirtschaft und bestellte das Tagesgericht.

Er verzehrte seine Pastete, umgeben von lärmenden Gästen, deren Tischmanieren viel zu wünschen übrig ließen. Normalerweise hätte ihn das verärgert, aber jetzt achtete er kaum darauf, da er an die Ereignisse des Morgens und an die Mutmaßungen über Elizas Tod dachte. In mancher Hinsicht waren er und Eliza zwei vom selben Schlag gewesen. Von ähnlicher Herkunft, gleich ehrgeizig und fest entschlossen, vorwärtszukommen. Auch Francis war das Kind von Bediensteten auf einem großen Besitz, aber in seinem Fall hatte der alte Herr, ein Witwer, Gefallen am einzigen Sohn der Dienerin seiner Frau gefunden und ihn ermutigt, lesen und schreiben zu lernen. Als Francis' Vater plötzlich an einem Fieber gestorben war, hatte der alte Mann eingegriffen, den Jungen auf die nahe gelegene Schule geschickt und dafür bezahlt, um seine Ausbildung zu fördern; seiner Mutter sagte er, er habe Pläne mit ihm, wenn er älter sei. Wenn Francis seine Sache gut mache, würde er ihm sogar zu einem Studium an der Universität verhelfen, damit er die Priesterweihe empfangen könne. Aber das Schicksal wollte, daß sein Gönner starb und von einem Sohn beerbt wurde, der Francis nie hatte leiden können; die Aufmerksamkeit, die sein Vater dem Jungen schenkte, hatte ihn stets mit Eifersucht erfüllt.

Francis war sofort nach London aufgebrochen und hatte dort versucht, auf der Leiter nach oben Fuß zu fassen. Er hatte für mehrere Herren gearbeitet und allmählich wegen seiner Fähigkeiten als Sekretär, seiner Verschwiegenheit und seines Scharfsinns einen guten Ruf erworben. Er duldete kein Hindernis auf seinem Weg: nicht einmal Krankheit und Tod seiner Mutter konnten ihn bewegen, die Stadt zu verlassen. Sir Wolford war vor ungefähr fünf Jahren auf ihn aufmerksam geworden, als sein damaliger Herr, ein Bekannter des Kaufmanns, erfuhr, daß er auf der Suche nach einem guten Sekretär war, der zuverlässig und auch diskret war. Da er selbst dabei war, Einsparungen in seinem Haushalt vorzunehmen, empfahl er Sir Wolford den jungen Mann, und dieser hatte Francis Down in seine Dienste genommen.

Nachdem er das Wirtshaus verlassen hatte, ging er noch einmal zu dem Boten zurück, um sich zu vergewissern, daß seine Befehle ausgeführt wurden; erleichtert sah er, daß der Sarg bereits aus dem *Anchor* abgeholt und der junge Mann im Aufbruch begriffen war. Dann ging er durch die Bankside zur London Bridge zurück, überquerte die Brücke und traf am frühen Nachmittag wieder in Sir Wolfords Haus ein. Dort war es sehr ruhig, da sein Herr geschäftlich in der Stadt unterwegs war.

Olivia Tuckett war auf dem Weg in ihr Privatgemach, als er sich ihr in den Weg stellte. Mit seinem Arm versperrte er ihr den Weg durch den engen Flur. «Warum solche Eile, Lady?» fragte er. «Ihr wollt doch bestimmt wissen, was passiert ist?»

Es gelang ihr nicht, ihn wegzuschieben. «Ich möchte sowenig wie nur möglich hören. Eliza ist tot und wird bald begraben. Niemand kann sie zurückholen. Es ist vorbei.»

Er packte sie an der Schulter. «Wenn Ihr das tatsächlich glaubt, dann gibt es Dinge, die Ihr unbedingt wissen solltet. Zuerst, daß Dr. Simon Forman lebt und wohlauf ist und somit auch in der Lage war, vor Gericht auszusagen. Ich nehme an, Ihr hattet irgend so einem ungeschickten Tölpel den Befehl gegeben, ihn daran zu hindern?» Er sah ihrem Gesicht an, daß seine Vermutung richtig war. «Ich habe Euch mehr Verstand zugetraut. Nun gut, Formans Eingreifen in dieser Angelegenheit war zwar nicht vorherzusehen, aber das war ein äußerst törichter Schritt. Es gibt bessere Wege, mit ihm fertig zu werden, falls das nötig sein sollte; aber erst, wenn die Zeit reif dazu ist. Alles, was Ihr erreicht habt, ist, ihn in seinem Glauben zu bestätigen, daß das Mädchen durch ein übles Verbrechen zu Tode gekommen ist. O nein, diese Sache ist ganz bestimmt *nicht* vorbei, Olivia, sie ist mit Sicherheit nicht vorbei. Letztlich lautete das Urteil vorsätzlicher Mord.»

«Mord!» Sie wurde blaß. «Was sagt Ihr da? Das kann nicht sein.»

«Versteht Ihr jetzt, warum wir miteinander reden müssen? Und dies ist kaum der geeignete Ort dafür.»

Sie blickte sich unruhig um und führte ihn dann widerstrebend in ihr Zimmer. «Also gut. Aber beeilt Euch und sagt, was Ihr zu sagen habt. Wir laufen Gefahr, daß entweder Vater oder Marcus uns hier zusammen antreffen.»

«Ihr seid nicht immer so vorsichtig gewesen», sagte Down, als er die Tür hinter sich schloß und sich dagegen lehnte. Sie wandte sich ungeduldig von ihm ab, als er fortfuhr. «Das einzige, was Euer Kerl zustande brachte, war, die Hand des guten Doktors aufzuschlitzen, während die beiden miteinander rangen; danach ergriff er die Flucht. Der Überfall hatte lediglich zur Folge, daß Forman einige Minuten zu spät zur Untersuchung kam – dafür aber mit einer klaren Meinung. Wäre er durch einen weniger dramatischen Trick aufgehalten worden, durch einen dringenden Ruf zu einem angeblichen Kranken oder Sterbenden, hätten die Geschworenen lediglich entscheiden müssen, ob das Mädchen ausgerutscht oder mit Absicht in den Fluß gesprungen ist, ganz gleich, ob bekanntgeworden wäre, daß sie schwanger war. Aber von Mord wäre nie die Rede gewesen.

Und so», fuhr Down unbarmherzig fort, «hat Forman dem Gericht nicht nur von dem Kind erzählt – wenn er es dabei belassen hätte, wäre das Urteil höchstwahrscheinlich annehmbar ausgefallen –, sondern er hat außerdem von Abdrücken von Fesseln und einem seltsamen Augenausdruck gesprochen und seiner Überzeugung Ausdruck verliehen, daß üble Machenschaften im Spiel seien.» Er ging auf sie zu. «Wenn ich Euch einen Rat geben darf: Laßt Forman – vorläufig – in Ruhe. Wichtig ist, daß die Sache in Vergessenheit gerät. Der Tod einer Dienerin – welche Ursache er auch haben mag – ist ohne Bedeutung, und der Richter war offensichtlich verärgert über das Urteil. Deshalb schlage ich vor, daß Ihr ihm schreibt und erklärt, Ihr wärt bisher zu verstört gewesen, doch jetzt, da Ihr den Urteilsspruch gehört hättet, hieltet Ihr es für notwendig, ihm von dem gewalttätigen Liebhaber des Mädchens zu berichten, vor dem Ihr sie viele Male gewarnt habt, und auch von dem Schmuckstück, das zusammen mit ihr verschwand und Eurem Vater von Dr. Forman zurückgebracht wurde.»

Olivia schüttelte den Kopf. «Ich habe es doch schon gesagt: Ich will nichts mehr damit zu tun haben.»

Down ging auf sie zu und faßte ihre Arme mit kräftigem Griff. «O nein, Lady, dazu ist es zu spät. Als Ihr mir meine Rolle zugewiesen habt, habt Ihr Euer Schicksal mit dem meinen verbunden.»

Sie versuchte sich zu befreien. «Was soll das? Wollt auch Ihr jetzt Geld?»

Er lachte. «Ihr wißt sehr genau, was ich will.»

Sie blickte ihn verzweifelt an. «Also gut, es war dumm von mir, einen unfähigen Diener zu überreden, Dr. Forman nachzustellen. Aber jetzt muß er doch zum Schweigen gebracht werden, bevor er noch größeren Schaden anrichtet? Ich glaube nicht, daß er die Sache ruhen lassen wird. Könnt Ihr Euch nicht für mich darum kümmern?»

Francis Down umklammerte noch immer ihre Arme, sagte aber nichts.

«Hier», rief sie und streifte einen Ring vom Finger, «der gehörte meiner Großmutter, es ist ein Rubin. Er muß fünfhundert Guineen wert sein.»

«Ihr bietet mir einen Ring für das Leben eines Mannes? Den ersten Todesfall nicht mitgerechnet? Lady, Ihr seid mir noch etwas schuldig. Und Forman ist kein argloses Mädchen ohne Hintergrund, jetzt ist er gewarnt, und zwar so, daß er sich die Mühe machte, *mich* zu warnen, daß er ein gefährlicher Gegner sein könne. Ich glaube ihm. Ich sage es Euch noch einmal, laßt ihn vorläufig in Ruhe.» Er zog sie an sich und küßte sie rauh. «Ich will Euren Ring nicht, Olivia. Das mindeste, was ich will, ist, daß es zwischen uns so wird, wie es einmal war. Eine Stunde in Eurem Bett, wenn Euer Mann nicht da ist, ist bei weitem nicht genug. Wir beide sind zwei Hälften einer Münze. Ihr hättet mich heiraten sollen.»

Sie sträubte sich. «Seid Ihr verrückt? Denkt an den Standesunterschied, der uns nach Gottes Willen trennt.» Sie versuchte wieder, sich loszureißen, befreite einen Arm und schlug ihm ins Gesicht. Er zuckte zusammen, dann schleifte er sie vor den großen Spiegel an der Wand und preßte ihr Gesicht an sein eigenes. «Wenn Ihr Euer Gewissen erforscht, Lady, wird mein Gesicht Euch entgegenblikken. Und was Ihr sehen werdet, ist wahr, denn Ihr habt Euch ebensoviel vorzuwerfen wie ich.» Er ließ sie los und schaute sich um.

«Ihr habt Feder und Papier. Schreibt jetzt an den Richter.» Als er ging, starrte sie noch immer in den Spiegel, und Tränen der Wut rannen über ihr Gesicht.

5. KAPITEL

LÄNDLICHE ANGELEGENHEITEN

Am nächsten Morgen war das Wetter deutlich besser, immer wieder kam die Sonne durch, und ein kräftiger Wind brachte den Geruch des offenen Meeres in die stickigen Gassen der Bankside. Als Simon sich auf den Weg zu Saras Beerdigung machte, atmete er die wohltuende frische Luft und dachte dankbar daran, daß er während seines langen Rittes an diesem Tag wohl nicht völlig durchnäßt würde.

Einige Trauergäste hatten sich schon auf dem Kirchhof eingefunden, um von der Toten Abschied zu nehmen. Darunter waren Stammkunden, die bei der alten Frau eingekauft hatten, und einige ihrer Nachbarn; neben Saras Mann stand eine rundliche Frau mittleren Alters in einem gepflegten braunen Mantel und passender Jacke, die von einer jüngeren, in dunklen Samt gekleideten Frau begleitet wurde. Saras Mann drückte Simon herzlich die Hand und stellte ihn den beiden Frauen vor. «Das ist Saras Schwester Mary, und das meine Nichte.»

Simon begrüßte die beiden Frauen und fragte Saras Schwester, ob sie von weit her gekommen sei.

«Aus Kent. Ich habe mich sofort auf den Weg gemacht, als ich die Nachricht von Saras schwerer Krankheit erhielt», sagte sie traurig, «aber sie war von uns gegangen, noch bevor ich das Haus meiner Tochter in der Stadt erreichte. Meine Tochter hatte mit ihrem Mann London verlassen und erfuhr erst von der Krankheit ihrer Tante, als es zu spät war.» Sie strich ihrer Tochter über den Arm. «Avisa ist mein jüngstes Kind.»

Interessiert betrachtete Simon das Mädchen. Sie mußte das Kind der Liebe sein, das Sara in die Welt gesetzt hatte. Sie war eine attraktive junge Frau mit zarter Haut und großen, sehr dunklen Augen; die hatte sie vermutlich von ihrem Vater, dem Zigeuner, geerbt. Sie hatte ein ebenmäßiges Gesicht, und ihr Haar war ebenfalls dunkel, soweit er dies unter der adretten, spitzenbesetzten Haube, die sie als verheiratete Frau auswies, erkennen konnte. «Ihr wohnt also in der Stadt?» fragte er.

«Seit meiner Heirat», erwiderte sie mit sanfter Stimme.

«Meine Tochter ist mit dem Seidenhändler William Allen verheiratet», ließ Mary ihn stolz wissen, dann wandte sie sich ihrem Schwager zu.

Simon warf Avisa noch einen anerkennenden Blick zu; als sie ihn erwiderte, stieg eine leichte Röte in ihre Wangen. Aber bevor er noch etwas zu ihr sagen konnte, traf ein ärmlich gekleideter Hilfspfarrer ein, der den kurzen Trauergottesdienst abhielt. Es war kein Geld für Beiwerk wie Glocken, Lieder und zusätzliche Gebete da.

Anschließend wurde der Sarg dann in das Grab hinabgelassen, jeder der Trauergäste warf seine Handvoll Erde und kleine Zweige von Kräutern oder Blumen hinab, dann zerstreuten sie sich; einige, unter ihnen Mary und Avisa, machten sich mit Saras Mann auf den Weg zu ihrem kleinen Haus. Simon sprach ihnen noch einmal sein Beileid aus. Avisa Allen war wirklich eine schöne junge Frau, dachte Simon, als er nach Hause eilte. Vermutlich hatte sie nicht die geringste Ahnung, daß sie soeben am Begräbnis ihrer leiblichen Mutter teilgenommen hatte.

Am späten Vormittag überquerten Simon und John auf ihren Pferden die London Bridge. Es war Ebbe, und am Flußufer bei Blackfriars sahen sie, wie Frauen, ihre Röcke bis zu den Knien geschürzt, wilden Rettich pflückten, der dort oberhalb der Wassergrenze wuchs. Auf ihrem Weg nach Osten durchquerten die beiden Männer die engen Straßen der Stadt, an den Lagerhäusern und Wohnsitzen der Handelsherren vorbei, die sicher hinter hohen Toren lagen, dann kamen sie nach Aldgate, wo sich die Szene völlig wandelte. Der Reiz der rasch wachsenden Hauptstadt lockte die Armen in Scharen aus dem Umland; sie waren überzeugt davon, daß man hier ein Vermögen machen konnte. Nachdem sie nur zehn Minuten von den vornehmen Häusern innerhalb der Stadtmauern entfernt waren, sahen sie sich von unzähligen ärmlichen Behausungen umgeben. Wilde, barfüßige Kinder, deren Gesichter sehr alt wirkten, spielten zwischen den Abfallhaufen vor den Hütten.

Eins oder zwei warfen Steine nach den beiden Reitern, worauf John umkehrte und ihnen mit dem kurzen Knüppel drohte, den er auf solchen Wegen immer bei sich trug.

«Rinnsteinratten!» schrie er, als ein Brocken ihn nur knapp verfehlte. «Jeder von euch ist dazu geboren, am Galgen zu hängen!» Er trieb sein Pferd an, bis er seinen Herrn eingeholt hatte. «Bestimmt sind ihre älteren Brüder schon erfahrene Taschendiebe und ihre Schwestern Huren.»

Simon stimmte zu. «Natürlich hast du recht, aber was bleibt ihnen, wenn sie keinen Beruf und keine Beschäftigung haben? Was mir noch mehr Sorge bereitet, ist die Gefahr der Ausbreitung ansteckender Krankheiten. Pest und Fieber haben schon Opfer gefordert. Wenn sie sich hier festsetzen und um sich greifen, gibt es eine neue Seuche.»

Außerhalb der schnell wachsenden Vororte ließen sie ihre Pferde zügig traben; ihr Weg führte sie über die kahle

Wanstead-Ebene, berüchtigt wegen etlicher Straßenräuber. John umfaßte seinen Knüppel mit festem Griff, aber alles war ruhig, und sie erreichten das *Gallows Cross* ohne Zwischenfall. Von dort ging es weiter nach Nordosten, die Straße durchquerte jetzt eine Reihe kleiner Dörfer. Der ersehnte Sonnenschein beleuchtete nur zu deutlich die sumpfigen Felder und die verwüsteten Obstgärten. Es würde eine schlechte Ernte geben.

Simon hatte es so eilig weiterzukommen, daß sie am Rande von Chelmsford nur rasteten, um die Pferde zu wechseln und mit einem Krug Ale das Brot und den Käse hinunterzuspülen, den Proviant, den Anna ihnen mitgegeben hatte. Beim Anblick der dampfenden Teller, die in die Schankstube getragen wurden, besserte sich Johns Laune nicht gerade; er murrte, sie hätten zumindest ordentlich essen können, bevor sie sich unsinnig verausgabten.

«Hör auf zu nörgeln, Mann», mahnte Simon und leerte sein Glas. «Je schneller wir weiterkommen, um so eher hast du ein Stück Fleisch vor dir. Wenn das Mädchen morgen beerdigt wird, haben wir keine Zeit zu verlieren.»

Je weiter sie nach Osten ritten, desto schlechter wurde die Straße. Langandauernder harter Frost und wochenlanger Regen hatten tiefe Schlaglöcher hineingegraben und stellenweise wenig mehr als eine breite, von Furchen durchzogene Spur hinterlassen. In der Abenddämmerung ritten sie durch das geschäftige Zentrum Colchesters. Es war nach acht Uhr, als Simon vor einem ansehnlichen Gasthaus aus Fachwerk im Dorf Stratford St. Anne hielt.

«Wir werden hier einkehren, John. Ein freundliches Schwätzchen mit unserem Wirt oder unserer Wirtin und ein Abend, an dem wir unsere Ohren in der Schankstube offenhalten ... das wird uns weiterhelfen.»

Der Wirt war ein freundlicher Kerl, er rief nach einem

Stallknecht, der sich um die Pferde kümmern sollte, und führte die Reisenden dann in die große Schankstube, wo an einem großen Tisch mehrere Männer saßen und zu Abend aßen. Es war warm, denn obwohl das Jahr schon so weit vorangeschritten war, brannte ein Holzfeuer in dem großen Kamin, offensichtlich der bevorzugte Platz der Einheimischen, die auf Stühlen im Halbkreis davor saßen. Der Wirt hatte Simons Weste aus gutem Tuch und seinen gefütterten Mantel gewürdigt und versicherte ihnen, er habe ein angemessenes Zimmer für den Herrn und auch eins unter dem Dach für seinen Diener, wenn das recht sei. «Und es gibt Taubenpastete und Eierkuchen als Abendessen, wenn Ihr wollt. Meine Frau Margery ist für ihre Kochkünste bekannt.»

Die beiden Männer nahmen am Tisch Platz, begrüßten die anderen Reisenden und widmeten sich mit großem Genuß den Speisen, die man ihnen brachte. Als sie gegessen hatten, versetzte Simon John einen leichten Rippenstoß und deutete mit dem Kopf auf die Männer am Kamin; sein Diener verstand den Hinweis und ging zu ihnen hinüber. Simon setzte sich in eine dunkle Ecke, um Johns Vorgehen zu beobachten.

Das Glück schien ihnen hold zu sein, denn wenige Minuten später öffnete sich die Tür und ein älterer Mann trat ein, in einem sackleinenen Gewand und mit Erde an den Händen. Ohne Aufforderung füllte der Wirt Ale in einen Viertelkrug und reichte ihn ihm. «Durstig nach der Arbeit, Küster?»

«Ja, sehr.» Der Küster, der zugleich Totengräber war, dankte ihm und gab ihm eine Münze. «Zum Schluß war es auch noch dunkel.»

«Welche arme Seele ist es diesmal?» fragte einer der Männer am Kamin, während sein Nachbar bemerkte, daß es ein grausames Jahr gewesen sei, kein Zweifel, und bestimmt würde es noch mehr Begräbnisse geben.

«Harry Pargeters Tochter», erwiderte der Küster. «Die, die als Dienerin zu Miss Olivia nach London ging.» Diese Nachricht ließ augenblicklich alle verstummen. Der Küster spürte, daß die ganze Aufmerksamkeit auf ihn gerichtet war, er trank einen großen Schluck aus seinem Krug.

«Der Herr erbarme sich!» rief der Mann aus, der zuerst gesprochen hatte. «Wie ist das passiert – sie war doch ein ganz junges Mädchen!» Sein Nachbar wurde bleich und stammelte: «Gott bewahre uns, es ist doch nicht etwa die Pest, Küster?»

Der Küster zögerte einen Augenblick, um die größtmögliche Wirkung zu erzielen. «Nicht die Pest, Nachbar Oats», gab er mit gewichtiger Miene zur Antwort, «aber es ist eine seltsame Angelegenheit, ohne Frage. Sie trieb ertrunken in der Themse.» Nach dieser aufsehenerregenden Mitteilung scharten sich etliche Männer um ihn, einer bestellte noch ein Ale für den Erzähler, ein anderer bat ihn, mit seiner Geschichte fortzufahren. Der Küster genoß jeden Augenblick und trank in aller Ruhe mehrere Züge, bevor er weitersprach. «Der Pfarrer sagt, es gab eine gerichtliche Untersuchung, weil man glaubte, sie hätte sich vielleicht das Leben genommen und könne deshalb nicht als christliche Seele begraben werden. Aber dann kamen sie zu dem Schluß, daß das arme Mädchen irgendwie ins Wasser gefallen und ertrunken war.» Alle bestürmten ihn mit weiteren Fragen, aber der Küster wehrte ab. «Mehr weiß ich nicht», sagte er bestimmt und leerte seinen Krug. «Und jetzt gehe ich nach Hause und ins Bett.»

Das also, dachte Simon, sollte hier die Version der Geschichte sein: ein unglücklicher Unfall. Keine Gerüchte über üble Machenschaften; in neun Tagen würde niemand mehr über die Sache reden. Mit dem Küster verließen zahlreiche Gäste den Schankraum, so daß nun nur noch eine Handvoll Männer am Feuer saßen. Unter ihnen war der Mann, der als Nachbar Oats angesprochen worden war; er wandte sich John zu und fragte, woher er käme. John antwortete freundlich, er sei mit seinem Herrn (er deutete in die Ecke, wo Simon saß) wegen einiger Geschäfte aus London hergereist. Dann bestellte er für Oats etwas zu trinken und meinte dabei, der Unfalltod eines so jungen Mädchens sei doch eine schreckliche Sache.

«Wenn es ein Unfall war», erwiderte Oats finster, während er den Bierkrug entgegennahm. «Und das Mädchen sich nicht das Leben genommen hat. Untersuchung hin oder her, Hochmögende wie Sir Wolford können sich um solche Dinge kümmern, arme Leute nicht. Als die kleine Jinny Dakin vorletzten Winter ins Wasser ging, weil sie ein Kind von Sam Berwick bekam, wurde sie am *Four Lanes Cross* begraben, armes Kind. Das hat ihre alte Mutter ins Grab gebracht, jawohl.»

John nickte verständnisinnig, gewiß, wer Geld hatte, bekam stets recht. «Und wer ist dieser Sir Wolford?» fragte er dann.

Oats spie aus. «Da sieht man, daß du nicht aus dieser Gegend bist, denn dann würdest du das nicht fragen. Ihm gehört der alte Field-Landsitz im Vale und auch ein Grundstück in London.» Oats war offenbar der Langweiler des Ortes und nur allzu froh, einen Zuhörer gefunden zu haben.

«Eine vornehme alte Familie, nehme ich an?» fragte John, um ein neues Stichwort zu geben.

Oats schnaubte verächtlich. «Ganz und gar nicht! Seine Frau beerbte ihren Vater, den alten Sir John Field. Er gehörte wirklich zum Adel», erklärte er weiter. «Sir John blieb nur dieses eine Kind, nachdem seine beiden Söhne früh gestorben waren. Dieser Sir Wolford wollte ein schönes Gut auf dem Land, und so nahm er Fields Tochter zur Frau, obwohl sie über dreißig und eine graue Maus war. Und es brachte ihm kein Glück.»

John wollte wissen, warum.

«Weil auch er keinen Sohn als Erben hat, nur eine Tochter, die er mit irgendeinem Lord aus Kent verheiratet hat. Aber Sir Wolford ist ein sehr mächtiger Mann, hier und auch in London, sagt man, und er macht, was ihm gefällt.» Oats kam jetzt richtig in Fahrt. «Was seine Tochter anbetrifft, diese Miss Olivia ist ein halsstarriges Ding! Bekam immer ihren Willen, genauso wie ihr Vater, wurde nie gezügelt. Wenn sie sagt, Pargeters Tochter bekommt ein christliches Begräbnis, dann wird ihr Vater dafür sorgen, ganz gleich wie das Mädchen ertrank.»

«Hatte das Mädchen eigentlich hier in der Gegend einen Liebhaber?» fragte John. «Einen, der sie verführte und nicht heiraten wollte?»

Nachbar Oats dachte einen Augenblick lang nach. «Auf ihre Art war sie ein hübsches Mädchen, und es fehlte nicht an Verehrern, aber ich glaube nicht. Nachdem sie nach London gegangen war, hielt sie sich für was Besseres als die Jungen hier. Wenn ihr so etwas passiert ist, dann muß es wohl irgendein Draufgänger gewesen sein, den sie in der Stadt kennengelernt hat.»

Simon beobachtete seinen Diener mit einigem Vergnügen während der angeregten Unterhaltung. In so einer Situation war John sein Gewicht in Gold wert. Da alles einen guten Lauf nahm, stand er auf und gähnte. Er war müde nach dem langen Ritt und wund vom Sattel, es war ein langer Tag gewesen, der ja mit Saras Begräbnis begonnen hatte. Auf dem Weg nach oben sagte er seinem Diener gute Nacht. Er entkleidete sich, stieg ins Bett und blies die Kerze aus. Als er an Saras Begräbnis dachte, fiel ihm wieder die dunkelhaarige, attraktive Avisa Allen ein, ihre nichtsahnende Tochter. Er fragte sich, ob ihr Mann, der Seidenhändler, zu der aufstrebenden neuen Gruppe der Handelsherren gehörte oder ob er einer der älteren Stadtväter war, der sich glücklich schätzte, in zweiter Ehe eine attraktive, junge Frau für sich gewonnen zu haben. Diese interessante Frage bewegte ihn noch, als er einschlief.

So wie John Bradedge am nächsten Morgen aussah, hatte er reichlich und lange mit seinem Gesprächspartner gezecht; als er die Treppe hinunterstolperte, hatte sein Herr schon gefrühstückt. Allerdings erinnerte er sich an das meiste von dem, was er in Erfahrung gebracht hatte, und gab es weiter; außerdem wies er darauf hin, daß die Beerdigung wohl am frühen Vormittag sein würde. Da die beiden Männer durch die Fenster des Schankraumes einen guten Blick auf den Kirchhof hatten und so die Ankunft der Trauergäste nicht verpassen konnten, setzten sie sich und warteten. Simon hatte immer etwas zu lesen bei sich, er setzte sich ans Fenster und vertiefte sich in *Eine Kurzgefaßte Beschreibung der Astrologie, die niemals zuvor so präzise abgehandelt wurde,* verfaßt von einem Priester, einem gewissen John Indagine. Währenddessen fiel John in der Ecke in einen so festen Schlaf, daß die Magd, die den Fußboden wischte, den Versuch aufgab, ihn zu wecken, und mit ihrem Lappen um ihn herum putzte.

Nach ungefähr einer halben Stunde war von draußen Lärm und das Rattern eines Karren zu hören. Simon spähte hinaus, als der Karren vor dem Friedhofstor hielt, einige dunkel gekleidete Trauergäste folgten ihm. Vier Männer traten vor und hoben einen schlichten Holzsarg herunter, auf dessen Deckel ein Strauß weißer Blumen mit einer weißen Schleife lag. Sie stellten den Sarg auf die Platte neben dem Tor, als die Glocke zu läuten begann: Erst kamen die Sechs Schneider für den Tod einer Frau, dann achtzehn Schläge für jedes Jahr ihres Lebens; danach, als die Männer den Sarg auf ihre Schultern nahmen und ihn zum Grab trugen, folgte das eintönige Totengeläut.

Ohne weitere Umstände rüttelte Simon John kräftig und zerrte den verschlafen protestierenden Mann zur Tür hinaus. Der Weg zur Kirche war dicht von alten Eiben gesäumt, und es war leicht, einen Ort zu finden, von dem aus sie die Trauergäste beobachten konnten, ohne selbst gesehen zu werden. Die Frau in Schwarz mußte Elizas Mutter sein, sie wurde von einem Jungen gestützt, der, seiner Hautfarbe nach zu urteilen, auch mit Eliza verwandt sein mußte. Neben ihnen stand ein ungefähr zehnjähriges Mädchen, das ebenfalls die blasse Haut und das flachsblonde Haar der Familie hatte. Zwei junge Frauen, die, ihren Kleidern nach zu urteilen, Dienerinnen auf dem Landsitz waren, trugen kleine Sträuße aus Kräutern; und der ältere Mann mit achtunggebietender Miene war wohl Sir Wolfords Verwalter. Simon beobachtete, wie eine Kutsche eintraf und neben dem Friedhofstor hielt. Der Verwalter ging sofort hin, öffnete zuvorkommend den Schlag und half einer in grauen Samt gekleideten Dame beim Aussteigen. Das mußte Lady Barnes sein.

Als die Versammelten sich dem Grab näherten, wurden sie von dem Geistlichen begrüßt, einem großen, hageren Mann, der sich ohne weitere Einleitung umwandte und die ersten Worte des Trauergottesdienstes sprach. Wegen des kräftigen Windes konnten Simon und John seine Worte nicht verstehen, und da sie nicht gesehen werden wollten, wagten sie sich nicht näher heran; aber Simon hatte den

Eindruck, daß die Bestattungszeremonie ziemlich kurz war, mindestens genausoschnell erledigt wie bei Sara, wo das Geld nur für ein sehr schlichtes Begräbnis gereicht hatte. Als der Sarg ins Grab hinabgelassen wurde und die Anwesenden ihre Handvoll Erde und einige Blumen darauf warfen, löste sich der Junge, der vermutlich Elizas Bruder war, von der Seite seiner Mutter und begann auf den Geistlichen einzureden; nach der Reaktion des Mannes zu schließen, waren es ziemlich heftige Worte. Sie führten sogar zu einem regelrechten Streit, der erst endete, als einer der Sargträger, offenbar sein Vater, dazutrat und ernste Worte mit dem Pfarrer wechselte, bevor er seine Tochter und seinen Sohn zur Seite führte. Unterdessen warf seine Frau einen letzten Blick auf das offene Grab, machte dann einen Knicks vor ihrer Herrin und verließ mit ihrer Familie den Friedhof. Dann schritt Lady Barnes, mit viel Getue von ihrem Verwalter begleitet, zu ihrer Kutsche, ohne mit irgend jemandem Höflichkeiten auszutauschen.

Nachdem die Trauergäste gegangen waren, verweilte der Geistliche einige Minuten lang beim Grab und schaute ihnen gedankenvoll nach. Simon nutzte die Gelegenheit, verließ den Schutz der Bäume, ging zu ihm hinüber und begrüßte ihn mit einer Verbeugung.

«Dr. Simon Forman, zu Euren Diensten. Ich bitte um Entschuldigung, Sir, daß ich während eines Begräbnisses hier war. Ich habe von Eurer schönen alten Kirche gehört, und da ich im Dorf übernachtet habe, würde ich sie gerne besichtigen, bevor ich nach London zurückkehre.»

Der Geistliche antwortete mit gleicher Höflichkeit. Es war unverkennbar, daß er kein armer Kirchenmann war, der für einen wohlhabenden Pfarrer einspringen mußte, denn er trug ein Chorhemd aus feinem Leinen, das mit erlesener Spitze abgesetzt war, über einer langen Soutane aus edlem schwarzen Tuch. In der Tat sah er wie ein vornehmer Herr aus. Er stellte sich als Dr. James Field vor, bestätigte, daß die Kirche sehr schön sei, und fügte hinzu, daß das farbige Glasfenster auf der Ostseite ganz besonders eindrucksvoll sei. Ob Dr. Forman es zu sehen wünsche?

Simon dachte daran, daß John sich noch immer hinter den Eiben versteckte, und sagte, er würde es sehr gern sehen. Zuvor wolle er aber seinem Diener Anweisung geben, sich vor der Rückkehr nach London am Nachmittag um die Pferde zu kümmern.

«Ich vermute, Ihr, Dr. Forman, seid ein Doktor der Medizin und nicht der Theologie so wie ich?» erkundigte sich Field.

«Von den Universitäten Cambridge und Mailand, Sir.»

Der Geistliche überlegte einen Augenblick. «Dann möchte ich Euch bitten, später ein Glas Wein mit mir zu trinken, denn ich brauche dringend Rat.»

6. Kapitel

Einhundert Guineen

Wahrscheinlich muß ich jetzt den ganzen Vormittag in diesem Loch sitzen», murrte John, «während Ihr Euch mit dem Pfarrer unterhaltet.»

Simon lächelte. «Du wirst bestimmt eine Beschäftigung finden. Ich werde mir anhören, was er auf dem Herzen hat, und dann sehen, ob ich mit Elizas Familie reden kann. Sag dem Wirt, daß wir heute nachmittag aufbrechen, nachdem wir gegessen haben.» Dann ging er zum Pfarrer zurück und ließ sich die wunderschöne Kirche zeigen, der man ansah, daß sie jahrhundertelang wohlhabende Gönner gehabt hatte. Nachdem Simon das Ostfenster gebührend bewundert hatte, kam er auf die Beerdigung zu sprechen. «Wenn ich die Glockenschläge richtig gezählt habe, war es ein ganz junges Mädchen, das Ihr heute morgen zu Grabe getragen habt. Es ist immer sehr traurig, wenn junge Menschen von uns genommen werden.»

Field gab ihm recht und fügte hinzu: «Es war tatsächlich eine junge Frau, und genau darüber möchte ich mit Euch sprechen.» Sie verließen die Kirche und kamen an Elizas Grab vorbei, das der Küster mit Hilfe eines jungen Burschen gerade zuschaufelte. Dabei pfiff er vor sich hin.

Mit seinen Stuckverzierungen und Sprossenfenstern war das Pfarrhaus sehr ansehnlich. Wenn man es betrat, wurde offenkundig, daß hier kein einfacher Landpfarrer lebte. Der Raum, in den Dr. Field Simon führte, war gut eingerichtet, an einer Wand hing ein großer, schöner Wandteppich, auf dem das Urteil des Salomo dargestellt war. Dr. James Field mußte also über beträchtliches Privatver mögen verfügen. Eine freundliche Frau fragte nach den Wünschen ihres Herrn und wurde um Wein gebeten. Einige Minuten später erschien ein adrett gekleidetes Dienstmädchen mit einer Flasche und zwei dünnen Gläsern auf einem Silbertablett.

Durch einen Wink forderte Field Simon auf, Platz zu nehmen, dann öffnete er die Flasche und schenkte Rotwein in ein Glas. «Er wird Euch schmecken, glaube ich. Ich bekomme ihn aus Bordeaux. Leider kann ich Euch kein Mittagessen anbieten, meine Frau und meine Töchter sind zu Besuch bei meiner Schwiegermutter einige Meilen von hier.» Er reichte Simon das Glas. «Bitte verzeiht, daß ich mich Euch in dieser Weise aufdränge, Dr. Forman, aber man hat nur selten die Gelegenheit, sich einem Gentleman anzuvertrauen, wie Ihr es seid.»

Simon mußte innerlich grinsen, als er dieses Kompliment hörte. Er konnte sich wie ein Gentleman kleiden und wie einer sprechen, aber ihm war bewußt, daß er nie die mühelose Leichtigkeit seines Gastgebers erreichen würde, der in diese Rolle hineingeboren worden war. Sein Recht, sich ‹Gentleman› zu nennen, beruhte allein auf seinem Doktortitel, nicht auf seiner Herkunft.

Field füllte sein eigenes Glas und wechselte dann unvermittelt das Thema. «Sagt mir, Dr. Forman, ist es möglich, nach einem Tod durch Ertrinken festzustellen, wie jemand ertrunken ist?» Als er Simons erstaunten Blick sah, fügte er schnell hinzu: «Das heißt – wäre es möglich zu entscheiden, ob jemand etwas unternommen hat, um seinem Leben ein Ende zu bereiten?»

Könnte es sein, dachte Simon, daß auch andere Zweifel

hegten? «Das wäre schwierig», antwortete er vorsichtig, «es sei denn, die Person stürzte von einem Ort ins Wasser, der sehr schwer zu erreichen ist. Daraus könnte man schließen, daß es Absicht war. Aber wenn Ihr wissen wollt, ob es möglich ist, medizinisch festzustellen, wie ein Opfer ertrunken ist, dann lautet die Antwort nein. Es sei denn, es gibt Zeichen von Gewalt, wie einen Schlag auf den Kopf, aber das wäre natürlich eine ganz andere Geschichte.»

Field nickte. «Das Mädchen, von dem wir sprachen, wurde vor einigen Tagen aus der Themse gefischt. Sie war die Dienerin von Lady Olivia Tuckett. Alles, was ich weiß, habe ich dem Brief entnommen, den diese mir geschickt hat. Sie schreibt, es habe eine gerichtliche Untersuchung gegeben und das Mädchen habe sich nicht selbst das Leben genommen. Sie sagt auch, es sei ihr nicht möglich, London zu verlassen, um am Begräbnis teilzunehmen, aber ihre Mutter würde das tun und dafür sorgen, daß ich für die Bestattung, das Grab und das Glockengeläut bezahlt würde. Die Eltern des Mädchens sind anständige Leute und zutiefst getroffen.»

Simon überlegte einen Augenblick lang, ob er ihm seine Sicht der Dinge anvertrauen sollte, entschied sich aber dagegen, zumindest vorläufig. Er fragte jedoch, warum der Pfarrer nicht mit dem zufrieden sei, was ihm mitgeteilt wurde.

«Weil es mir seltsam schien, daß ein Mädchen umherstreifen und einfach ausrutschen oder durch ein Versehen ins Wasser fallen sollte. Ihr müßt wissen, daß dies keine müßigen Überlegungen sind. Wenn ein Vorsatz feststellbar gewesen wäre, hätte ich keine Bestattung auf meinem Kirchhof zugelassen. So wie die Dinge liegen, blieb mir keine andere Wahl, als Lady Tucketts Wort zu vertrauen, aber ich bin alles andere als zufrieden und habe deshalb an den

Richter geschrieben und um ein Protokoll der Untersuchung gebeten. Deswegen habe ich nur die kürzeste Zeremonie abgehalten. Das hat den Bruder des Mädchens sehr erzürnt.» Er seufzte. «Aber ich traue Sir Wolford und seiner Familie nicht im geringsten. Wenn sich herausstellt, daß ich getäuscht worden bin, dann ist das eine sehr ernste Angelegenheit.»

Simon äußerte sich nicht dazu, aber angesichts der Meinung Fields über die Familie Barnes interessierte es ihn, ob die Pfründe vom Besitzer des Landgutes verliehen würde.

Die Reaktion des Mannes auf seine Frage überraschte ihn. «Jawohl», erwiderte der Pfarrer bitter, «von Rechts wegen gehört der ganze Landsitz mir. Der Streit darüber nimmt kein Ende. Sir John Field hat den Besitz in seinem Testament Sir Wolford hinterlassen – als Teil der Vereinbarungen anläßlich der Hochzeit seiner Tochter; aber gerechterweise hätte er an meinen Zweig der Familie fallen müssen. Mein Großvater war Sir Johns Bruder, und da kein Sohn da war, hätte der Besitz zuerst an meinen Vater, dann an mich vererbt werden müssen. Mein Großonkel fühlte sich offenbar in dieser Sache irgendwie schuldig, und da er für die Verleihung der Pfründe zuständig war, verfügte er, sie solle mir gehören, wenn die Zeit da wäre und ich meinen Abschluß und meinen Doktortitel erhalten hätte.» Er schenkte Simon Wein nach und lächelte gequält. «Aber noch ist nicht alles verloren. Wenn Lady Olivia keinen Sohn zur Welt bringt, bevor Sir Wolford stirbt, dann wird der Besitz an mich zurückfallen. Das sehen die Verfügungen im Testament vor. Noch gibt es keinen Erben, aber sie ist ja erst seit kurzem verheiratet.»

Danach schilderte er Simon in groben Zügen Umstände, die zur Abfassung des umstrittenen Testaments geführt hatten. Anschließend lenkte er das Gespräch auf allgemeinere Themen, und die beiden unterhielten sich angeregt, bis sie den Wein getrunken hatten. Beim Abschied versicherte Field Simon, er sei willkommen, wenn er wieder in die Gegend komme, und stellte in Aussicht, daß er Simon bei seinem nächsten Besuch in London aufsuchen würde. Simon erklärte ihm, wo er in der Bankside zu finden war, und sie schieden freundschaftlich voneinander.

Simon war in nachdenklicher Stimmung, als er das Pfarrhaus verließ, und machte sich auf den Weg zum Haus der Pargeters. John Bradedge hatte die Geschichte des Field-Landsitzes gut behalten, doch über das Testament des alten Gutsherrn hatte er nichts erfahren; vielleicht waren seinem Gesprächspartner die Verfügungen nicht bekannt. Es hatte also einen Familienstreit gegeben, weil der Landsitz an Sir Wolford fiel! Nach Fields Erzählung war sein Großvater eine Art schwarzes Schaf gewesen, ein Freibeuter an der Grenze zur Seeräuberei, wenngleich er sich im Alter ehrbar niederließ, nachdem er ein beträchtliches Vermögen angehäuft hatte. Sir John hatte sich jedoch viele Jahre lang geweigert, mit seinem berüchtigten Bruder zu verkehren. Hätte aber das Schicksal nicht in der Gestalt von Sir Wolford Barnes eingegriffen, so hätte er seine Haltung vor seinem Tod vielleicht noch geändert. Möglicherweise hatte er deshalb bei der Abfassung des Ehevertrages gegenüber Sir Wolfords Anwälten darauf bestanden, daß der Besitz zurück an die Familie fallen sollte, wenn vor Sir Wolfords Tod kein männlicher Erbe geboren würde. Sir Wolford hatte dem zugestimmt, da er keinen Grund sah, warum er nicht mehrere Söhne zeugen sollte, und in dem bedauerlichen Fall, daß er nur Töchter haben würde, mußte es doch zumindest kräftige Enkel geben.

So warteten also zwei Familien, die Barnes und die Tucketts darauf, daß Olivia einem gesunden Sohn das Leben schenken würde. Und gleichzeitig war Dr. James Field, der Pfarrer von St. Anne, mit gutem Grund darüber erzürnt, daß er aller Wahrscheinlichkeit nach sein Erbe verloren hatte, und beobachtete das Geschehen aufmerksam aus dem Hintergrund – eine interessante Situation.

Ein gewundener Weg führte vom Haupttor des Gutes zu dem schönen Fachwerkhaus, das Teil ebendieses Erbes war. Die Sonne schien auf die großen, in Bleifassungen gesetzten Fenster, und aus dem gepflegten Garten hörte man den immer wiederkehrenden Ruf der Pfaue. Das Häuschen der Pargeters gehörte zu einer Gruppe kleiner Behausungen, die fast ein eigenes kleines Dorf bildeten und links vom Haupthaus mit seinen Ställen, der Milchküche, Brauerei und der Waschstube lagen.

Niemand versuchte Simon aufzuhalten, als er am Pförtnerhäuschen vorbeiging und wenige Minuten später die Wohnhäuser erreichte. Das Haus der Pargeters war leicht zu erkennen, da an der Tür ein Kranz grüner Kräuter mit einem schwarzen Band befestigt war. Gerade als er klopfen wollte, wurde diese Tür von Elizas Bruder geöffnet, der einige Gäste hinausbegleitete, die offensichtlich der Familie ihr Beileid ausgesprochen hatten, denn sie verabschiedeten sich mit einem Händeschütteln. Innen war es ganz still.

Beim Anblick des gutgekleideten Fremden auf der Schwelle wirkte Elizas Bruder etwas verblüfft, er wollte die Tür gerade wieder schließen, als Simon ihn ansprach. «Wäre es möglich, deine Eltern zu sprechen? Ich bin Dr. Simon Forman aus London und habe auf der Durchreise nach Ipswich hier vom Tod deiner Schwester erfahren. Ich möchte deinen Eltern meine Aufwartung machen, denn ich kannte Eliza, da sie mich vor etwa vier Monaten besucht hat.»

Der Junge schien unschlüssig, was er tun sollte; schließlich kam seine Mutter, um nachzusehen, warum er die Tür nicht wieder schloß. Als Simon seine Worte wiederholte, schickte sie ihren Sohn sofort weg und machte einen Knicks vor ihm.

«Wie nett von Euch, Sir. Wollt Ihr nicht eintreten?» Das Zimmer, in das sie ihn führte, war ordentlich, sauber und sparsam eingerichtet – offenbar handelte es sich um die gute Stube. Durch eine offene Tür sah er die geräumige Küche, aus der Elizas Vater trat, der jetzt wieder Arbeitskleidung trug. Es roch durchdringend nach Stoffarbe, denn wie die meisten arbeitenden Menschen konnten die Pargeters sich keine Trauerkleidung leisten und hatten daher vorhandene Kleidungsstücke schwarz gefärbt. Harry Pargeter hielt inne, als er Simon sah. «Das ist Dr. Forman aus London, Harry», sagte seine Frau. «Er sagte mir, Eliza habe ihn vor einiger Zeit aufgesucht, und als er im Dorf von unserem traurigen Schicksal hörte, wollte er uns sein Beileid aussprechen.»

Pargeter begrüßte Simon mißtrauisch. «Ihr seid also Arzt, Sir? Heißt das, daß meine Tochter zu Euch kam, weil sie krank war?»

«Nein, sie war nicht krank», antwortete Simon behutsam, «sie kam zu mir, weil sie, wie so viele junge Mädchen, ein Horoskop wollte.»

Diese Neuigkeit wurde ungnädig aufgenommen. «Dann muß ich Euch sagen, Sir, daß ich von solchem Kram nichts halte. Es schickt sich nicht für Christen, zu heidnischen Methoden zu greifen, um zu erfahren, was Gottes Wille ist.»

«Aber Harry», warf seine Frau, den Tränen nahe, ein, «laß uns nicht streiten, nicht an diesem Tag. Wahrscheinlich machten Elizas Freundinnen das gleiche, und du weißt doch, wie junge Mädchen einander bei solchen Dingen beeinflussen.»

«Viele Ärzte nutzen astrologische Mittel als Hilfe bei der Diagnose von Krankheiten und deren Folgen», fügte Simon hinzu. «Das ist durchaus seriös und wurde uns ja auch von den Alten überliefert.»

«Ich bleibe dabei, das ist Sache Gottes, nicht der Menschen. Sonst wollte meine Tochter nichts von Euch?»

«Nur einen Schlaftrunk für ihre Herrin.»

«Geh jetzt ruhig zurück zu deiner kranken Stute, Harry.» Mistress Pargeter schaute ihren Mann mitfühlend an. «Du wirst dich dort in den Ställen besser fühlen, als wenn du hier traurig herumsitzt, ohne etwas zu tun. Und du kannst auch zurück an deine Arbeit gehen, Joshua», sagte sie zu ihrem Sohn gewandt, «und hilf, deinen Vater zu trösten. Wir erwarten euch zur Essenszeit, obwohl, was Essen betrifft ...» Wieder rannen Tränen über ihre Wangen. Pargeter legte den Arm um sie. «Bist du sicher, daß ich gehen soll?» Sie nickte und trocknete ihre Augen. «Laß mich. Grace und ich werden das Haus saubermachen und dem Doktor eine Erfrischung anbieten.» Ihr Mann wirkte nicht ganz überzeugt, doch er gab ihr einen Kuß auf die Wange, rief dann nach seinem Sohn und verließ das Haus.

Als sie gegangen waren, bot Mistress Pargeter Simon ein Stück vom Beerdigungskuchen und Ale an und ging dann in die Küche, um beides zu holen. Sie war eine gutaussehende Frau von kräftigerer Statur und gesünderer Hautfarbe als Eliza, und Simon vermutete, daß sie unter normalen Umständen flink und zupackend war. Sie kam zurück und brachte ihm einen Zinnkrug mit Ale und ein Stück dunklen Kuchen.

«Meine Herrin meinte, ich muß erst morgen zurück in die Milchküche oder sogar noch später, wenn ich will, aber das glaube ich nicht. Wie ich zu Harry sagte, es ist das beste, sich zu beschäftigen, und es wird mich trösten, wenn ich mit den anderen Frauen zusammenbin.» Wieder brach ihre Stimme, und Elizas Schwester, die bisher schweigend dagesessen hatte, trat auf sie zu und hielt ihre Hand. «Wie habt Ihr das Horoskop von unserer Eliza gedeutet?» fragte sie. «Wußtet Ihr, daß etwas Schreckliches passieren würde?»

Simon lächelte ihr beruhigend zu. «Ehrlich gesagt, ich habe nichts Schlimmes gesehen. Ich konnte nur so wenig herausbekommen, daß ich ihr sagte, sie sei wahrscheinlich zu jung, als daß ich ein zuverlässiges Horoskop erstellen könnte, und daß sie vielleicht wiederkommen sollte, wenn sie etwas mehr Lebenserfahrung hätte.»

«Es ist gut jetzt, Grace», sagte ihre Mutter und drückte den Arm ihrer Tochter. «Zieh dich um und geh zurück in die Küche an dein Spinnrad. Du kannst an unsere arme Eliza denken, während du spinnst. Ihr sagt uns doch die Wahrheit, Dr. Forman?» fragte sie, als Grace widerstrebend das Zimmer verließ. «Wenn irgend etwas mit Eliza nicht in Ordnung war, würde ich das lieber wissen. Es kann jetzt nicht mehr weh tun.»

Das ist eine Frau mit guter Auffassungsgabe, dachte Simon. «Ihr sprecht fast, als würdet Ihr erwarten, daß etwas nicht stimmte», sagte er.

Mistress Pargeter sah ihn einen Augenblick lang unverwandt an. «Als Arzt müßt Ihr daran gewöhnt sein, Dinge vertraulich zu behandeln. Es gibt etwas, was ich Euch gerne zeigen würde. Vielleicht könnt Ihr uns helfen, Licht in diese Sache zu bringen.» Sie ging zu einem Schrank neben dem Kamin und nahm ein Holzkästchen heraus, das sie auf den Tisch stellte. Darin waren vier kleine Lederbeutel. Sie hob einen von ihnen und schüttelte ihn sanft. Es klimperte leise. «Gold. Einhundert Guineen in Gold.»

Simon starrte sie verblüfft an. Das war eine gewaltige Summe.

«Harry wird vermutlich denken, wir sollten es behalten, aber ich muß mit jemandem sprechen, vor allem jetzt, da sie ... von uns gegangen ist. Vor etwa einem Monat, vielleicht etwas früher, kam unsere Eliza her, weil Lady Olivia ihre Mutter oben im Haus besuchte. Sie zeigte uns das Kästchen, sagte uns, was darin war und wozu es verwendet werden sollte. Zwanzig Guineen waren für Joshua, damit er eine gute Lehre machen und sich danach etwas aufbauen sollte – jetzt arbeitet er mit seinem Vater als Stalljunge. Weitere zwanzig sollten als Mitgift für Grace beiseite gelegt werden. Dreißig Guineen würden Harry und mir ein geruhsames Alter sichern, und der Rest war für ihre eigene Mitgift bestimmt. Als ich fragte, warum ihr Anteil soviel größer als der ihrer Schwester sein sollte, antwortete sie nur, daß es gute Gründe gäbe.»

«Habt Ihr nicht gefragt, wie sie zu solchem Reichtum gelangt war?» fragte Simon.

«Aber natürlich. Harry war sehr besorgt und versuchte immer wieder, sie dazu zu bewegen, uns zu sagen, woher sie das Geld hatte, aber sie sagte nur, daß es nicht gestohlen und daß kein Verbrechen begangen worden war. Harry ließ sie das sogar auf die Bibel schwören. Sie beteuerte, daß sie es ehrlich erworben hatte und daß es ein Geschenk war. Aber diese Sache hat mir keine Ruhe gelassen. Und jetzt weiß ich weder ein noch aus.»

«Und Ihr habt noch immer keine Ahnung, woher sie es hatte?»

Sie zögerte. «Ich habe mich immer wieder gefragt, ob sie vielleicht von irgendeinem wohlhabenden Mann oder einem jungen Lord verführt wurde und ob es der Preis ihrer Jungfräulichkeit war. Denn ich schwöre, sie war eine Jungfrau, als sie in den Dienst der Lady trat, obwohl manch guter Bursche ihr hier den Hof gemacht hatte – zum Beispiel

John, der Sohn unseres Nachbarn, aber unsere Eliza war von Natur aus kalt in diesen Dingen. Bevor sie wegging, sagte sie allerdings, sie würde vielleicht bald heiraten und einen Hausstand gründen, und vielleicht wäre John so gut wie irgendein anderer. Es kam mir in den Sinn, daß sie vielleicht schwanger war und daß derjenige, der sie verführt hatte, ihr so ermöglichen wollte, einen Mann zu finden, obwohl», fügte sie bitter hinzu, «wenige so eine große Summe zahlen würden. Was eine Heirat betraf, war John sicherlich vernarrt genug in sie, und bei einer Mitgift von dreißig Guineen würden die meisten jungen Männer eine solche Verbindung eingehen, ob ein Kind unterwegs ist oder nicht, vor allem wenn die Frau noch nicht zu weit ist und man das Kind glaubhaft als das des Ehemanns ausgegeben kann. Das ist also der Grund, warum ich fragte, ob sie nur wegen dem Horoskop zu Euch kam, für den Fall, daß Ihr uns schonen wolltet.»

Simon schüttelte den Kopf. «Nein, ich habe die Wahrheit gesagt. Sie kam, weil sie ein Horoskop für sich und Mohnsirup für ihre Herrin wollte, und ich kann Euch mit Bestimmtheit sagen, daß sie zu dem Zeitpunkt nicht schwanger war.»

Sie verstand die Nuance sofort. «Was sagt Ihr da?»

«Daß sie allerdings schwanger war, als sie starb, ungefähr im dritten Monat. Ich mußte helfen, ihre Leiche an Land zu bringen, und dann habe ich sie untersucht», sagte Simon.

Mistress Pargeter wurde bleich. «Sie könnte sich also doch das Leben genommen haben?»

«Das ist möglich, Mistress, aber ich glaube es nicht. Man hat Euch die Wahrheit vorenthalten. Ich sage Euch jetzt, daß ich ihre Leiche gesehen habe und überzeugt davon bin, daß ihr Gewalt angetan wurde, bevor sie in den Fluß fiel und ertrank. Das Urteil bei der Verhandlung lautete auf vorsätzlichen Mord.»

«Jesus!» erwiderte die Frau. «Guter Gott im Himmel! Man hat uns nichts gesagt, nur daß sie sich nicht das Leben genommen hat. Sie war also schwanger? Wenn das stimmt, glaubt Ihr, daß das der Grund für alles war? Aber warum sollte jemand etwas so Schreckliches tun?»

«Ich weiß es nicht, Mistress Pargeter», sagte Simon. «Aber ich habe vor, alles mir Mögliche zu tun, um es herauszufinden. In der Zwischenzeit halte ich es für das beste, wenn Ihr für Euch behaltet, was ich Euch gesagt habe. Das heißt, wenn Ihr Euch stark genug dazu fühlt.»

Sie hob den Kopf. «Das werde ich müssen. Ich kann mir nicht vorstellen, wozu Harry und Joshua imstande wären, wenn sie eine Ahnung davon hätten, und der liebe Gott allein weiß, was geschehen wird, wenn sie es erfahren.» Beim Abschied drückte sie Simons Hand in stiller Dankbarkeit. «Ihr seid sehr gütig, Sir. Es ist selten, daß ein Mann Eures Standes solches Interesse zeigt.»

«Glaubt mir», versicherte er ihr, «ich werde nicht ruhen, bis ich dieser Sache auf den Grund gegangen bin. Wenn ich mehr erfahre, werde ich Euch benachrichtigen.»

Eine halbe Stunde später war Mistress Pargeter sehr überrascht, als Sir Wolfords Verwalter vor ihrer Tür stand. Matthew Laurence war ein wichtigtuerischer, diensteifriger Mann, der bei den anderen Bediensteten sehr unbeliebt war, nicht zuletzt, weil ihm kaum etwas von dem, was auf dem Gut passierte, entging und er seinen Herrn stets auf dem laufenden hielt. Mistress Pargeter hatte kaum eine andere Wahl, als ihn hereinzubitten, und wollte gerade versichern, daß sie am kommenden Morgen wieder in der Milchküche wäre, als er sie unterbrach.

«Das müßt Ihr entscheiden, wie meine Herrin Euch gesagt hat. Aber deshalb bin ich nicht hier. Ich habe gehört, daß Ihr Besuch hattet. Ein Mann aus London. Darf ich fragen, wer er war und warum er Euch ausgerechnet heute seine Aufwartung machte?»

Sie fragte sich, wie er so schnell davon erfahren hatte. Irgend jemand hatte aufgepaßt. «Es war ein Arzt, Master Laurence. Ein Dr. Simon Forman. Er scheint zufällig im Dorf gewesen zu sein, und als er von Elizas Tod hörte, wollte er uns sein Beileid aussprechen, da sie ihn einmal in London aufgesucht hatte.» Auch wenn Simon sie nicht gewarnt hätte, war ihre Abneigung gegen den Verwalter so groß, daß sie ihm nicht mehr verraten hätte.

«Aha. Und hat er Euch gesagt, warum sie ihn aufsuchte?»

«Er sagte, sie sei wegen einer Arznei für Lady Olivia gekommen und auch weil sie, wie so viele dumme Mädchen, ihr Horoskop erfahren wollte.»

Der Verwalter dachte nach. «Und das war alles?»

«Was könnte sonst gewesen sein?»

Der Verwalter sah sie schweigend an. «Und Ihr sagt, der Name dieses Arztes war Forman?»

Mistress Pargeter nickte und begleitete ihn hinaus.

Ins Haus zurückgekehrt, griff Laurence sofort zu Feder und Papier und verfaßte eine kurze Nachricht an seinen Herrn. Dann rief er einen Diener zu sich und wies ihn an, sie unverzüglich Sir Wolford in London zu überbringen, seine Reise solle er nur unterbrechen, wenn es unumgänglich war.

7. Kapitel

Die Dame in Grau

Müde traf der Bote am nächsten Morgen bei Sir Wolford ein. Nach einem Wortwechsel mit dem Pförtner am Tor wurde er ins Haus geführt. Wenn der Tag begann, war Sir Wolford immer reizbar, und als er hörte, daß eine dringende Nachricht vom Lande eingetroffen war, reagierte er alles andere als erfreut. Als er den Brief gelesen hatte, schickte er sofort nach seinem Sekretär. Elizas Schicksal war von so geringem Interesse für ihn gewesen, daß er nicht einmal daran gedacht hatte, nach dem Ergebnis der Untersuchung zu fragen. Das Mädchen war tot, man hatte sie nach Hause gebracht, damit sie begraben werden konnte, und das war alles. Wenn er überhaupt daran dachte, dann weil er dankbar war, daß ein wertvolles Schmuckstück mit ihrer Leiche wieder aufgetaucht war. Er wollte nicht erneut mit der Sache konfrontiert werden.

Als Francis Down den Raum betrat, schleuderte er ihm den Brief entgegen und verlangte eine Erklärung, während er ungehalten auf und ab schritt. «Was hat das zu bedeuten?» knurrte er, als Down den Brief des Verwalters überflog. «Dieser Dr. Forman. War nicht er es, der hierherkam, um uns vom Tod des Mädchens zu benachrichtigen?»

Down bejahte.

«Was in des Teufels Namen hat er dann auf meinem Landsitz zu suchen?»

«Master Laurence schreibt, er habe Mistress Pargeter gesagt, daß er zufällig in Stratford St. Anne war», erwiderte Down ruhig. «Aber wenn Ihr meine Meinung hören wollt, ich denke, seine Anwesenheit dort war geplant, weil er irgendeine Absicht verfolgt.»

«Und was könnte das sein? Und warum mischt er sich in meine Angelegenheiten ein?»

«Ihr habt vielleicht nicht gehört, Sir, was bei der Untersuchung herauskam?»

«Was soll ich gehört haben, Mann? Kommt endlich zur Sache, um Gottes willen. Diese Geschichte wird länger dauern als eine Nacht in Rußland, und dort sind die Nächte lang.»

Down sprach mit samtweicher Stimme. «Wir haben es Dr. Forman zu verdanken, daß das Urteil auf vorsätzlichen Mord lautete.»

Sir Wolford war so verblüfft, daß er unvermittelt stehenblieb. «Habt Ihr den Verstand verloren?»

«Dr. Forman erwähnte Abdrücke an den Handgelenken des Mädchens», fuhr Down fort, «Abdrücke von Seilen, mit denen sie gefesselt worden sei. Er nannte auch andere Hinweise, die ihn zu dem Schluß führten, daß sie umgebracht wurde, und die Geschworenen schlossen sich widerstrebend seiner Ansicht an, obwohl der Richter alles andere als glücklich darüber war. Ich kann mir daher nur vorstellen, daß Forman sich auf den Weg ins Vale machte, weil er etwas suchte, was seine Theorie stützen könnte.»

«Die Impertinenz dieses Mannes ist eine Gefahr!» dröhnte Sir Wolford.

Down stimmte zu.

«Wir müssen etwas unternehmen», brüllte sein Herr, «bevor er nicht nur die ganze Stadt, sondern auch die Leute auf dem Land mit seinen Geschichten an der Nase herumführt!»

«Wenn Ihr mich ausreden laßt, Sir», erwiderte Down, «ich glaube, es gibt zwei Wege zu verhindern, daß er noch mehr Unruhe stiftet. Zuerst einmal sagte mir Eure Tochter, als ich ihr von dem Urteil erzählte, Eliza habe ihr anvertraut, daß sie einen gewalttätigen Liebhaber hätte, der sie manchmal schlage. Aus Sorge um das Mädchen bat Eure Tochter sie inständig, ihm den Laufpaß zu geben. Wenn Dr. Forman also recht hat, ist anzunehmen, daß Eliza nicht auf Lady Olivias Rat hörte. Falls es wahr ist, daß jemand sie tätlich angegriffen und dann in den Fluß geworfen hat, so dürfte es mit hoher Wahrscheinlichkeit dieser Mann gewesen sein. Vielleicht wollte sie ihm sogar den gestohlenen Anhänger geben, und die beiden hatten einen verhängnisvollen Streit, bevor sie dazu kam.»

Sir Wolford dachte darüber nach. «Kennt Olivia den Namen dieses Burschen?»

«Ich glaube nicht. Sie sagte nur, er sei irgendein Seemann. Inzwischen ist er bestimmt unterwegs zum anderen Ende der Welt.»

«Nun, das klingt plausibel», erwiderte Sir Wolford. «Aber was hat das mit Dr. Forman zu tun?»

«Ich habe Eurer Tochter nahegelegt, dem Richter zu schreiben, ihm die Situation zu schildern und zu erklären, daß sie zu aufgewühlt war, um ihn vor der Untersuchung darüber zu unterrichten. Sie könnte ihn außerdem bitten, Dr. Forman davon in Kenntnis zu setzen, da er sich als lästig erweist. Das müßte die Sache ins Lot bringen, soweit es den Richter betrifft.»

«Hat Olivia ihm denn geschrieben?»

«Ich habe nicht nachgefragt.»

«Dann wird es Zeit», meinte Sir Wolford. «Sagt ihr, daß ich sie auf der Stelle sprechen möchte.»

Er wartete mit wachsender Ungeduld auf Downs Rückkehr und mußte sich dann sagen lassen, daß Lady Olivia ausgegangen war.

«Also gut, *ich* werde dem Richter schreiben! Oder besser, Ihr schreibt und ich unterzeichne. Jetzt sofort. Ich vermute, er ist regelmäßig in den Rechtsschulen? Laßt den Brief sofort hinbringen.» Sir Wolford hielt inne. «Habt Ihr nicht von zwei Wegen gesprochen, mit Dr. Forman fertigzuwerden?»

Down lächelte. «Ich habe mir die Mühe gemacht, Nachforschungen über ihn anzustellen. Für Euch», fügte er hastig hinzu. «Und ich habe erfahren, daß man ihm im Königlichen Ärztekolleg nicht wohlgesonnen ist. Er ist ein Niemand, der von nirgendwo kommt, und er hatte große Mühe, das Königliche Kolleg davon zu überzeugen, daß er ordnungsgemäß qualifiziert ist. Sie haben ihn etliche Male vor ihr Ratskomitee zitiert; ein namhafter Arzt ging so weit, mir zu sagen, daß er ihn für einen berüchtigten Betrüger halte. Eine Zeitlang verweigerten sie ihm die Erlaubnis, seinen Beruf auszuüben.»

«Ist er denn kein richtiger Arzt?» fragte Sir Wolford.

«Er behauptet, seine Ausbildung in Italien gemacht zu haben, und es scheint ihm schließlich gelungen zu sein, die Universität von Cambridge zu überreden, seinen Abschluß anzuerkennen; so sah sich das Kolleg gezwungen, ebenfalls seine Zustimmung zu geben. Aber dort gibt es viele, die nur zu froh wären, wenn ihm seine Zulassung entzogen würde. Sie sollten doch unbedingt auf einen Arzt aufmerksam gemacht werden, der sich in fremde Angelegenheiten einmischt – in Angelegenheiten, die nichts mit Medizin zu tun haben. Vor allem, da er vor kurzem auch einen bekannten Richter verärgert hat. Eine wohlüberlegte Beschwerde beim Königlichen Kolleg könnte durchaus zur Folge haben, daß er seinen Beruf nicht mehr ausüben kann.»

Sir Wolford rieb sich die Hände. «Gut gemacht, Down, sehr gut gemacht. Schreibt auch einen Brief an das Kolleg. Ich werde nicht dulden, daß irgend jemand, wer auch immer es sei, sich in meine Angelegenheiten einmischt!»

Simon und John trabten am nächsten Morgen nach London zurück, nachdem sie in einem Gasthaus ungefähr fünfzehn Meilen vor der Stadt übernachtet hatten. Wie immer, wenn Simon fort gewesen war, schien alle Welt plötzlich erkrankt zu sein und beschlossen zu haben, ihn aufzusuchen; der Apotheker, mit dem er meist zusammenarbeitete, hatte zweimal nach den Zutaten für eine Arznei gegen Gürtelrose gefragt und wartete gerade jetzt in der Küche auf seine Rückkehr. Außerdem, berichtete ihm Anna, sei eine Dame in Grau am vorigen Nachmittag dagewesen und, da sie ihn nicht angetroffen hatte, am Morgen wiedergekommen. Sie hatte ihren Namen nicht genannt.

Seine erste Aufgabe war es, dem Apotheker die Zutatenliste für den Trank zu geben, der bei Gürtelrose Erleichterung verschaffte: Man mußte Wegerichblätter in Gerstenschleim kochen, durchseihen, zerkleinerte Veilchenwurzel, armenischen Baumstamm und ein wenig zermahlenen Blutstein hinzugeben. Der Apotheker notierte alles sorgfältig und dankte ihm. Simon stellte viele Arzneien selbst her, der Apotheker suchte seinen Rat und hatte größere Mengen einiger Säfte und Salben und ihrer Zutaten vorrätig, die er Simon gebrauchsfertig überließ. Wie die meisten seiner Zunft versorgte der Apotheker Ärzte und verordnete auch selbst Arzneien, vor allem bei denen, die zu arm oder zu ängstlich waren, einen Arzt aufzusuchen.

«Nach dem schlechten Wetter klagen viele über Skorbut, Doktor. Was haltet Ihr da für das beste?»

«Wenn es nicht so schlimm ist, sollte man Brunnenkresse

essen. Ich nehme an, Ihr weist darauf hin oder verabreicht sie gekocht mit Löffelkraut und Getreide?»

«Jawohl», sagte der Apotheker, «aber in vielen Fällen sind die Beschwerden dennoch hartnäckig.»

«Dann probiert Ackermennig, Lakritze und Rhabarber, mit Wermut und Zimtwasser gekocht. Das allerwichtigste wäre jedoch ein schöner Sommer, und darauf deuten äußerst wenig Anzeichen hin.» Der Apotheker dankte Simon und ging.

Seine Reise nach Essex hatte Simon reichlich Stoff zum Nachdenken geliefert. Elizas ungewöhnlicher Schatz, die hundert Guineen, spielten gewiß eine Rolle bei dieser Geschichte. Ob Dr. James Field und sein verlorenes Erbe von Wichtigkeit waren, konnte er nicht entscheiden. Wäre Olivia aus der Themse gefischt worden, hätte man vermuten können, daß der weltgewandte Geistliche seine Hand im Spiel hatte – Simon merkte sehr wohl, daß dies eher der Stoff für ein Theaterstück war –, aber Field konnte kaum etwas durch den Mord an ihrer Dienerin gewinnen. Es war alles sehr kompliziert.

In diesem Augenblick kündigte Anna an, die Dame in Grau sei wieder da und wünsche ihn auf der Stelle zu sprechen. Sie warte in seinem Arbeitszimmer. Während er sich in der Küche die Hände wusch, gab Simon sich der Vorstellung hin, daß die dunkelhaarige, verführerische Avisa ihn ebenso interessant gefunden hatte wie er sie und ihn deshalb aufsuchte.

Als er die Tür zu seinem Zimmer öffnete, erblickte er das Mädchen in Grau an der gleichen Stelle und in fast derselben Haltung wie bei ihrem ersten Besuch, und einen Augenblick lang gefror ihm das Blut in den Adern. Aber es war kein ruheloser Geist, der von den Toten zurückkehrte. Größe und Statur, sogar die Haltung, waren fast gleich, aber es war nicht Eliza Pargeter. Olivia Tucketts Haar war von dunklerem Gold, ihr hellgraues Kleid aus feinem Samt. Er begrüßte sie förmlich, bot ihr einen Stuhl an und fragte, ob sie nicht Platz nehmen wolle. Sie saßen einander gegenüber, getrennt durch den Schreibtisch. Er fragte sich, was sie zu ihm führte.

«Es tut mir leid, daß Ihr mich bei Eurem ersten Besuch nicht angetroffen habt», sagte er.

Sie zuckte die Achseln. «Ich kam auf gut Glück, und wie Ihr seht, bin ich jetzt wieder hier.»

Sie kam ohne weitere Umschweife zur Sache. «Ihr scheint eine Menge unnötiger Schwierigkeiten verursacht zu haben, Dr. Forman. Ich hätte gedacht, Ihr habt genug zu tun und müßt Euch nicht auch noch um den Tod meiner Zofe kümmern.»

Er mußte ihre Offenheit bewundern. «Ich fürchte, ich verstehe nicht ganz», erwiderte er. «Vielleicht seid Ihr so gut, mich darüber aufzuklären, welche Schwierigkeiten ich verursacht haben soll, Lady Tuckett. Es war reiner Zufall, daß die Leiche Eurer Dienerin an den Steg neben meinem Haus gebracht wurde. Danach informierte ich die Behörden und untersuchte die Leiche, wie ich jede andere unter diesen Umständen untersucht hätte.»

«Aber Ihr gingt weiter, nicht wahr», fuhr sie fort, «indem Ihr vor Gericht aussagtet, daß Eliza Eurer Meinung nach ermordet wurde?»

«Das ist in der Tat meine Meinung. Zu diesem Ergebnis bin ich durch die Untersuchung ihrer Verletzungen gelangt. Und wie Ihr wißt, haben sich die Geschworenen meiner Ansicht angeschlossen.»

Olivia erhob sich, offenbar zu unruhig, um stillsitzen zu können. «Es ist sehr bedauerlich, daß Ihr nicht zuerst zu mir gekommen seid und mir von Euren Überlegungen erzählt habt. Ich hätte Euch über manche Dinge aufklären können.»

Er fragte sich, was jetzt folgen würde. «Dann seid so gut und tut das jetzt, Lady Tuckett.»

Sie senkte den Kopf. «Nun gut. Hättet Ihr mich gefragt, hätte ich Euch sagen können, daß Eliza seit etlichen Monaten einen gewalttätigen Liebhaber hatte, der sie manchmal schlug, und am Abend ihres Todes war sie mit diesem Mann verabredet. Ich habe ihr Verschwinden erst am Morgen des Tages bemerkt, an dem sie im Fluß gefunden wurde, weil ich den Abend bei meiner Freundin Celia Wynter in Blackfriars verbrachte – unsere Väter haben geschäftlich miteinander zu tun –, und ich war sehr viel später als erwartet nach Hause zurückgekehrt, da ich einen plötzlichen Schwächeanfall erlitten habe. Als ich im Haus meines Vaters eintraf, war es schon nach Mitternacht, und da Eliza nicht in meinem Zimmer war, nahm ich natürlich an, daß sie zu Bett gegangen war. Ich sah keinen Grund, sie zu stören.

Ich hatte sie oftmals vor diesem Liebhaber gewarnt, aber sie hörte nicht auf mich. Vielleicht gehörte sie zu denen, denen es Freude bereitet, wenn man ihnen Schmerz zufügt. Ihr müßt ja wissen, daß es solche Frauen gibt – und auch Männer. Wenn Eure Behauptung stimmt, dann ist es offenbar dieser Mann, den es zu suchen gilt.»

Simon lehnte sich in seinem Stuhl zurück. «Ich verstehe. Es gibt sicherlich zahllose seltsame Methoden, wie einige Männer und Frauen sich Genuß verschaffen, aber ich glaube nicht, daß Eliza Pargeter zu ihnen gehörte. Ich bin bereit zu schwören, daß sie, als sie bei mir war, noch nie einen Liebhaber gehabt hatte, egal ob gewalttätig oder nicht. Aus ihren Fragen wurde deutlich, daß sie keinen Verkehr mit Männern gehabt hatte – damals. Später muß es natürlich einen Mann gegeben haben, da sie schwanger war. Aber meiner Meinung nach nicht von einem gewalttätigen Liebhaber. Nun, wenn das alles ist, was Ihr zu sagen habt, dann bitte ich Euch, mich jetzt zu entschuldigen, da viele Menschen meine Dienste benötigen, nachdem ich drei Tage lang außer Haus war.»

Mit einem Ruck drehte sich Olivia herum. «Aber das ist nicht alles. Ich bin auch hergekommen, weil ich Euren medizinischen Rat brauche. Schließlich seid Ihr ja Arzt.»

«Wie kann ich Euch denn helfen?»

«Es scheint, daß ich unfruchtbar bin. Ich bin jetzt seit mehreren Monaten verheiratet und habe noch immer kein Kind empfangen.»

Simon lächelte. «Das ist eine sehr kurze Zeit, Lady. Es gibt Frauen, die ihr erstes Kind auf den Tag genau neun Monate nach der Hochzeitsnacht zur Welt bringen, aber viele müssen länger warten: Monate oder sogar Jahre lang. Ist Euer Zyklus regelmäßig?»

Sie nickte.

«Und die Beziehung zu Eurem Mann ist befriedigend?»

Sie stampfte mit dem Fuß auf. «Befriedigend? Was soll ich darauf antworten? Wenn Ihr wissen wollt, ob ich die Zähne zusammengebissen und sein grobes Herumtappen und seine sabbernden Küsse zugelassen habe und auch die zwei Minuten der Paarung, wenn er nicht zu betrunken ist, um sich der Lage gewachsen zu zeigen, so wie es die Pflicht einer Ehefrau ist, dann ja, ich habe meine Pflicht getan. Aber befriedigend? So befriedigend, wie eine Nacht mit einem Schwein im Stall sein kann!»

Simon unterdrückte ein Lächeln und sagte dann: «Ich wollte nur wissen, ob Ihr normalen Verkehr mit Eurem Mann habt. Ich habe das bewußt nicht als Akt der Liebe beschrieben. Aber was ich gesagt habe, stimmt. Es ist noch früh. Wenn Ihr aber wollt, kann ich Euch einen Trank zubereiten, der vielleicht hilft.»

«Gut.» Sie sah zu, wie er zu seinen Regalen ging, um die nötigen Kräuter zu suchen. Dann ging sie zu ihm und blieb so dicht vor ihm stehen, daß er ihr Parfum riechen konnte. Sie besaß wirklich eine gefährliche Anziehungskraft, dachte er, als er in ihre seltsamen dunklen Augen schaute. Seine Gedanken spiegelten sich wohl in seinem Gesicht, denn zum erstenmal lächelte sie ihn an. Dann wurde sie ernst. «Kann eine Frau dadurch, daß sie sich einmal von einem Kind befreit hat, unfruchtbar werden?»

«Wollt Ihr damit sagen, daß Ihr früher einmal ein Kind empfangen und es beseitigt habt?»

Sie biß sich auf die Lippe. «Ich vermute, Ihr bewahrt Stillschweigen über alles, was in diesem Raum geschieht? Also ja, vor etwa zwei Jahren befand ich mich in einer solchen Notlage.»

«Und was habt Ihr getan?»

«Ich bin zu einer Frau in der Nähe der St.-Pauls-Kathedrale gegangen. Ihr wißt doch, daß sich solche Dinge auch unter Frauen meines Standes herumsprechen.»

«Hat sie Euch einen Trank gegeben oder Euch mit einem Instrument behandelt?»

«Sie gab mir einen Trank. Er schmeckte bitter», Olivia verzog das Gesicht beim Gedanken daran. «Dann legte sie ein Pflaster auf meinen Bauch, und am nächsten Tag begannen die Wehen, wie sie versprochen hatte. Ich fuhr sofort danach aufs Land, wo Eliza mich gepflegt hat. Es war schrecklich. Ich glaubte, ich müsse sterben.»

«Das hätte durchaus passieren können», sagte Simon. «Was Ihr getan habt, ist nicht nur verwerflich, sondern auch äußerst gefährlich. Ihr hättet verbluten können. Sehr töricht noch dazu, was ich bei Euch nicht erwartet hätte. Was spätere Empfängnis betrifft – ja, es ist möglich, daß ein Schaden entstanden ist, der verhindert, was Ihr so sehr wünscht.»

«Ich verstehe.» Sie sah nachdenklich aus und schüttelte dann den Kopf, als versuche sie, diesen Gedanken zu verscheuchen. «Sagt mir, Dr. Forman, wenn Ihr mich nicht für töricht haltet, wofür haltet Ihr mich dann?» Sie sah ihm lange in die Augen.

«Für gescheit und gefährlich», antwortete er, «hier ist Euer Trank. Zwei Wochen lang müßt Ihr jeden Abend vor dem Schlafengehen einen kleinen Löffel davon einnehmen; wir werden sehen, ob es hilft.» Sie nahm das grüne Glasfläschchen und steckte es sorgfältig in die Tasche, die an ihrem Kleid hing, dann entnahm sie ihr einige Münzen. «Dafür berechne ich Euch zwei Florins, denn Ihr könnt Euch meine Dienste leisten, während viele, die mich mehr brauchen, nicht dazu in der Lage sind.»

Sie zahlte ohne Zögern. «Es wird viel über Euch erzählt, Dr. Forman. Daß Ihr schwarze Kunst betreibt, mit dem Teufel im Bunde steht und Geister beschwören könnt. Aber das glaube ich nicht. Man sagt auch, daß Ihr allein ein geheimes Mittel gegen die Pest kennt.»

«Das ist kein geheimes Mittel. Ich besitze eine robuste Konstitution, habe mich ins Bett gelegt und mit meinen eigenen Arzneien behandelt. Als die Beulen erschienen, habe ich sie mit einem sauberen Messer geöffnet.»

Sie gingen zur Tür. «Seid Ihr verheiratet?» fragte sie unvermittelt.

«Nein», erwiderte er mit einem Nachdruck, der ihn selbst überraschte.

«Es war nur eine Frage. Habt Ihr denn an keiner Frau genug Gefallen gefunden?»

«Das habe ich nicht gesagt.»

Sie lächelte boshaft. «Hegt Ihr vielleicht andere Neigungen? Schaut mich nicht so bestürzt an. In den Tagen der alten Griechen genoß es große Achtung, und es gibt ja viele dieser Art. Man sagt, der Dichter des Rose Theatre, Christopher Marlowe, gehöre auch zu ihnen.»

Wider seinen Willen mußte er lächeln. «Ihr habt mein Wort, daß ich nicht dazugehöre.»

Sie lachte. «Ich gestehe, daß ich mir einen Scherz mit Euch erlaubt habe. Denn ich muß Euch sagen, mir ist zu Ohren gekommen, daß einige Eurer Patientinnen Euch so anziehend finden, daß sie Euch ohne Geld bezahlen. Vielleicht können wir ein solches Abkommen treffen, wenn die Arznei ihre Wirkung verfehlt? Wer weiß, vielleicht könnt *Ihr* mir den Erben beschaffen.»

Welches Spiel spielte sie jetzt, fragte Simon sich. «Ihr könntet wieder eine Enttäuschung erleben – in jeder Weise», erwiderte er. «Nehmt erst einmal den Trank, den ich Euch gegeben habe. Wir wollen hoffen, daß Ihr damit Erfolg habt.»

«Ich muß, egal wie, in dieser Sache erfolgreich sein», sagte sie, als er ihren Mantel um ihre Schultern legte. «Es hängt zu vieles davon ab. Nun muß ich gehen, denn ich habe Euch lange genug aufgehalten. Und vergeßt Eliza, Dr. Forman. Glaubt mir, es hat keinen Sinn, die Angelegenheit weiter zu verfolgen.»

Er öffnete ihr die Haustür, und ohne sich umzuschauen, eilte Olivia hinaus, während er ihr gedankenvoll nachschaute. Auf dem Rückweg in sein Arbeitszimmer hielt er im Flur inne und dachte einen Augenblick lang daran, wie er sie für Elizas Geist gehalten hatte. In diesem Moment kam ihm ein phantastischer Gedanke.

8. Kapitel

Mohnsirup

Olivia war in nachdenklicher Stimmung, als sie Simons Haus verließ. Der Diener folgte ihr, er hatte gähnend draußen herumgelungert und bedauert, daß seine Herrin ihm nicht erlaubt hatte, im Wirtshaus auf sie zu warten. Die Bankside war kein Ort für eine Dame von Stand, die zu Fuß unterwegs war, und er trug für alle Fälle einen Knüppel bei sich. Olivia ging zügig, ohne auf ihre Umgebung zu achten; ihre Gedanken kreisten um den raffinierten Einfall, der all diese unheilvollen Ereignisse ausgelöst hatte.

Sie war so tief in Gedanken versunken, daß sie beinahe an dem Tor ihres Hauses vorbeigegangen wäre. Bei ihrer Heimkehr wurde sie aus ihrer Träumerei gerissen. Sie war früh aufgestanden, als Marcus wie gewöhnlich noch schnarchend und Weingeruch verströmend im Bett lag; an diesem Morgen war es ein leichtes gewesen, das Haus ungesehen zu verlassen. Sie nahm an, daß sie wahrscheinlich von niemandem vermißt worden war; ihr Vater würde mit seinen eigenen Angelegenheiten beschäftigt sein, und was Marcus betraf, lebte jeder sein eigenes Leben, soweit dies unter einem Dach möglich war.

Wegen Dr. Formans Abwesenheit war sie länger als beabsichtigt fort gewesen, aber sie war in keiner Weise vorbereitet auf den Empfang, der sie erwartete. Zuerst erfuhr sie von einer aufgeregten Dienerin, daß ihr Vater sie den ganzen Morgen gesucht habe und die Dienerschaft angewiesen hatte, sie nach ihrer Rückkehr unverzüglich zu ihm zu schicken. Kaum hatte sie dem Mädchen ihren Mantel gegeben und sich auf die Suche nach Sir Wolford gemacht, erschien Marcus, gestiefelt und gespornt und ganz offensichtlich im Begriff abzureisen. Er hatte die Nachricht erhalten, daß sein Vater am Vortag einen Schlaganfall erlitten hatte, und wollte sich sofort auf den Weg machen, um zu sehen, wie es um ihn stand. Er sagte ihr, er glaube, daß er nicht lange fort sein würde, aber wenn er längere Zeit in Kent bleiben müsse, erwarte er, daß sie ihm folge.

Olivia gab irgendeine unverbindliche Antwort. Sie verabscheute den Haushalt der Tucketts in Kent von ganzem Herzen. Da Marcus' Mutter vor Jahren verstorben war und Vater und Sohn in Saus und Braus gelebt hatten, war alles jahrelang arg vernachlässigt worden. Das Dach des einst prächtigen Hauses war undicht, überall herrschte Feuchtigkeit, auf den Fußböden wimmelte es von Flöhen, die Wandteppiche moderten. Schlechte Herren hatten schlechte Diener, und die Bewirtung erfolgte mürrisch und widerwillig. Das alles war Olivia unerträglich, da sie die Behaglichkeit ihres Stadthauses und die Ordnung des Hauses in Essex gewohnt war. Sie war froh, daß Marcus das Landleben verabscheute und es vorzog, in London zu leben. Sie verabschiedete sich von ihm, bestellte höflich Grüße und Genesungswünsche an seinen Vater und machte sich endlich auf den Weg zu ihrem eigenen.

Sir Wolford war mit Francis Down in die Geschäftsbücher vertieft. Er schaute auf, als sie den Raum betrat, brummte einen Gruß und fragte ärgerlich, wo sie gewesen war.

«Ich war nur unterwegs, um Seide für ein neues Kleid auszusuchen», erklärte sie, «und dann bei der Frau, die Halskrausen anfertigt, um ihr zu sagen, daß ich eine nach der neuen Mode möchte, mit gelber Stärke.»

«Das hat lange genug gedauert», grollte er. «Aber jetzt, da Ihr da seid, könnt Ihr mir vielleicht sagen, warum ich nichts von dem Ergebnis der Untersuchung über Euer Mädchen, diese Eliza, erfahren habe?»

«Ihr wart beschäftigt, Vater. Und erinnert Euch, als Dr. Forman uns von ihrem Tod benachrichtigte, sagtet Ihr sehr bestimmt, ich solle mich darum kümmern, denn es sei meine Angelegenheit, nicht Eure. Daher sah ich keinen Grund, Euch zu beunruhigen.»

Bei der Erwähnung des Namens Forman stieß Sir Wolford einen Schwall von Verwünschungen aus, wozu er sich selten in Gegenwart seiner Familie hinreißen ließ: Verdammt, der Mann war eine Bedrohung, ein aufdringlicher Scharlatan, der die Geschworenen irgendwie behext hatte, so daß sie ein unsinniges Urteil fällten, dem niemand Glauben schenken würde; und das alles, um die Familie Barnes in Verruf zu bringen. In krassem Widerspruch zu diesen Behauptungen fragte Sir Wolford Olivia dann, ob sie, wie Francis Down ihr geraten hatte, an den Richter geschrieben habe, um ihm von der Beziehung des Mädchens zu einem rohen Liebhaber zu berichten. Sie antwortete, sie habe noch nicht die Zeit dazu gefunden.

«Um so besser», schnauzte er, «daß jemand das für Euch erledigt hat. Als Down mir davon erzählte, habe ich heute morgen sofort einen Brief an Monkton geschickt und ihn davon in Kenntnis gesetzt.»

«Wenn es das ist, was Euch so verärgert hat, dann tut es mir leid. Ich gebe zu, daß es nachlässig von mir war, ihm nicht zu schreiben. Aber wichtig ist ja nur, daß jetzt ein Brief an ihn gesandt wurde.»

«Wichtig ist nicht nur das, mein Kind. Wißt Ihr, daß Forman in Stratford St. Anne war? Laurence hat entdeckt, daß er die Unverschämtheit besessen hat, dort herumzuschnüffeln. Er scheint geraume Zeit bei James Field verbracht zu haben und, was wichtiger ist, er hat die Pargeters am Tag der Beerdigung besucht.»

Das überraschte sie sehr, aber sie ließ sich nichts anmerken und fragte nur, ob ihr Vater seine Beweggründe kenne.

Sir Wolford machte eine ungeduldige Bewegung. «Wie sollte ich? Laurence konnte nichts aus Field herausbekommen, und Mistress Pargeter sagte ihm nur, Forman habe erklärt, er sei zufällig auf der Durchreise, habe im Dorf vom Tod ihrer Tochter erfahren und wollte sein Beileid aussprechen. Aber niemand soll mir erzählen, daß das tatsächlich ein Zufall war! Aus welchem Grund auch immer, er war offensichtlich dort, um herumzuschnüffeln, obwohl ich mir nicht vorstellen kann, was er herauszufinden hoffte. Wie auch immer, all das nimmt jetzt ein Ende, dank Downs Einsatz.» Er versetzte seinem Sekretär einen Rippenstoß. «Erzählt Olivia, was wir unternommen haben.»

Für den Bruchteil einer Sekunde fragte sie sich, ob ihr Vater und Down beschlossen hatten, Simon Forman zu beseitigen, worum sie ja Down einmal gebeten hatte. Sie spürte, daß sie das nun nicht mehr wollte, es sei denn, es bliebe kein anderer Ausweg. Francis Down lächelte sie an und sah ihr in die Augen, als habe er ihre Gedanken erraten.

«Ich habe Eurem Vater gesagt, Lady, daß ich erfahren habe, daß Dr. Forman aus etlichen Gründen beim Königlichen Ärztekolleg unbeliebt ist und argwöhnisch beobachtet wird. Seine Zulassung wurde ihm nur gewährt, weil die Universität von Cambridge erheblichen Druck ausübte. Manche halten ihn für wenig mehr als einen Scharlatan. Ich habe daher im Auftrag Eures Vaters an das Kolleg geschrieben und mitgeteilt, daß Dr. Formans Verhalten seine ganze Zunft in Mißkredit bringt, da er sich in Angelegenheiten einmischt, die ihn nichts angehen, und Sir Wolford sehr gekränkt hat. Auch daß er einen angesehenen Richter verärgert hat, indem er unsinnige Behauptungen aufstellte, die die Geschworenen zu einem Urteil nötigten, das der Richter nicht für angemessen hielt, und auf diese Weise unseren Haushalt in eine äußerst unerfreuliche Angelegenheit verwickelte. Sir Wolford hofft, daß man unverzüglich etwas unternehmen wird.»

«Und ob!» unterbrach ihn Sir Wolford. «Ich werde nicht ruhen, bevor dieser Schurke nicht seinen Lebensunterhalt verloren hat. Was sagt Ihr dazu, Olivia?»

«Ihr scheint alles im Griff zu haben, Vater. Falls Ihr mich nicht mehr braucht, dann warten häusliche Angelegenheiten, um die ich mich kümmern muß. Wie Ihr wahrscheinlich wißt, ist Marcus nach Kent aufgebrochen, da Lord Tuckett erkrankt ist.»

«Dann geht ruhig. Ich vermute», fügte Sir Wolford hinzu, «wenn der alte Tuckett stirbt, werdet Ihr einen Großteil Eurer Zeit in Kent verbringen müssen. Dort wird es genug häusliche Angelegenheiten geben, um Euch vollauf zu beschäftigen.» Er wandte sich wieder seinen Büchern zu, und Olivia ging, wobei sie Downs Blick auswich.

Obwohl Lady Barnes nur selten längere Zeit in London verbrachte, war ihr Haushalt gut geführt. Der Koch, mit dem Olivia jetzt den Speiseplan dieses und des folgenden Tages besprach, leistete hervorragende Arbeit, und eine tüchtige Wirtschafterin achtete darauf, daß das Heim ihres Herrn in allem dem Rang eines Großkaufmanns entsprach, der oft andere Kaufleute von nah und fern als Gäste empfing. Nachdem sie sich davon überzeugt hatte, daß alles in bester Ordnung war, zog Olivia sich, im Innersten aufgewühlt, in ihr Zimmer zurück. Sie glaubte, ziemlich gut mit

Simon Forman verfahren zu sein. Er war wirklich ein sehr attraktiver Mann, und ihr herausforderndes Angebot war nicht bloß scherzhaft gemeint gewesen. Sie fragte sich, warum er so heftig reagiert hatte, als sie ihn fragte, ob er verheiratet sei. Sie hatte ihn in der Hoffnung verlassen, daß es ihr gelungen war, ihn von ihrem Alibi zu überzeugen und ihm klarzumachen, daß es zu nichts führte, wenn er sich weiter mit Elizas Tod befaßte; aber wenn das der Fall war, dann mußte ihr Vater, angestachelt von Francis Down, mit seinem Vorgehen die ganze Geschichte wieder aufrühren.

Die Nacht verlief ruhig, und da auch am nächsten Morgen keine Patienten auf ihn warteten, beschloß Simon, seine Bestände an Arzneien, Salben und Kräutern zu kontrollieren, um festzustellen, was er entweder beim Apotheker oder bei den Händlern kaufen mußte, die Kräuter, Gewürze und Mineralien aus fremden Ländern feilboten. Wegen des schlechten Wetters waren die Kräuter in seinem eigenen Garten noch nicht recht gediehen, und jene, die er im vergangenen Sommer getrocknet hatte, verloren rasch ihre Wirkkraft. Er war pedantisch genau in solchen Dingen, und da er nun einmal dabei war, wollte er die Arbeit gründlich erledigen. Also wies er Anna an, jedes Regalbrett, das er leergeräumt hatte, zu säubern, worüber sie sehr froh war, da er ihr gewöhnlich nicht erlaubte, irgendeins der Gefäße zu berühren.

Während er die Deckel und Propfen der Gefäße hob und hineinschaute, dabei automatisch den Inhalt prüfte und jede erforderliche Zutat notierte, kreisten seine Gedanken unaufhörlich um die einhundert Guineen Elizas – ein gewaltiges Vermögen für ein junges Dienstmädchen. Die naheliegendste Erklärung war sicherlich, daß sie bezahlt wurde, damit sie ihren Mund hielt. Ohne Zweifel hatte der Haushalt der Barnes wie fast jeder andere seine Geheimnisse; aber wenn das der Fall war, dann deutete allein die Höhe des Betrages darauf hin, daß es um etwas außergewöhnlich Heikles ging, und Simon fragte sich, was um Himmels willen das sein mochte.

Wenn sie also diesen Weg eingeschlagen hatte, an wen hatte sie sich gewandt? Die naheliegendste Antwort war Olivia, aber warum sollte Eliza eine Stellung aufs Spiel setzen, um die viele Mädchen ihrer Herkunft sie sehr beneidet hätten?

War sie von Ehrgeiz getrieben worden und hatte ihr Glück bei Sir Wolford selbst oder sogar bei Marcus Tuckett versucht? Eliza war nicht nur äußerst intelligent gewesen, sie hatte auch eine Stellung innegehabt, in der sie so manches Geheimnis erfuhr – aber seiner Einschätzung nach war sie zu klug gewesen, peinliche Dinge marktschreierisch auszuposaunen. Sie mußte sich darüber im klaren gewesen sein, daß sie, wenn ihre Forderung nach Geld zurückgewiesen wurde, Gefahr lief, ohne jegliche Empfehlung und Aussicht auf eine neue Stellung aus dem Haus geworfen zu werden, und schlimmstenfalls sogar damit rechnen mußte, daß man sie irgendeines Vergehens bezichtigte oder für verrückt erklärte. Und dies hätte bedeutet, daß sie entweder im Bridewell-Gefängnis oder im Irrenhaus enden würde. Außerdem blieb die Frage nach dem Kind, das sie erwartete. Wer war der Vater? Jemand aus dem Haushalt? Wenn ja, dann konnte sie bestenfalls erwarten, mit einer bescheidenen Summe abgefunden zu werden, sofern der Vater der Familie angehörte, oder verheiratet zu werden, falls es einer der Diener war. Er dachte wieder daran, wie ungewöhnlich ähnlich sich die beiden jungen Frauen auf den ersten Blick waren. Es war eine abenteuerliche Idee, aber konnte es sein, daß die beiden durch Zufall oder infolge eines Plans miteinander verwechselt worden waren? War Eliza vielleicht von jemandem getötet worden, der sie für Olivia hielt? Aber wenn das der Fall war, hätte der Mörder doch sicherlich seinen Irrtum bemerkt, bevor es zu spät war.

Simon war völlig verwirrt. In diesem Moment war er beim zweiten Regalbord bei der hinteren Reihe der Gefäße angelangt und bemerkte, daß ein halber Krug Mohnsirup fehlte. Simon hielt ihn ins Licht und betrachtete ihn eingehend. Er hätte sich auf jeden Fall daran erinnert, wenn er so viel davon verordnet hätte. Als er Anna den Krug zeigte, hielt sie kurz in ihrer Arbeit inne, schüttelte den Kopf und zuckte die Achseln. John würde doch auf keinen Fall ...? Laut rufend machte Simon sich auf die Suche nach seinem Diener und fand ihn im Hof, wo er einen Sattel flickte.

«Weißt du, warum ein halber Krug Mohnsirup fehlt?» fragte er.

Johns schuldbewußter Gesichtsausdruck war Antwort genug. Wutschnaubend packte Simon ihn beim Kragen, schleppte ihn ins Haus und zerrte ihn ins Arbeitszimmer, wo der Stein des Anstoßes auf dem Schreibtisch wartete. Dort ließ er ihn los, trat zurück und wies auf den Krug. Ein Blick ins Gesicht seines Herrn verriet John, daß er in ernsthaften Schwierigkeiten war. Er wollte etwas sagen, aber Simon ließ ihn nicht zu Wort kommen.

«Erspare mir irgendwelche Ausreden. Du mußt es gewesen sein, denn niemand sonst hat meines Wissens hier genug Zeit allein verbracht, um die Hälfte davon zu stehlen und sich damit davonzumachen, geschweige denn ein Gefäß zu finden, um das Zeug mitzunehmen.»

Anna sah noch immer völlig verdattert aus, was kein Wunder war, aber John erkannte, daß ihm keine Wahl blieb, und gestand, daß er davon genommen hatte – «aber nur auf Euren Befehl, Sir».

«Auf meinen Befehl? Was um Himmels willen meinst du damit? Habe ich dir nicht befohlen, daß du nie, niemals eigenmächtig jemandem ein Heilmittel verordnen darfst?»

«Ich weiß», erwiderte sein Diener unglücklich, «aber sie sprach mit solcher Bestimmtheit. Wie sie auf ihrem Weg hierher gewesen war, Euch aber vor der St.-Pauls-Kathedrale getroffen hatte, wie Ihr in großer Eile gewesen wart und ihr gesagt hättet, sie solle herkommen und mich bitten, ihr den Mohnsirup zu geben. Ich fragte mehrmals nach, um sicherzugehen, daß das Eure Anweisungen waren, aber sie wiederholte immer wieder, daß –»

«Von wem redest du? Wer ist diese Frau, deren Wort dir wichtiger war als meines?»

John schluckte. «*Sie* war es, Dr. Forman. Das Mädchen, Eliza. Das jetzt tot ist.»

Simon blickte John so entgeistert an, daß sich ihm fast der Magen umdrehte. Im Geiste stellte er sich schon vor, wie er mit Anna und ihrem kleinen Simon aus dem Haus geworfen würde. Simon sah ihn grimmig an. «Komm mit mir nach draußen», sagte er mit vor Zorn bebender Stimme, und zu Anna gewandt fügte er hinzu: «Mach weiter die Borde sauber, das hier hat offensichtlich nichts mit dir zu tun.»

Draußen explodierte er. «Was dich betrifft – du – Feigling, du hirnloser Narr, vielleicht hast du jetzt die Güte, mir zu sagen, was genau passiert ist?»

Mit Mühe erzählte John seine Geschichte. Daß Eliza gekommen war und erzählt hatte, der Doktor habe ihr gesagt, sie solle sich an ihn wegen des Schlafmittels wenden, daß er fest vorgehabt habe, seinem Herrn alles zu erzählen – o ja, ganz bestimmt –, aber irgendwie hätte er die Sache fast vergessen, bis Eliza aus dem Fluß gezogen worden war.

«Und wann genau ist das passiert?» fragte Simon.

John dachte einen Augenblick lang nach und antwortete dann, es sei ungefähr eine Woche nach ihrem zweiten Besuch gewesen. «Ja, genau. Jetzt, da ich darüber nachdenke, erinnere ich mich sogar, wie sie das sagte. Sie behauptete, Ihr hättet gesagt, sie solle mehr holen, wenn es nötig wäre, und die erste Flasche habe die Schlaflosigkeit ihrer Herrin nicht beseitigt. Ich vermute, sie hat irgendwo draußen gewartet, bis Ihr das Haus verlassen habt. Sie bezahlte großzügig, mit einem halben Sovereign. Ich habe ihn in Eure Armenschachtel gesteckt», fügte er in der Hoffnung hinzu, der Hinweis auf diese tugendhafte Tat könnte seine Lage verbessern. «Ich weiß, daß ich es eigentlich nicht hätte tun sollen, Doktor, aber sie schien genau zu wissen, was sie wollte. Und ich habe doch keinen Schaden angerichtet, oder?»

Simon schlug mit der Faust auf eine Truhe, und erst als er spürte, wie der Schmerz in seinen Arm schoß, wurde ihm klar, daß es die verletzte war. Das trug nicht dazu bei, seine Laune zu verbessern. «Oh, natürlich wußte sie genau, was sie wollte. Das glaube ich nur zu gern. Was den Schaden anbetrifft, bei Gott, du hast ihr genug Mohnsirup gegeben, um eine ganze Pferdeherde außer Gefecht zu setzen! Begreifst du nicht», fuhr er hitzig fort, «daß dieser Mohnsirup mit ziemlicher Sicherheit zu ihrem Tod geführt hat? Zumindest hast du ihren Mördern das Mittel gegeben, sie bewußtlos zu machen, während sie sie fesselten und in den Fluß warfen!»

Darauf wußte John nichts zu erwidern, und so murmelte er noch einmal, wie leid ihm alles tat. Simon schaute ihn immer noch voller Zorn an. Alles in allem war John ein guter und nützlicher Diener, und Anna hielt das Haus sauber und ordentlich. Der Mann hatte einen törichten, vielleicht verhängnisvollen Fehler gemacht, aber Simon nahm ihm durchaus ab, daß Eliza so überzeugend gewirkt hatte, wie John behauptete.

«Nun gut, nun gut», meinte Simon und seufzte schicksalsergeben. «Begraben wir die Sache. Aber laß dir das eine Lehre für die Zukunft sein. Beim nächsten Mal gibt es keine neue Chance.»

Derart gemaßregelt, flüchtete John rasch zurück in den Hof. Simon dagegen kehrte ins Arbeitszimmer zurück und schüttelte fassungslos den Kopf. Vielleicht war die Behauptung übertrieben, Eliza habe genug Mohnsirup erhalten, um eine Pferdeherde außer Gefecht zu setzen, aber es war auf jeden Fall genug gewesen, um eine Menge Unheil anzurichten. Und das meiste davon befand sich vermutlich noch immer im Besitz von Olivia Tuckett.

9. Kapitel

Ratssitzung der Ärzte

Nachdem er das Verschwinden des Mohnsirups entdeckt hatte, zerbrach sich Simon den Rest des Tages den Kopf darüber, ob er irgend etwas deswegen unternehmen könne. Sollte er Olivia Tuckett direkt darauf ansprechen, ihr sagen, daß eine so große Menge gefährlich war und daß sie ihm wiedergeben sollte, was jetzt noch übrig war? Aber sie konnte entweder antworten, daß sie Eliza nie einen solchen Auftrag erteilt habe und nichts darüber wisse, oder daß sie dafür bezahlt habe und er daher ihr gehöre. Er war immer außergewöhnlich gewissenhaft gewesen, wenn es um die Verordnung von Arzneien ging. Er wußte, daß viele Ärzte sich keine großen Gedanken darüber machten, was sie ihren Patienten gaben; sie gingen davon aus, daß viele dieser Patienten nur selten oder gar nicht mehr wiederkommen würden. Auch gab es zahlreiche Quacksalber und Kurpfuscher ohne offizielle Zulassung, die nur über ein Mindestmaß an Wissen verfügten; diese Leute betrieben ihr Geschäft, wo und wie sie konnten, und ihre Arzneien schadeten oft mehr, als daß sie nützten. Und jetzt war ausgerechnet ihm diese Sache passiert, wo er doch jeden Fall, jede verordnete Arznei oder Salbe in sein Patientenbuch eintrug.

Am nächsten Morgen hatte er viel zu tun, von acht Uhr an klopften in ununterbrochener Folge Patienten an seine Tür. Eine Frau kam mit ihren beiden Kindern, die Ringelflechte hatten; er gab ihr ein Pulver, das aus einem Küchenkraut hergestellt war, erklärte ihr, daß es höchstwahrscheinlich in ihrem Garten wuchs und in Zukunft von ihr getrocknet werden konnte. Dann erschien ein Arbeiter mit Furunkeln, dem Simon in Weißwein gekochte Berberitze verordnete; danach eine junge verheiratete Frau mit dunklen Augen, die ihr Horoskop erstellen lassen wollte. Schließlich kam Thomas Pope, ein Schauspieler aus der Truppe des Lord Admiral, die im nahe gelegenen Rose Theatre spielte. Leute aus dem Theater kamen oft, um Simon um Rat zu bitten, nicht nur weil er gleich um die Ecke wohnte, sondern auch, weil er sehr gern ins Theater ging und daher mit vielen Schauspielern und ihren Familien bekannt war.

«Leicht zu sehen, was Euch fehlt, mein Freund!» sagte er, als Pope mit tränenden Augen und roter Nase eintrat.

«Ich bezweifle, daß es genauso leicht zu heilen ist», erwiderte der Schauspieler mit einem dünnen Krächzen. «Das kommt von diesem scheußlichen Wetter. Es ist so kalt im Theater; dieses Herumstehen und die Feuchtigkeit sind alles andere als gut für die Stimme. Henslowe», fügte er hinzu, «drohte, mich selbst zu verarzten.»

Philip Henslowe, Holzhändler, Baumeister, Bärenwärter, Theaterunternehmer und zugleich Besitzer des Rose Theatre war bekannt dafür, daß er sich für einen Arzt hielt und den Mitgliedern seiner Truppe seine eigenen grauenhaften Heilmittel verordnete. Der Eifer, mit dem er seine Fähigkeiten auf diesem Gebiet zu erproben suchte, hatte gewöhnlich zur Folge, daß allein die Drohung, mit einem von ihm zubereiteten Gebräu behandelt zu werden, den Betreffenden sofort ganz überraschend genesen ließ. Und wenn das nicht möglich war, pflegte der Erkrankte schleunigst zum nächsten erreichbaren Arzt zu eilen.

«Nun, Ihr wißt genausogut wie ich», sagte Simon, «daß man herzlich wenig gegen eine Erkältung tun kann, außer ihr ihren Lauf zu lassen. Aber ich werde mein möglichstes versuchen, um Euch Erleichterung zu verschaffen.» Er suchte unter seinen Vorräten, wählte zwei Gefäße und stellte zwei Fläschchen unterschiedlicher Größe bereit. Dann füllte er beide. «Das eine ist ein Lakritzensaft, der während des Tages eingenommen werden kann. Er hilft gegen das Triefen. Das andere, das mit Wein vermischt werden sollte, ist gegen den entzündeten Hals, es wird sarazenische Wundenwurz genannt, ein Kraut mit starker Wirkung, das unter dem Einfluß Saturns wächst und bei ganz verschiedenen Beschwerden helfen kann. Wie sein Name andeutet, wurde es von den Kreuzfahrern hergebracht, genauso wie der Saft des weißen Mohns ...» Simon hielt inne, plötzlich mußte er wieder an den fehlenden Schlaftrunk denken. Er hatte eine Idee.

«Setzt Euch doch bitte, Thomas», sagte er, «denn ich würde Euch gern um Rat fragen. Ich bereite Euch ein Glas Wundenwurz in Wein zu, um Eure Beschwerden zu lindern, während wir uns unterhalten. Sagt mir», fragte er, während er das Gemisch in ein Glas goß und dem Schauspieler reichte, «gibt es viele Stücke, in denen eine Herrin mit ihrer Dienerin die Rollen tauscht?»

Pope dachte einen Moment lang nach. «Es gibt einige alte Komödien, aber keine, die wir aufführen. Solche Geschichten gehen in die Zeit der römischen Schauspieldichter zurück, aber wenn ich mich richtig erinnere, findet man sie auch in den lustigen Erzählungen Boccaccios.»

«Und die Gründe, warum so ein Tausch stattfindet?»

«Oh, das übliche. Damit die Herrin das Haus ihres Vaters oder Ehemannes verlassen kann, um sich mit einem Liebhaber zu treffen. Außerdem gibt es das, was wir die ‹Bettentausch-Intrige› nennen; dabei nimmt ein Mädchen, nicht unbedingt eine Dienerin, in der Hochzeitsnacht den Platz einer anderen ein, entweder weil der Bräutigam ihr nach der Verlobung den Laufpaß gegeben hat und sie eigentlich seine Frau sein sollte, oder weil sie ihn liebt, die echte Braut dagegen nicht. Meiner Meinung nach ist das eine dumme Geschichte, denn ich halte es für sehr unwahrscheinlich, daß ein Mann im wirklichen Leben so getäuscht werden könnte. Ich hätte in meiner Hochzeitsnacht nie ein anderes Mädchen für meine Jenny gehalten; da hätte ich bewußtlos sein müssen!»

Er mußte lächeln. Jenny und er waren für ihre innige Zuneigung bekannt. Er erwärmte sich für das Thema. «Es gibt natürlich viel mehr Geschichten, in denen ein Herr und sein Diener die Rollen tauschen, damit der Herr dem Mädchen seiner Wahl verkleidet den Hof machen kann, während der Diener die Rolle seines Herrn in der Öffentlichkeit übernimmt, damit niemand etwas merkt. Das ist die Handlung in dem alten Stück von der widerspenstigen Braut, die von ihrem Bräutigam gezähmt wird.» Er hielt inne. «Jetzt habe ich eine Idee. Vielleicht könnten wir einen unserer jungen Dramatiker bewegen, eine neue Fassung dieses Stoffes zu schreiben. Ich werde mit Henslowe darüber sprechen.»

Simon sah nachdenklich aus. «Aber könnte es nicht sein, wenn viel auf dem Spiel stünde, daß nach einem solchen Rollentausch zwischen Herrin und Dienerin die Dienerin zu einer Gefahr für die Herrin würde? Daß sie von da an eine Bedrohung darstellen würde?»

«Jetzt sprecht Ihr von Intrigen und Tragödien, nicht von Komödien», antwortete Pope. «Das klingt eher wie die Handlung eines italienischen oder spanischen Stücks, und so etwas haben wir am Rose nicht in unserem Repertoire.»

Er schaute Simon mit plötzlich erwachtem Interesse an. «Wollt Ihr andeuten, daß so etwas tatsächlich passiert ist? Im wirklichen Leben?»

Simon hatte Pope immer geschätzt und wollte sich zu gern jemandem anvertrauen. «Bitte behaltet dies für Euch – ja, ich bin zwar nicht sicher, aber ich glaube, es könnte geschehen sein. Obwohl ich keine Ahnung habe, wie oder warum. Es ist nur ein Gefühl. Aber ob es tatsächlich geschehen ist oder nicht, die Dienerin ist jetzt tot. Sie wurde vor ein paar Tagen aus dem Fluß gezogen – mit Abdrücken von Fesseln an ihren Handgelenken.»

Pope pfiff durch die Zähne. «Also, *das* ist Stoff für ein Drama! Vielleicht sollte ich auch das vorschlagen, nur als Anregung natürlich: ‹Die Wahre Tragödie der Ermordeten Stellvertreterin›!» Dann hielt er inne, da ihm plötzlich ein Gedanke kam. «Sprecht Ihr von dem Mädchen, das vor ungefähr einer Woche hier gefunden wurde? Ich war mit einigen aus der Truppe am Abend nach der Untersuchung im *Anchor,* und die Schankjungen redeten unablässig davon, daß das Urteil vorsätzlicher Mord gelautet hatte. Wie unerfreulich. Wenn mir noch irgend etwas einfällt, werde ich vorbeikommen und Euch Bescheid geben, aber ich glaube, jetzt mache ich mich besser wieder an die Arbeit, bevor Henslowe darauf besteht, mich mit zerriebenen Würmern in Urin oder ähnlichem zu behandeln.» Er stand auf. «Eure Arznei hat meine Halsschmerzen gelindert, aber ich weiß noch immer nicht, wie es möglich sein soll, daß meine Stimme heute nachmittag trägt.»

«Könnt Ihr nicht für ein paar Tage eine Pause einlegen? Sonst lauft Ihr Gefahr, sie noch weiter zu überanstrengen.»

«Ihr wißt doch, wie Henslowe ist, wenn es um Geld geht. Er hat nur selten Schauspieler, die einspringen können, wenn einer von uns krank wird. Heute steht wieder *Tam burlaine* auf dem Programm. Ich soll das Publikum davon überzeugen, daß ich jener ‹mächtige Mann in Waffen› bin, der bereit ist, sich Tamburlaine anzuschließen und ‹über die ganze Welt zu triumphieren› – wo doch alles, was ich zustande bringe, ein schwaches Quieken ist. Die Zuschauer werden mich steinigen!» Mit diesem Ausruf ging er.

Das Gespräch mit Pope hatte Simon ziemlich aufgewühlt. Wenn seine Vermutungen stimmten und Eliza und Olivia aus irgendeinem Grund die Rollen getauscht hatten, ergaben sich viele Fragen; die wichtigste war: Warum war der Tausch notwendig gewesen, und warum hatte Eliza ihm zugestimmt? Die naheliegende Antwort auf die letzte Frage lautete: wegen des Geldes; aber vielleicht hatte sie auch aus Loyalität eingewilligt oder war sogar dazu gezwungen worden. Was den Grund betraf ... Hatte Olivia ungefähr zum Zeitpunkt ihrer Heirat einen Geliebten gehabt und sich als Eliza verkleidet? Simon mußte an Olivias ungewolltes Kind denken. Wer wohl der Vater gewesen sein mochte?

Gewiß jemand, bei dem sie wußte, daß ihre Familie einer Heirat nie zustimmen würde. Denn sonst hätte die Angelegenheit leicht in Ordnung gebracht werden können – mit dem zusätzlichen Bonus, daß Sir Wolford dringend einen männlichen Erben brauchte. Die Heirat einer schwangeren Braut war nichts Ungewöhnliches, und die Mode mit den breiten Reifröcken machte es leicht, ihren Zustand zu verbergen. Was den Zeitpunkt der Geburt betraf, so hatte er etliche angebliche Siebenmonatskinder gesehen, deren Größe und Entwicklung den angeblichen Zeitpunkt ihrer Zeugung Lügen straften.

Vielleicht war der Gedanke, der ihm gekommen war, als er Olivia einen Moment lang für Elizas Geist gehalten hatte, aber auch nichts als ein Hirngespinst gewesen, und er irrte sich gewaltig. Dann erinnerte er sich wieder an die

Höhe des Betrages, der Eliza gezahlt worden war. Hatte sie gedroht, Sir Wolford oder den Tucketts zu erzählen, daß Olivia Liebhaber hatte? Gab es eine zusätzliche Verwicklung durch ein weiteres uneheliches Kind, etwa durch jenes, das Eliza unter dem Herzen trug? War Tuckett der Vater, und hatte sie gedroht, das Olivia zu erzählen? Aber das hätte doch keinesfalls ihren Tod herbeigeführt. Nach Simons bisheriger Erfahrung kam es häufig genug vor, daß junge Burschen wie Tuckett mit Dienstmädchen uneheliche Kinder zeugten. Er hätte Eliza fünf oder sogar zehn Guineen angeboten, damit sie verschwand und den Mund hielt – aber niemals einhundert. Er würde vielleicht sogar bei seinen Freunden damit prahlen, vor allem, da noch kein rechtmäßiger Erbe unterwegs war. Simon konnte sich nicht vorstellen, was ihn zu so einer radikalen Maßnahme wie Mord bewogen haben sollte.

Dann war da der ungeschickte Überfall auf ihn. Wenn kein Mitglied aus Sir Wolfords Haushalt dahintersteckte, wer empfand dann seine Aussagen als Bedrohung? Simon fragte sich, ob weitere Überfälle folgen würden. Er dachte daran, wie er sich bei der Verhandlung vor Francis Down gebrüstet hatte, er könne sehr wohl mit einem Schwert umgehen – und bezweifelte, ob das noch der Wahrheit entsprach. Seine Arbeit und das schlechte Wetter hatten ihn in der letzten Zeit vom Training abgehalten, und er war nicht gut in Form.

Da er nicht in der Lage war, etwas Vernünftiges zu tun, beschloß Simon, einen seiner Patienten aufzusuchen, dem eine Fechtschule hinter dem *Green Dragon* gehörte, und zu fragen, ob er Zeit für ein paar Runden mit dem Schwert hatte.

Die folgende Stunde war der körperlichen Ertüchtigung gewidmet. Der Fechtmeister merkte sehr wohl, daß Simon aus der Übung war, er ließ ihn anfangs mit geringer Anstrengung davonkommen, aber nach einer kurzen Pause ging er ernsthaft zur Sache, bis Simon schweißgebadet nach Atem rang. «Nicht schlecht», meinte sein Lehrer, «aber Ihr braucht wirklich mehr Übung.»

Simon gab ihm recht. «Aber es ist nicht so einfach, die Zeit dafür zu finden, wenn ich so viel zu tun habe wie in den letzten Monaten.»

«Was hat Euch dann heute hergeführt?» wollte der Fechtmeister wissen, während er seine Klinge säuberte.

«Daß ich die Übung brauchte. Und daß letzte Woche jemand versucht hat, mich umzubringen.»

Der Lehrer hielt bei seiner Arbeit inne. «Im Ernst?»

«Ja, im Ernst, das kann ich Euch versichern.»

«Wahrscheinlich war es irgendein Taschendieb, denn als Arzt habt Ihr doch kaum Feinde?» Simon schwieg. «Ihr scheint daran zu zweifeln. Meint Ihr, es ging um mehr?»

«Gewiß könnte ich einfach das Pech gehabt haben, an einen gewöhnlichen Dieb zu geraten, aber ich glaube eher, daß es mit einer Angelegenheit zu tun hatte, um die ich mich in den letzten Tagen gekümmert habe, denn ich wurde überfallen, als ich auf dem Weg zu einer Untersuchung war, um dort auszusagen. Wenn das der Fall ist, kann es durchaus sein, daß der, der dahintersteckt, es noch einmal versucht.»

«Ich verstehe», meinte der Fechtmeister. «Und habt Ihr mit ihm gekämpft?»

«Das ging nicht. Er griff mich in einer engen Gasse von hinten an, und es wäre unmöglich gewesen, mein Schwert zu ziehen, selbst wenn ich es dabeigehabt hätte. Alles, was ich tun konnte, war, mit ihm zu ringen, wie Ihr hier sehen könnt.» Er zeigte ihm seine Hand mit der inzwischen verheilenden Wunde.

Der Mann schaute sie an. «In diesem Fall schlage ich vor, daß Ihr Euch regelmäßiger im Schwertkampf übt und daß Ihr Euer Schwert mitnehmt, wohin Ihr auch geht. Ich werde Euch auch zeigen, wie Ihr mit einem Angreifer fertig werden könnt, der sich Euch mit einem Dolch oder einem Seil von hinten nähert, wenn Ihr glaubt, das könnte nützlich sein. Wenn Ihr also bereit seid, üben wir ein paar Würfe und Stürze, bevor Ihr ganz und gar steif werdet.»

Als Simon nach Hause kam, schmerzte sein ganzer Körper, aber dennoch hielt seine gereizte, ruhelose Stimmung an. Schließlich sagte er Anna, er werde zum Essen nicht zu Hause sein. Er machte sich wieder auf den Weg, aß in einem Wirtshaus und gönnte sich einen seiner seltenen Besuche in einem Spielhaus, wo er fast bis Mitternacht würfelte, bis er eine freundliche Hure traf, deren Dienste er schon früher in Anspruch genommen hatte. Er ging mit in ihr Quartier, und nach einer angemessenen Zeit des Vergnügens schlief er wie ein Stein.

Als er früh am nächsten Morgen nach Hause kam, war Anna sehr aufgeregt. Nicht einer, nein zwei Boten waren mit dringenden Briefen für ihn dagewesen. Simon warf Mantel und Schwert in eine Ecke, verlangte in der Küche sein Frühstück und öffnete sie. Der erste, der eher einer Forderung als einer Einladung glich, kam von Sir Thomas Monkton, der ihn bat, ihn sobald wie möglich in den Rechtsschulen aufzusuchen. Dann wandte er sich dem zweiten zu, und sein Mut sank, als er das Siegel des Königlichen Ärztekollegs erkannte. Diese Aufforderung ließ ihm keine Wahl. Er wurde in aller Form gebeten, sich vor einer Sondersitzung des Rates einzufinden, und zwar an diesem Nachmittag um drei Uhr, um dort wegen einer schweren und ernstzunehmenden Anklage Rede und Antwort zu stehen.

Jemand hatte alle Hebel in Bewegung gesetzt. Er konnte kaum glauben, daß zwischen den beiden Vorladungen kein Zusammenhang bestand, aber wie oder warum war das Königliche Ärztekolleg in die Sache hineingezogen worden? Allerdings bestand kein Zweifel daran, daß man dort, wenn es irgendwie möglich war, einen Vorwand finden würde, ihn zu verurteilen; das wußte er bereits aus der Vergangenheit. Ein schrecklicher Gedanke stieg in ihm auf: Hatte es irgend etwas mit dem fehlenden Mohnsirup zu tun?

* * *

Zutiefst bedrückt machte er sich auf den Weg zu seinem ersten Termin, der Unterredung mit Sir Thomas Monkton in den Rechtsschulen. Bei seiner Ankunft gab er seinen Namen an und mußte dann eine halbe Stunde oder länger voller Ungeduld warten. Als er endlich vorgelassen wurde, kam Monkton ohne Umschweife zur Sache.

«Ah, Dr. Forman. Ich habe hier einen Brief von Sir Wolford Barnes, den Ihr aufmerksam zur Kenntnis nehmen solltet. Wie er schreibt, hat seine Tochter ihm inzwischen mitgeteilt, daß das Mädchen Eliza Pargeter einen gewalttätigen Liebhaber hatte, der sie bei mehreren Gelegenheiten mißhandelt hatte; trotz der Warnungen ihrer Herrin, sie solle sich zu ihrer eigenen Sicherheit von ihm trennen, war sie dazu nicht bereit gewesen. Was sagt Ihr dazu?»

Das war es also. «Daß ich mich frage, warum Lady Olivia Tuckett diese Information nicht selbst während der Untersuchung mitteilte oder durch Master Down mitteilen ließ, der ja auch Zeuge war.»

Monkton blickte wieder in den Brief. «Sir Wolford schreibt, Lady Tuckett sei nach dem Tod des Mädchens sehr erregt gewesen und habe es nicht für wichtig gehalten, bis sie das Urteil hörte; sie hatte wohl angenommen, daß ihre Zofe sich ertränkt hatte. Offenbar fährt der Mann zur See und dürfte inzwischen über alle Berge sein, wenn er weiß, was gut für ihn ist. Damit ist diese Angelegenheit aller Wahrscheinlichkeit nach erledigt, meint Ihr nicht auch?»

«Möglicherweise. Allerdings glaube ich kaum, daß das Mädchen einen gewalttätigen Liebhaber hatte – oder überhaupt irgendeinen Liehaber bis kurz vor ihrem Tod.»

Monkton seufzte erbittert. «Was Ihr glaubt, Dr. Forman, ist von geringer Bedeutung. Die Erklärung ist glaubhaft, und ich schlage vor, daß Ihr die Angelegenheit nicht weiter verfolgt. Ihr habt Sir Wolford verärgert, indem Ihr seinen Haushalt in die Sache hineingezogen habt und –»

«Er konnte wohl kaum vermeiden, in die Sache hineingezogen zu werden, wenn das tote Mädchen die Dienerin seiner Tochter war», fiel ihm Simon ins Wort.

«Bitte unterbrecht mich nicht, Dr. Forman. Ich wiederhole, Ihr habt Sir Wolford gekränkt und verärgert, durchaus zu Recht möchte er nichts mehr darüber hören. Er ist», fuhr Monkton fort, «ein mächtiger Mann in der Stadt und muß an seinen Ruf denken. Was mich betrifft, ist die Sache jetzt abgeschlossen.»

«Dann möchte ich mich verabschieden», sagte Simon. «Ich muß vor dem Königlichen Ärztekolleg erscheinen und möchte mich nicht verspäten.»

Sir Wolford hatte nun also persönlich eingegriffen. Während Simon in Richtung Blackfriars stapfte, wo in der Knightrider Street das Versammlungsgebäude der Ärzte lag, fragte er sich, ob diese neue Wendung der Geschehnisse dadurch ausgelöst worden war, daß der Kaufmann von seinem Besuch in Stratford St. Anne erfahren hatte, oder ob er auf die Bitte seiner Tochter hin handelte. Letzteres erschien ihm jedoch zweifelhaft. Seiner Meinung nach war Olivia Tuckett eine Frau, die die Dinge selbst in die Hand nahm. Er fragte sich, ob er sich auf die Suche nach Olivias Freundin Celia Wynter machen sollte, um zu prüfen, ob sie bestätigen konnte, daß Olivia den Abend vor Elizas Tod bei ihr verbracht hatte, und wann sie gegangen war. Ihm war klar, daß das eine ziemlich heikle Sache sein würde, denn er mußte mit einer einigermaßen glaubwürdigen Erklärung aufwarten, um nicht sofort hinausgeworfen zu werden. Er durfte nicht den geringsten Verdacht erregen, andernfalls würde Olivia sofort von seinem Besuch erfahren. Dies war nicht der richtige Zeitpunkt.

Dem Termin beim Ärztekolleg sah er voll böser Vorahnung entgegen. Er dankte jeden Tag seinem Schicksal, daß er es schließlich unter großen Schwierigkeiten geschafft hatte, sein ehrgeiziges Ziel zu erreichen und ein voll anerkannter Arzt zu werden, etwas geradezu Beispielloses für einen armen Dorfjungen wie ihn. Er war überaus stolz darauf, den Titel ‹Doktor› zu tragen, von der angesehenen Universität von Cambridge anerkannt zu sein und schließlich die Zulassung des Königlichen Kollegs erhalten zu haben.

Durch seinen Beruf war er in der Stadt ein angesehener Mann geworden, unter seinen Patienten befanden sich junge Lords vom Hof und wohlhabende Familien der Stadt genauso wie die Handwerker, die Schauspieler und die Armen der Bankside. Es wäre einfach gewesen, sich in einer Stadt wie Salisbury niederzulassen, aber er war fest entschlossen gewesen, sein Glück in London zu versuchen, und der Erfolg hatte ihm recht gegeben.

Simon war auch stolz auf seine Kenntnisse über neue Ideen und Methoden, die er in Italien erworben hatte. Seine englischen Kollegen schienen ihm allesamt ziemlich konservativ auf fast allen Gebieten von Medizin und Astrologie. Das war zweifellos der Grund dafür, daß man ihn bezichtigt hatte, Schwarze Kunst zu betreiben; und bestimmt kam es einigen Mitgliedern des Königlichen Kollegs sehr zupaß, das Gerücht zu unterstützen. Obwohl er in seine Fähigkeiten vertraute und sich über seine gesellschaftliche Stellung freute, war er tief in seinem Innern noch der Junge, der wegen seines respektlosen Verhaltens gegenüber dem Gutsherrn des Ortes ein Jahr in einem schmutzigen Gefängnis hatte verbringen müssen. Hatte Sir Wolford sich nicht nur beim Richter, sondern auch beim Königlichen Kolleg beschwert?

Ungefähr eine Viertelstunde später erreichte er das Versammlungsgebäude der Ärzte und wurde sofort von einem Diener empfangen, der ihm sagte, er werde im großen Ratszimmer erwartet. Der Diener klopfte, öffnete die Tür, und Simon wurde hereingeführt. Er sah sich dem ganzen Rat gegenüber, alle trugen ihre langen Talare und saßen an beiden Seiten eines langen, glänzend polierten Tisches, an dessen Kopfende der Präsident Platz genommen hatte. Simon wurde ein Stuhl am anderen Ende angewiesen.

«Ihr seid wieder einmal hierhergerufen worden, Dr. Forman», sagte der Präsident, «um auf die Beschuldigung schweren Fehlverhaltens zu antworten. Ihr könnt Platz nehmen.»

Simon setzte sich. Der Präsident blätterte in einigen Pergamenten, dann begann er. «Doktoren und Zensoren des Königlichen Ärztekollegs, ich werde Euch Dr. Formans bisherige Vergehen ins Gedächtnis rufen.

Zum ersten Mal wurde er vorgeladen, weil er eine Abhandlung über die Schriften des Häretikers Paracelsus verfaßt hatte, während unser Kolleg in seiner Gesamtheit der orthodoxen Lehre Galens verpflichtet ist, wenn es um Anatomie geht. Ist das nicht so, Dr. Forman?»

Simon gab zu, daß es in der Tat so war, und fügte an, daß das Kolleg mittlerweile gegenüber den Medizinern fast aller anderen europäischen Länder ins Hintertreffen geraten war, die sich jetzt in Fragen der Anatomie auf Vesalius beriefen. «Das vertiefte Studium Galens hat zu keinerlei Fortschritten in der ärztlichen Kunst geführt», schloß er.

Daß der Präsident darauf frostig reagierte, war nicht überraschend. Kommentarlos fuhr er fort: «Dann, meine Herren, wurde Dr. Forman herbestellt, weil er erklären sollte, warum er Patienten, die an Schwindsucht litten, mit einer Latwerge duftender Rosen in Wermutwasser behandelte und dann den weiteren Verlauf mit Hilfe astronomischer Almanache aufzeichnete. Diejenigen von Euch, die dabei anwesend waren, werden sich daran erinnern, daß der bekannte Dr. William Gilbert, unser damaliger Präsident, Dr. Formans Wissen über die Grundlagen der Astrologie prüfte und mit dem Ergebnis sehr unzufrieden war. Als Strafe wurde die Zahlung von fünf Guineen festgesetzt.

Beim dritten Mal hatte er inzwischen irgendwie die Anerkennung und Unterstützung der Universität von Cambridge gewonnen», höhnte der Präsident mit tiefer Verachtung. «Er wurde wieder geprüft, diesmal zum Thema Heilkunde, die er bei dem unbekannten Dr. Cox gelernt zu haben behauptet, und wieder in Astrologie. Was letztere betraf, kannte er nicht einmal das, was wir in diesem Land für die elementarsten Grundlagen halten. Die vier Zensoren des Kollegs verurteilten ihn zu einer Strafe von zehn Pfund. Damals hieß es, er solle als Scharlatan und mutmaßlicher Schwarzkünstler ins Gefängnis geworfen werden, aber aus Gründen, die wir nicht kennen, wurde dies durch persönliches Eingreifen des Staatssekretärs beim Kronrat verhindert, von dem verstorbenen Sir Francis Walsingham selbst. Habt Ihr dazu etwas zu sagen, Dr. Forman?»

Ein Raunen erhob sich, als Simon aufstand. «Ich weiß nicht, meine verehrten Herren, warum Ihr mich noch einmal hergebeten habt. Aber zumindest möchte ich den bisherigen Bericht richtigstellen. Ihr habt mich dreimal für schuldig befunden, weil viele Eurer Methoden und Überzeugungen veraltet sind.» An dieser Stelle war ein Aufschrei der Entrüstung zu hören. «Hört mich bitte an, meine verehrten Herren, obwohl mir klar ist, daß Ihr ungeduldig darauf wartet, mich wegen eines weiteren mir unbekannten Fehlverhaltens zu verurteilen. Der Grund Eures Mißfallens war nicht der Streit Galen contra Paracelsus oder welche astrologische Methode ich benutze, sondern die Tatsache, daß wir in grundlegenden medizinischen Fragen unterschiedlicher Meinung sind. Ich halte zum Beispiel nichts von fortwährendem Aderlaß, er schwächt nur den Patienten; ebensowenig davon, den Krankheitsverlauf dadurch zu beurteilen, daß man Flaschen dünner Pisse betrachtet!»

Der Präsident unterdrückte den Tumult, der nun folgte. «Dr. Forman», sagte er wütend, «Ihr habt Euch keinen Dienst erwiesen, was die neueste Anklage betrifft.» Er nahm ein Papier und hielt es hoch, um es der Versammlung zu zeigen. «Dies besagt, daß Ihr Euch in fremde Angelegenheiten eingemischt habt, und zwar in einer Weise, die sich für einen Arzt überhaupt nicht schickt. Ich habe hier eine Beschwerde von Sir Wolford Barnes, dem angesehenen Großkaufmann, in der er ausführt, daß Ihr zunächst die Behauptung aufgestellt habt, die Zofe seiner Tochter sei ruchlos ermordet worden, Euch dann berufen fühltet, aufs Land zu reisen und widerrechtlich seinen Grund und Boden zu betreten, im örtlichen Wirtshaus Klatsch zu verbreiten und dann die Sache auf die Spitze zu treiben und eine seiner Bediensteten bezüglich des toten

Mädchens ins Verhör zu nehmen. Wir warten auf Eure Erklärung.»

Das war es also. Sir Wolford hatte in der Tat ganze Arbeit geleistet. Es war unwahrscheinlich, daß er das alles selbst ausgeheckt hatte, dachte Simon. Auch diesmal hielt er nicht Olivia Tuckett und auf keinen Fall ihren beschränkten Ehemann für die treibende Kraft. Als wahrscheinlichster Anstifter blieb also Francis Down.

«Wir warten, Dr. Forman», sagte der Präsident.

«Ich bin zweifellos verurteilt, bevor ich meinen Mund öffne», sagte Simon. «Also will ich mich so kurz wie möglich fassen. Es war reiner Zufall, daß das tote Mädchen zu meinem Haus gebracht wurde, nachdem sie im Fluß gefunden worden war, daraufhin erkannte ich in ihr eine Patientin wieder, die mich ungefähr vier Monate zuvor aufgesucht hatte. Eine Untersuchung ließ keinen Zweifel daran, daß sie schwanger war, und ergab auch, zu meiner eigenen Genugtuung, daß sie gefesselt worden war, bevor sie ertrank. Dies sagte ich bei der Verhandlung, und daß die Geschworenen vorsätzlichen Mord erkannten, entsprach, wie ich annehme, nicht den Wünschen des Richters. Einige Tage später war ich in dem Dorf Stratford St. Anne, wo ich übernachtete, da ich am nächsten Tag in Ipswich zu tun hatte. Wieder war es Zufall», log er, «daß ich entdeckte, daß das Mädchen am folgenden Tag im Dorf beerdigt werden sollte. Nebenbei möchte ich bemerken, daß es mein Diener war, nicht ich, der im Wirtshaus plauderte. Ihr könnt Euch vorstellen, daß eine solche Tragödie Anlaß zu etlichen Gesprächen gab. Ich war zu Bett gegangen.

Das Mädchen wurde beerdigt, als wir am nächsten Morgen im Begriff waren aufzubrechen, und als der Geistliche Dr. James Field hörte, daß ich, ein Arzt, mich im Dorf aufhielt, schickte er nach mir und stellte mir einige Fragen über die Anzeichen eines Todes durch Ertrinken, die ich beantwortete, so gut ich konnte. Er hatte es für wahrscheinlich gehalten, daß das Mädchen sich das Leben genommen hatte, und war daher im Zweifel, ob sie ein Recht hatte, auf dem Kirchhof begraben zu werden. Von ihm erfuhr ich, wo die Eltern des armen Mädchen lebten, und besuchte sie kurz, um ihnen mein Beileid auszusprechen. Ich betrachte das nicht als unbefugtes Betreten von Sir Wolford Barnes' Grund und Boden. Das ist alles, verehrte Herren. Warum das Grund zu ernsthafter Anklage geben sollte, vermag ich nicht zu verstehen.»

Der Präsident konnte sich kaum beherrschen. «Seht Ihr nicht ein, Dr. Forman, daß all das Euch nicht das geringste anging? Ihr mußtet das Mädchen nicht untersuchen. Es war unwahrscheinlich, daß man Euch als Zeugen bei der Untersuchung vorgeladen hätte, wenn Ihr Euch nicht erboten hättet, dort auszusagen. Und selbst wenn Euer Aufenthalt in Stratford St. Anne, wie Ihr behauptet, ‹Zufall› war», fuhr er verächtlich fort, «so hattet Ihr Eure Aufgabe in der Angelegenheit erfüllt und sie ging Euch nichts mehr an. Aber ich sage Euch ganz offen, ich glaube nicht, daß Ihr zufällig in Essex wart, sondern daß Ihr dorthin gereist wart, wie Sir Wolford versichert, um Euch in seine Angelegenheiten einzumischen.» Ein Raunen der Zustimmung ging durch den Raum.

«Werft den Kerl raus», rief ein alter Graubart und erntete allgemeinen Beifall. «Offenbar hat er sein Können auf einem Misthaufen erworben!»

Ein anderer murrte, er wolle nichts mit sogenannten Ärzten und anderen Quacksalbern zu schaffen haben, die ihre Zeit damit verbracht hätten, heidnische Praktiken in fremden Ländern zu erlernen.

«Wir sind uns also darin einig, verehrte Herren, daß wir

diesmal Dr. Formans Zulassung als Arzt widerrufen sollten?» fragte der Präsident. «Wollt Ihr dies in der gewohnten Weise zeigen?

Vielen Dank, meine Herren. Ihr seid zu weit gegangen, Dr. Forman, und im Namen des Rates und der Zensoren des Königlichen Ärztekollegs erkläre ich, daß Eure Zulassung als Arzt hiermit widerrufen wird. Diesmal könnt Ihr Euch kaum an jene ganz oben wenden. Sir Francis Walsingham ist tot, und wie auch immer Ihr ihn dazu gebracht habt, sich für Euch einzusetzen, es dürfte Euch kaum gelingen, seinen Nachfolger Sir Robert Cecil dazu zu bewegen, sich für Eure Belange zu interessieren. Seine Ansichten über Ketzerei und Schwarze Kunst sind gut bekannt.»

«Und genauso gut bekannt ist, daß seine Ernennung von der Königin noch bestätigt werden muß», erwiderte Simon, zitternd vor Wut.

Der Präsident reagierte eisig. «Ihr wißt, was das bedeutet?»

«Ganz bestimmt. Aber ich möchte Euch daran erinnern, daß Euer Erlaß nur innerhalb der Stadtgrenzen Gültigkeit hat. Ich habe meinen Wohnsitz auf der Bankside gewählt, wo meine Cambridge-Zulassung genügt, obwohl ich kein Hehl daraus machen will, daß diese ungerechtfertigte Strafe sich sehr nachteilig für mich auswirken wird. Aber ich kann Euch allen versichern, daß ich nicht ruhen werde, bis Ihr gezwungen seid, mir meine Zulassung wieder zu gewähren.»

«Müßige Drohungen, Dr. Forman, müßige Drohungen», erwiderte der Präsident. «Verlaßt uns. Wir haben Euch nichts mehr zu sagen.»

Todunglücklich ging Simon die Treppe hinab und trat in das milchige Sonnenlicht hinaus. Er fragte sich, was um Himmels willen das Schicksal als nächstes für ihn bereithielt. Zum ersten Mal wünschte er sehnlichst, Eliza wäre irgendwo anders aus der Themse gefischt worden als ausgerechnet an der Bankside.

10. Kapitel

Ebbe und Flut auf der Themse

Einige Tage später kehrte Marcus Tuckett in düsterer und gereizter Stimmung aus Kent zurück. Nach dem Schlaganfall konnte Lord Tuckett nur noch undeutlich sprechen, und die linke Körperhälfte war gelähmt. Nach Auskunft seines Arztes bedeutete das, daß er vielleicht noch einige Monate zu leben hatte, aber auch jederzeit einen zweiten tödlichen Schlag erleiden konnte. Daher solle Marcus alles vorbereiten, um gegebenenfalls eine längere Zeitspanne bei ihm in Kent zu verbringen.

«Vater ist dabei, mit seinem Anwalt die endgültige Fassung seines Testaments zu erstellen», erklärte er Olivia. «Und noch immer ohne Aussicht auf einen Enkelsohn – es sei denn, Ihr habt in diesem Monat empfangen.»

«Wenn nicht, ist es kaum meine Schuld», entgegnete sie scharf.

«Nun, meine ist es ganz bestimmt nicht», erwiderte Marcus in seiner gewohnten schmollenden Art. «Ich fange an, mich zu fragen, ob ich nicht in eine unfruchtbare Familie geheiratet habe. Ich gestehe Euch jetzt», prahlte er, «daß zwei Mädchen in Kent mir schon Bastarde geboren haben, ein Kind trinkt noch an der Brust. Das Versagen, Olivia, scheint also bei Euch zu liegen.»

«Wir sind erst seit vier Monaten verheiratet», sagte sie erregt, «es ist noch früh. Aber da Ihr so besorgt seid, sollt Ihr wissen, daß ich einen Arzt um Rat gefragt habe, der in diesen Dingen große Erfahrung haben soll.» Ursprünglich hatte sie ihm sagen wollen, daß es Simon Forman war – schließlich hatte er den Doktor offenbar unterhaltsam gefunden –, aber in Anbetracht der Maßnahmen ihres Vaters konnte sie das nun unmöglich tun. Er und Francis Down hatten triumphiert, als von Sir Thomas Monkton und dem Präsidenten des Königlichen Ärztekollegs die Antworten auf Sir Wolfords Briefe eintrafen. Sir Thomas schrieb, daß er Dr. Forman vorgeladen und ihm klargemacht habe, daß er den Fall im Lichte neuer Zeugenaussagen für abgeschlossen halte, während der Präsident des Königlichen Kollegs den Großkaufmann in aller Form davon unterrichtete, daß Dr. Simon Formans Zulassung als Arzt in der Stadt London widerrufen worden war.

«Und was hat dieser Doktor Euch gesagt?» wollte Marcus wissen.

«Er sagte, ich sei töricht, mir Sorgen zu machen, denn es gibt zwar Bräute, die in der Hochzeitsnacht empfangen, bei vielen aber dauert es Wochen oder sogar Monate.»

«Eins meiner Mädchen in Kent bekam ein Kind nach nur einer wilden Nacht», erwiderte er mürrisch. «Und ich habe mit Sicherheit mein Bestes gegeben, in unserer Hochzeitsnacht und auch danach.» Er musterte sie von Kopf bis Fuß. «Ich will Euch jetzt sagen, daß mir vor unserer Verlobung viele Gerüchte über Eure Tugend zu Ohren kamen – oder über Euren Mangel an Tugend. Aber die Größe Eurer Mitgift und der Ehevertrag genügten meinem Vater, um mir zu befehlen, alle möglichen Zweifel zu unterdrücken. Nun zeigt sich, daß sie offenbar unbegründet waren. Aber das ändert nichts an der gegenwärtigen Situation. Mein Vater erwartete vor seinem Tod die Nachricht von einem Erben.»

«Dann wollen wir hoffen, daß wir sie ihm bringen können», erwiderte Olivia und ging; dabei unterließ sie es, darauf hinzuweisen, daß sie auch in diesem Falle keine Garantie dafür hatten, daß es ein Junge sein würde.

Das Wetter hatte sich in den letzten beiden Tagen wesentlich gebessert, und so ging sie in den Garten hinter dem Haus. Nur wenige Blumen waren erblüht, aber der Thymian am Weg und die Salbeisträucher im Kräutergarten verbreiteten einen angenehmen Duft. Sie trocknete eine Holzbank mit ihrem Taschentuch und setzte sich, innerlich völlig aufgewühlt. Fast immer in ihrem Leben hatte sie geschickt Ereignisse zu ihren Gunsten beeinflussen können, aber jetzt hatte sie das Gefühl, in einen Strudel von Ereignissen hineingerissen zu werden, die sie nicht kontrollieren konnte.

Ihre Geburt war eine große Enttäuschung für ihren Vater gewesen, nicht nur weil er sich einen Sohn gewünscht hatte, sondern weil ihre Mutter sich von da an nur noch ihrem schlechten Gesundheitszustand widmete und Olivia auf dem Land weitgehend von Kindermädchen aufziehen ließ. Es war ein großes Glück, daß Sir Wolford zu der Zeit, als er sich damit abfand, daß Olivia sein einziges Kind bleiben würde, auch erkannte, daß sie außergewöhnlich war, da sie Schönheit und Klugheit zugleich besaß. Nach einigen Jahren in der Shoemakers Row hatte er das große Haus in der Nähe von Bishopsgate gekauft und sie mit nach London genommen, wo er eine verständige Frau als ihre Gouvernante einstellte. Er suchte auch einen Hauslehrer, der sie unterrichten sollte, aber sie erwies sich als eine so begabte Schülerin, daß sie ihm bald über den Kopf wuchs.

Bei einem neuen Lehrer entdeckte sie ihre Begabung für Sprachen, die Sir Wolford sehr gelegen kam, da er keine Sprache außer Englisch sprechen oder verstehen konnte. Eine Tochter, die Französisch und Italienisch beherrschte, war daher ein beträchtlicher Gewinn für ihn, wenn Kaufleute aus anderen Ländern Europas in seinem Haus zu Gast waren. Mit zunehmendem Alter erwies sie sich auch in anderer Hinsicht von unschätzbarem Wert, denn Lady Barnes verließ nur selten Stratford St. Anne, und er brauchte eine Gastgeberin, wenn er Besuch hatte.

Das Leben, das sie führten, behagte Vater und Tochter, bis diese fünfzehn war. Sir Wolford verwöhnte sie; nichts war zu gut für seinen wertvollsten Besitz, von einem Schrank voll schöner Kleider bis zu einem reinrassigen Pferd, wenn sie ausreiten wollte. Daher war es kaum überraschend, daß Freier vor Sir Wolfords Tür standen, als sie sechzehn wurde, aber fürs erste waren beide zufrieden mit der gegenwärtigen Situation. Zu dieser Zeit entdeckte Olivia eine Beschäftigung, die ihr ungeahntes Vergnügen bereitete; auch darin erwies sie sich als äußerst begabt.

Und so trat in ihrem Leben plötzlich eine verhängnisvolle Wendung ein. Solange sie von einer Dienerin oder einem Diener begleitet wurde, konnte sie gehen, wohin sie wollte. Es machte ihr besonderen Spaß, die Theater zu besuchen, vor allem das Theater in der Nähe von Finsbury Field und das neue Rose Theatre in der Bankside, und bald kannte sie die neuesten Stücke und die Schauspieler, die sie aufführten. So begegnete sie Charles Sheldon, einem dunkelhaarigen jungen Schauspieler mit großer Ausstrahlung, der im Begriff war, berühmt zu werden. Beziehungen zwischen Schauspielern und Verehrerinnen im Publikum waren nichts Ungewöhnliches, aber die Frauen waren fast immer verheiratet, und die Beteiligten gingen keinerlei Verpflichtungen ein und achteten auf äußerste Diskretion.

Aber wenn Olivia auch in vielerlei Hinsicht glänzte, in manchen Dingen war sie unerfahren, und so verliebte sie sich leidenschaftlich in Charles. Es blieb nicht lange bei Seufzern, schlechten Versen und Händehalten. Als Sir Wolford einige Wochen in Essex verbrachte, bot sich dem jungen Paar die ersehnte Gelegenheit, und die beiden schliefen miteinander, wann immer und wo immer sie konnten, ohne Rücksicht auf Sitte und Anstand zu nehmen. Wenn sie jetzt daran zurückdachte, begriff Olivia, wie töricht und leichtsinnig sie gewesen war, denn kaum war ihr Vater nach London zurückgekehrt, als einige Nachbarn es sich nicht nehmen ließen, ihm zu raten, er solle besser auf seine Tochter achten, wenn er nicht mit einem gefallenen Mädchen und einem Bastard dastehen wolle.

Es folgte eine stürmische und tränenreiche Szene, deren Ergebnis war, daß Olivia auf der Stelle für sechs Monate zu ihrer Mutter nach Essex geschickt wurde. Als sie schließlich nach London zurückkehrte, dauerte es lange, bis sie das Haus verlassen durfte, es sei denn in Begleitung ihres Vaters oder einer Person, bei der er sich darauf verlassen konnte, daß sie auf Olivias Benehmen achtete. Kurz nachdem jeder Kontakt zwischen Charles Sheldon und ihr abgebrochen war, wurde der Schauspieler eines Abends, als er das Theater verlassen hatte, überfallen und so zusammengeschlagen, daß er kaum stehen konnte. Ihr Vater kam nie wieder auf das Thema zu sprechen, aber Olivia wußte nur zu gut, wer hinter dem Überfall steckte.

Zwei Jahre später hatte sie sich, gelangweilt und zermürbt von ihrer Situation, auf eine Liebschaft mit Francis Down eingelassen, die sie in eine mißliche Lage manövriert hatte.

Nach seiner Auseinandersetzung mit dem Königlichen Kolleg lag Simon die ganze Nacht schlaflos da und starrte an die Decke. Seine Worte waren vielleicht mutig gewesen, aber es waren, wie man ihm deutlich gemacht hatte, nur Worte. Die Zukunft sah düster aus. Alles, wofür er so lange gekämpft hatte, schien zunichte gemacht. Er war nicht einmal ganz sicher, was der Widerruf seiner Zulassung bedeutete. Das Gebiet der Bankside gehörte nicht zum Zuständigkeitsbereich der Stadt London, die Gerichtsbarkeit lag beim Bischof von Winchester, aus diesem Grund blühten dort die Theater, Spielhäuser und Bordelle, deren Huren als Winchester-Gänse bekannt waren. Aber galt das wirklich auch für die Ausübung seines Berufs als Arzt?

Natürlich konnte er die Stadt verlassen und sich fünfzig Meilen oder sogar weniger weit entfernt niederlassen und behaupten, er sei Mitglied des Königlichen Kollegs. Es war unwahrscheinlich, daß irgend jemand das anzweifeln würde. Aber er war von Anfang an entschlossen gewesen, in der Hauptstadt Erfolg zu haben. Die unmittelbaren Probleme waren praktischer Art. Sollte er versuchen, in der Bankside weiter als Arzt tätig zu sein, obwohl viele seiner Patienten auf der Südseite des Flusses so arm waren, daß sie es sich kaum oder gar nicht leisten konnten, ihn zu bezahlen? Seine Haupteinkommensquelle lag nördlich des Flusses in Middlesex und der Innenstadt. Die wenigen Bessergestellten in Southwark, so wie Philip Henslowe (der seine Arzneien selten selbst einnahm) und sein Schwiegersohn, der Schauspieler Ned Alleyn, konnten keinesfalls den Verlust ausgleichen, der durch den Wegfall der städtischen Kaufleute und ihrer Familien oder der wohlhabenden Hausbesitzer entstand, die nach Blackfriars zogen, das gerade im Trend lag. Wenn Simon es wagte, sie trotz allem zu behandeln, würden die Ärzte ihn mit Sicherheit ins Gefängnis werfen lassen, und der große Meisterspion der Königin Elizabeth war nicht mehr da, um seine schützende Hand über ihn zu halten.

Im Gegensatz zu vielen anderen Ärzten hatte Simon sich immer geweigert, einen vermögenden und einflußreichen Gönner zu suchen, denn er wollte nicht dem leisesten Wink von jemandem gehorchen müssen, dem er vielleicht nur geringe Wertschätzung entgegenbrachte. Aber wenn er unter solcher Protektion gestanden hätte, wäre es für das Königliche Kolleg schwieriger gewesen, so mit ihm zu verfahren, und er fragte sich jetzt, ob seine Haltung nicht hochmütig und töricht gewesen war. Wenn er keinen Weg fand, das Kolleg zu einer Rücknahme der Entscheidung zu bewegen, war er ruiniert.

Selbst wenn er in einem Akt der Selbsterniedrigung zu Sir Wolford kroch und hoch und heilig versprach, daß er sich nie wieder in dessen Angelegenheiten einmischen würde, war es sehr zweifelhaft, ob das etwas nützen würde; der Kaufmann war offensichtlich entschlossen, an ihm ein Exempel zu statuieren. Ihm blieb nur ein Weg: herauszufinden – und zwar schnell –, wie und warum Eliza umgekommen war. Womöglich konnte er dann sein Wissen benutzen und Sir Wolford vor die Wahl stellen, das Königliche Kolleg dazu zu veranlassen, ihm seine Zulassung zurückzugeben, oder einen riesigen Skandal zu riskieren. Natürlich nur, wenn er es schaffte, am Leben zu bleiben! Denn Simon war jetzt sicher, daß der Mord an Eliza entweder auf das Konto des Kaufmanns oder eines Mitglieds seines Haushalts ging.

Was er dringend benötigte, waren weitere Informationen. Natürlich war es undenkbar, daß er selbst sich irgendwo in der Nähe von Bishopsgate blicken ließ. Also ließ er John Bradedge kommen und erklärte ihm die verzweifelte Situation in aller Kürze.

«Das ist deine Chance, etwas zur Wiedergutmachung deiner Unbedachtheit zu tun», schloß Simon, «und mich in die Lage zu versetzen, euch beide weiterhin zu beschäftigen. Wenn ich mich recht erinnere, dann befindet sich gegenüber Sir Wolfords Haus eine Reihe kleinerer Häuser. Wahrscheinlich wohnen dort achtbare Handwerker mit ihren Familien. Ich möchte, daß du dorthin gehst, dich als ehrlicher Handwerker ausgibst, an die Türen klopfst und fragst, ob jemand etwas für dich zu tun hat, damit du ein paar ehrliche Pennies verdienen kannst. Du kannst wahrheitsgemäß sagen, daß du im Krieg in den Niederlanden warst. Erzähle ihnen alles ganz genau, wenn sie nachfragen.»

«Wie stellt Ihr Euch das vor?» fragte John zweifelnd. «Schließlich bin ich nicht geschickt genug, um alle Arbeiten zu erledigen, die man mir vielleicht aufträgt.»

«Nun, wenn man dich um etwas bittet, was du nicht kannst, wirst du das sagen müssen. Aber du bist ein geschickter Bursche und dürftest keine allzu großen Schwierigkeiten haben. Zieh deine ältesten und abgetragensten Hosen an, ein Lederwams über dein Hemd, binde eine Leinenschürze um, und nimm eine Tasche mit Werkzeug mit und auch eine Sattlernadel und Zwirn. Dabei solltest du nach einer jener Frauen Ausschau halten, deren Hauptbeschäftigung darin besteht, ihre Nachbarn zu beobachten. Du weißt, was ich meine. Sie lungern herum, während die Tür einen Spalt offensteht und horchen, was draußen auf der Straße erzählt wird, oder lauern hinter dem Fensterflügel, um zu beobachten, was ihre Nachbarn vorhaben. Was ich herausbekommen will, ist, ob an dem Abend, bevor Elizas Leiche gefunden wurde, irgend etwas Ungewöhnliches in Sir Wolfords Haus oder in dessen Umgebung vorging, ob sich dort Fremde herumtrieben, jemand sehr spät kam oder ging – alles irgendwie Auffällige.»

Er gähnte und reckte die Arme, denn er hatte in der

Nacht kaum ein Auge zugetan. «In der Zwischenzeit werde ich mich auf die Suche nach dem Fährmann machen, der Eliza aus dem Fluß gezogen hat, und fragen, ob er eine Ahnung hat, wo sie hineingeworfen worden sein könnte. Aber das wird einige Zeit dauern, denn ich kann mich um alles in der Welt nicht an seinen Namen erinnern, und es gibt bestimmt Hunderte von Fährleuten.»

«Ich mache mich jetzt auf den Weg», sagte John, «aber wenn ich mich recht erinnere, erwähnte der Fährmann, daß Ihr ihm irgendwann letztes Jahr ein Geschwür geöffnet habt.»

Johns Einwurf erwies sich als nützlich. Gleich nach dem Aufbruch seines Dieners ging Simon sorgfältig sein Patientenbuch durch, und schließlich entdeckte er einen Eintrag, der sich vielversprechend anhörte: «4. August 1590. Abszeß geöffnet am Hals eines gewissen Will Hudson, Fährmann. Für das Öffnen 6 Pennies, für die Salbe aus weißem Wachs mit geriebenem Kampfer und vier Tropfen Mandelöl 4 Pennies. Wunde von Eiter gereinigt.»

Mit diesem Wissen ausgerüstet machte er sich sofort auf die Suche nach Hudson. Eine Ewigkeit lang blieben seine Bemühungen ohne Erfolg. Er fragte in jedem Wirtshaus, in dem Fährmänner jeglicher Art verkehrten, ging von einer Ufertreppe zur nächsten und fragte die Fährleute, die sich an ihrem Fuß drängten, ob einer wüßte, wo dieser Mann zu finden sei, aber vergeblich. Es blieb ihm nichts anderes übrig, als an jedem Anlegesteg die Nachricht zu hinterlassen, daß Dr. Forman dringend Will Hudson sprechen müsse und daß es sein Schade nicht sein werde.

Er war fast wieder zu Hause, als vielstimmiges Rufen vom Fluß ihn innehalten ließ. Als er zum Wasser hinunterschaute, sah er, wie Hudson sich aus einer Gruppe von Männern löste.

«Ich höre, Ihr wollt mich sprechen, Dr. Forman», rief er. «Ich habe hier einen Passagier nach Blackfriars. In einer halben Stunde werde ich bei Euch sein.»

Er hielt sein Versprechen. Als Simon ihn hereinließ, warf er einen schiefen Blick zur Tür des Arbeitszimmers, zweifellos erinnerte er sich an die Tortur, die er dort im vergangenen Jahr durchgestanden hatte. Aber Simon führte ihn in die Küche und bat Anna um etwas Ale. Hudson setzte sich, offensichtlich besorgt, was jetzt kommen würde.

Simon trat hinter ihn und begutachtete seinen Hals. «Die Wunde scheint gut verheilt zu sein.»

«Glatt wie ein Kinderpopo. Oh, ich muß mich auch dafür bedanken, daß Ihr mir diese Leiche abgenommen habt und zu der Untersuchung gegangen seid. Ich hätte sonst einen halben Vormittag verloren.»

«Und genau über das Mädchen möchte ich mit dir sprechen.»

Der Fährmann schüttelte den Kopf. «Nach allem, was ich gehört habe, scheint es eine merkwürdige Sache zu sein. Man sagt, es war keine törichte, liebeskranke Dienerin, die wegen irgendeines Mannes ins Wasser gegangen ist, sondern daß jemand sie hineingestoßen hat.»

«Ich glaube, genau so war es.» Simon schob Hudson eine große Karte zu, die den Verlauf der Themse von Kew nach Deptford zeigte. «Deshalb möchte ich von dir wissen, wo es passiert sein könnte. Vielleicht hilft dir der Hinweis, daß sie wahrscheinlich erst seit wenigen Stunden tot war, als du sie herausgezogen hast.»

«Wo hat sie gewohnt?» fragte Hudson.

«In der Stadt. In der Nähe von Bishopsgate.»

Hudson biß sich auf die Unterlippe und verzog das Gesicht. «Nun, es war sicher nirgendwo dort, denn wir haben sie nicht weit flußabwärts von Westminster gefunden – und wenn ich so etwas machen würde, dann außerhalb der Stadt. Hier ist auf beiden Seiten des Flusses viel zu viel los, und sogar in diesem erbärmlichen Sommer ist es lange hell. Es ist also anzunehmen, daß der Täter sie aufs Land rausgeschleppt hat. Ich tippe auf Chelsea. Da oben ist es ruhig.

Laßt mich sehen. Als mein Passagier drüben bei den Wandsworth-Feldern einstieg, herrschte Ebbe, und die heftige Strömung wurde noch durch den Regen verstärkt, der ein Stück weiter flußaufwärts gefallen war. Ich denke, sie muß mit einem Boot zur Flußmitte gebracht und dort hineingeworfen worden sein. Sonst wäre sie einfach zurück ans Ufer getrieben. Das ist nur eine Vermutung, aber wenn ich daran denke, an welcher Stelle wir sie gefunden haben, würde ich sagen, sie ist vermutlich irgendwo am Chelsea Reach ins Wasser geworfen worden. Natürlich kann ich mich irren.»

«Nur weiter, das klingt ziemlich plausibel», ermunterte ihn Simon.

«Nun, wir Bootsführer gehen im allgemeinen davon aus, daß zwischen diesen beiden Punkten sieben Stunden Ebbe ist, dann fünf Stunden Flut. Das ändert sich natürlich ein bißchen, wenn viel Wasser flußabwärts kommt oder eine starke Flut flußaufwärts durch kräftigen Wind verstärkt wird, aber es stimmt in etwa. Wenn sie also ungefähr um elf Uhr oder sogar etwas später in der Mitte des Flusses ins Wasser geworfen wurde, drängte die Flut schnell herein, aber Städter denken an so etwas nicht. Sie muß zuerst ein Stück flußaufwärts getragen worden sein, vielleicht wurde sie auch irgendwo aufgehalten – der Fluß hat dort etliche Windungen –, bis das Wasser stand. Dann, beim Gezeitenwechsel, hat der starke Sog sie flußabwärts gezogen. Aber», fügte Hudson hinzu, «ich sage nur, was geschehen sein könnte. Vielleicht war es ja auch ganz anders.»

«Vielleicht, aber es macht Sinn», meinte Simon. «Du hast mir sehr geholfen. Trink noch etwas, und hier ist eine Krone für deine Mühe, Will. Noch etwas. Es wäre mir lieb, wenn du niemandem von unserem Gespräch erzählen würdest, aber halte Augen und Ohren offen. Ihr Bootsführer wißt fast alles, was auf der Themse vorgeht. Wenn du irgend etwas Interessantes erfährst, komm zu mir. Dann bekommst du noch eine Krone.»

Hudson steckte die Münze ein, hob den Krug und trank die Hälfte in einem Zug. Dann, plötzlich ernst, fragte er: «Glaubt Ihr, daß das arme Mädchen schon tot war, als sie ins Wasser fiel, Doktor?»

Simon seufzte und zuckte die Achseln. «Keine Ahnung. Ich hoffe um ihretwillen, daß sie tot war, aber höchstwahrscheinlich war sie stark betäubt. In diesem Fall ist es nicht möglich zu sagen, ob sie zu sich kam, als sie im kalten Wasser versank. Wenn ja, dann war es ein grauenhafter Tod.»

«Nun, Doktor», sagte Hudson, trank aus und knallte den Krug auf den Tisch, «wenn das stimmt, werde ich mir beizeiten einen Platz in Tyburn reservieren lassen, um den Mistkerl am Galgen hängen zu sehen, der das getan hat.»

Kurz nach Mittag ritt Simon auf dem Weg nach Chelsea über die Brücke. Er durchquerte Blackfriars, ritt am Strand entlang nach Westminster, nah am großen Palast und der mächtigen Abtei vorbei. Wie die Innenstadt, so dehnte auch Westminster sich immer mehr aus, aber bald sah er sich von Gärten und Obstbäumen umgeben und ritt aufs offene Feld zu. Die Landschaft war ihm nicht vertraut, denn seit er in London war, blieb ihm wenig Zeit, die Gegend außerhalb seines Wirkungskreises zu erkunden. Sein Weg führte ihn so nah an den Fluß, daß er immer wieder das Wasser im ungewohnten Sonnenlicht glitzern sah. Ihm bot sich ein Bild tiefer Ruhe. Auf den Feldern und in den Gärten arbeiteten Männer, Frauen nutzten das schöne Wetter, um Wäsche zum Trocknen über die Büsche zu hängen.

Schließlich kam Simon zu einer Kreuzung, an der ein ausgetretener Weg zum Wasser hinunterführte. Er band sein Pferd an einen geeigneten Baum und machte sich daran, die Umgebung zu erkunden. Nachdem er nur ein paar Minuten gegangen war, stieß er auf die Quelle eines kleinen Flüßchens. Es herrschte noch Ebbe, und riesige Schlickflächen waren an beiden Ufern zu sehen. Zumindest waren die schlammigen Ufergebiete hier sauber und stanken nicht so wie die nahe der Stadt, wo Flüsse wie die Fleet, die Abwasserkanälen glichen, in die Themse mündeten. Es war sehr ruhig, und niemand war in der Nähe. Das nächstgelegene Anwesen, ein ansehnliches Gutshaus mit zwei großen Scheunen, war ungefähr eine Viertelmeile entfernt. Es war ein günstiger Ort für Dinge, bei denen man nicht gesehen werden wollte.

Außerdem lagen mehrere kleine Boote im Schlick, die an alten Pfählen vertäut waren, die Ruder ordentlich innen verstaut. Es war offensichtlich ein leichtes, eines von ihnen loszumachen und damit loszufahren. Zwei oder drei unbelegte Pfähle, an denen Ringe befestigt waren, ließen darauf schließen, daß die Boote zur Zeit unterwegs waren.

Es war warm, und Simon setzte sich auf einen Baumstumpf; er versuchte sich vorzustellen, wie man Eliza hierhergebracht hatte (falls dies wirklich der gesuchte Ort war). War sie betäubt und gefesselt in einer Kutsche hergeschafft worden? Das schien zu riskant, auch wenn der Ort abgelegen war. Oder war sie irgendwie hergelockt worden, aber wenn ja, wie hatte man sie dazu gebracht, den Mohnsirup zu trinken?

Vom Fluß war das Geräusch von Rudern zu hören, und

bald erschien ein Boot, das ein kräftig aussehender Mann mittleren Alters ruderte. Er steuerte es an die Seite des Flüßchens und sprang heraus, wobei seine Stiefel tief im Schlick versanken; dann zog er das Boot hinter sich her und machte es an einem der freien Pfähle fest. In diesem Moment hörte Simon hinter sich jemanden pfeifen, und als er sich umdrehte, sah er einen Jungen von ungefähr zwölf Jahren, der mit einer Angelrute über der Schulter den Weg hinuntereilte.

Sein Anblick versetzte den Mann im Boot offensichtlich in Wut. «Du Satansbraten!» brüllte er. «Du Teufelsbrut!»

Der Junge blieb wie angewurzelt stehen. «Warum schreit Ihr mich so an, Master George?»

«Du hast wieder mein Boot benutzt, oder, du schmieriger Rotzlümmel? Bestimmt kommst du auch jetzt heruntergeschlichen, um es dir wieder zu nehmen, und denkst, ich merke nichts davon.»

Der Junge wirkte sehr gekränkt. «Aber nein, Master George. Ehrlich. Ich habe Euer Boot nicht mehr benutzt, seit Ihr mir vor zwei Monaten deswegen die Ohrfeigen verpaßt habt. Nicht, daß ich irgend etwas beschädigt hätte», murmelte er vor sich hin. Da seine Beteuerungen offensichtlich wenig Eindruck machten, fügte der Junge hinzu: «Und jetzt bin ich überhaupt nicht wegen des Bootes gekommen. Ich gehe flußaufwärts, um zu sehen, ob ich vielleicht etwas fangen kann, wenn die Flut hereinkommt.»

«Nun, irgend jemand hat sich letzte Woche mein Boot genommen», sagte der Mann argwöhnisch. «Und wenn du es nicht warst, wer soll es dann gewesen sein?»

«Woher soll ich das wissen? Seid Ihr sicher? Ihr könnt Euch doch irren?»

«Ich weiß, daß jemand es benutzt hat, weil es nicht an meinem Pfahl festgemacht war, wo ich es vertäut hatte –

ganz einfach. Es lag an Jess Walkers Pfahl, und er beschwert sich noch immer darüber.»

«Wenn ich es gewcsen wäre», sagte der Junge, «hätte ich mich nicht so dumm angestellt.»

Master George sah wenig überzeugt aus. Als er sich umschaute, entdeckte er Simon auf dem Baumstumpf und bezog ihn in das Gespräch ein. «Es gab eine Zeit», sagte er, «als man sein Boot unbesorgt hier liegen lassen konnte.»

«Ich dachte, daß es hier in der Gegend sehr ehrlich zugeht», erwiderte Simon. «Da wo ich wohne, würde niemand es wagen, die Ruder in den Booten liegen zu lassen.»

«Woher kommt Ihr denn?» fragte der Mann.

«Ich wohne in Southwark», erwiderte Simon. «Ich bin wegen der frischen Luft hergekommen.»

«Kann ich jetzt gehen?» fragte der Junge.

Master George seufzte. «Na gut. Aber wenn ich dich noch einmal mit meinem Boot erwische, bekommst du meinen Stock zu spüren. Als ich ein Junge war, hatten wir mehr Respekt vor unseren Nachbarn und ihrem Eigentum. Heutzutage tut ihr, was euch gefällt.»

«Aber ich habe Euer Boot nicht genommen», wiederholte der Junge. «Es ist mir egal, ob Ihr mir glaubt oder nicht, aber *ich* war es nicht!» Er lief einen Weg am Fluß entlang und verschwand.

Der Bootsbesitzer spie aus. «Junger Flegel!» Dann antwortete er auf Simons Frage, was mit dem Boot passiert war: «Dienstag vor einer Woche kommt mein Nachbar Jess brüllend zu mir, donnert um sechs Uhr morgens an die Tür, weil mein Boot an seinem Pfahl liegt. Die Leute hier nehmen es mit solchen Dingen sehr genau. Es ist erst ein paar Wochen her, daß ich diesen kleinen Schurken erwischt habe, als er damit gerade ganz dreist zurückruderte, während er eigentlich auf dem Feld seines Vaters arbeiten sollte. Wahrscheinlich war er es wieder.»

Simon seufzte mitfühlend. «Es gab eine Zeit», fuhr der andere fort, «als es hier so viele Boote gab und so reges Treiben herrschte, daß er das nicht gewagt hätte, weil ihn bestimmt jemand gesehen hätte. Aber der kleine Fluß ist so verschlammt, daß viele Leute jetzt ihre Boote weiter flußaufwärts festmachen. In diesem Jahr ist es besonders schlimm, weil der Regen so viel Schlamm heruntergespült hat.»

Simon stimmte zu, daß das Wetter scheußlich gewesen war. Dann fragte er nach einem Wirtshaus, wo er eine Erfrischung zu sich nehmen könne, und beschrieb, wo er sein Pferd zurückgelassen hatte.

Der Bootsbesitzer erklärte, das *Six Bells* sei ganz in der Nähe, und da er selbst in die Richtung ginge, könne Simon ihn begleiten. Schweigend schritten sie den Weg entlang, der zur Kreuzung führte. Als sie die kleine Anhöhe erreichten, blickte Simon zu dem Gut mit den Scheunen hinüber.

«Das ist ein gepflegtes Gut», sagte er. «Das Land hier muß einen Bauern reich machen, nach diesen beiden Scheunen zu schließen.»

«Ihr meint John Kenton?» fragte der Bootsbesitzer. «Ich glaube, es geht ihm ganz gut, aber das ist nicht sein Land. Er ist der Pächter. Ein einfacher Landarbeiter wie er könnte sich so ein Anwesen nie leisten.»

Plötzlich hatte Simon eine Vorahnung, was nun folgen würde.

«Nein, nein», fuhr sein Informant fort. «Hof und Land gehörten früher einer Familie namens Field in Essex. Sie erhielten es durch einen Vertrag, als einer von ihnen vor Jahren eine Erbin aus dieser Gegend heiratete. Jetzt gehört es irgendeinem vermögenden Kaufmann in der Stadt.»

11. Kapitel

Beobachtungen vom Fenster aus

Simon war nicht der einzige, der schlaflos und furchtsam wachgelegen hatte, während seine Gedanken sich endlos im Kreis drehten. Olivia war es nicht anders ergangen. Immer wieder dachte sie an die verheerenden Folgen des Plans. Zuerst hatte sie sich geweigert, Eliza zu glauben: «Du mußt dich täuschen. Schließlich bist du in diesen Dingen unerfahren.»

Eliza ließ sich nicht beirren. «Nein, Herrin. Meine Regel ist in den letzten beiden Monaten ausgeblieben, außerdem fühle ich mich morgens unwohl und spüre ein ungewohntes Ziehen in den Brüsten, von dem ich andere Frauen erzählen hörte.»

Olivia war nicht überzeugt. «Aber wie sollte es dazu gekommen sein, nach einem einzigen Mal?»

«Dr. Forman hat mir gesagt, daß einmal genug sein kann!»

«Hast du ihn deswegen aufgesucht?» fragte Olivia mit zunehmender Besorgnis.

«Nein, nein, Herrin», beteuerte Eliza. «Ich war nicht mehr dort, seit ich wegen meines Horoskops und Eures Schlaftrunks zu ihm ging. Damals fragte ich ihn, ob ein Mädchen beim ersten Zusammensein mit einem Mann schwanger werden könnte. Er sagte ja, das könne passieren. Offenbar fand er das amüsant und glaubte, ich hätte einen Verehrer, der mich zu einer gemeinsamen Nacht zu überreden versuchte, indem er mir versicherte, es könne nichts passieren. Aber», fuhr sie mit einem Seufzer fort, «ich wollte es nicht glauben und habe Euch deshalb nichts davon gesagt. Und was soll ich jetzt tun?»

«Geh zurück zu deinen Eltern, und zwar bald», erwiderte Olivia sofort. «Sie müssen einen Mann für dich finden. Das Geld, das du von mir bekommen hast, ist eine großzügige Mitgift.»

«Das Geld, das ich von Euch bekommen habe, Herrin, war Teil einer Abmachung. An diese habe ich mich gehalten. Ein Kind wurde dabei nicht erwähnt. Jetzt sitze ich in der Falle, und Ihr sagt mir, ich soll weggehen, ohne Aufsehen zu erregen, und irgendeinen Tölpel finden, der mich heiratet. Warum sollte ich so mein Leben ruinieren?»

«Dann mußt du zu der Frau gehen, die mich behandelt hat, und sie bitten, es wegzumachen.»

Eliza schüttelte den Kopf. «Und mein Leben aufs Spiel setzen, so wie Ihr es getan habt, Herrin? Lieber nicht. Wenn ich dieses Kind austragen soll, ist es nur recht und billig, daß Ihr mir eine weitere Summe zahlt.»

Olivia war entgeistert. «Das kann doch nicht dein Ernst sein! Um Gottes willen, Mädchen, einhundert Guineen sind die Mitgift der Tochter eines Gutsherrn.»

«Ich habe die Summe schon zwischen den Mitgliedern meiner Familie aufgeteilt. Das Kind, das ich unter dem Herzen trage, muß vernünftig aufgezogen werden. Wenn es ein Junge ist, braucht er eine gute Erziehung, wenn es ein Mädchen ist, dann braucht sie eine ordentliche Mitgift. Wenn ich, wie Ihr sagt, einen Mann finden muß, der die Rolle des Vaters übernimmt, dann sind doch – sagen wir – weitere fünfzig Guineen bestimmt angemessen? Im Augenblick.»

Die Tragweite der letzten Worte entging Olivia nicht. «Im Augenblick? Was heißt ‹im Augenblick›?»

«Es werden Kosten entstehen für mein Wochenbett, die Ausstattung des Kindes, vielleicht sogar für eine Amme, sollte ich es nicht stillen können. Doch fünfzig Guineen werden kaum ausreichen, um es aufzuziehen.»

Olivia starrte sie voller Entsetzen an. «Dir die erste Summe zu zahlen war schwer genug. Wie um Himmels willen soll ich so bald weitere fünfzig Guineen auftreiben? Das ist unmöglich.»

«Dann», erwiderte Eliza ruhig, «sehe ich keine andere Möglichkeit, als meine Pflicht zu tun und Sir Marcus reinen Wein einzuschenken. Schließlich liegen die Dinge jetzt ganz anders.»

Olivia ballte die Hände zu Fäusten, bis die Knöchel weiß hervortraten. «Er wird dir nie glauben.»

Das Mädchen lächelte verschlagen. «Sollen wir es darauf ankommen lassen, Herrin?»

Olivia hatte sich an Francis Down gewandt. Und auch er hatte einen Preis verlangt.

Auf seinem Heimweg von Chelsea war Simon tief in Gedanken versunken. Natürlich ließ sich nicht beweisen, daß das Boot von Master George zu irgendeinem anderen Zweck verwendet worden war, als zu unerlaubter nächtlicher Angelei. Aber wenn man bedachte, daß Sir Wolford in der Nähe Land besaß, schien es durchaus möglich, daß jemand es für ein weniger harmloses Vorhaben benutzt hatte. Er beschloß, Olivias Alibi so bald wie möglich zu überprüfen. Simon ließ sich unterwegs Zeit und traf erst am frühen Abend zu Hause ein.

John Bradedge war vor ihm zurückgekehrt und hatte offensichtlich viel zu berichten. Er begrüßte seinen Herrn mit einem Schwall zusammenhangloser Informationen, in dem es um niederträchtigen Klatsch, Straßenlärm und nächtliche Stelldicheins ging.

Simon bat ihn inständig, sich zu beruhigen und von Anfang an zu erzählen. «Alles der Reihe nach. Dann sehen wir, was wichtig ist und was nicht.»

Man konnte nicht gerade behaupten, daß John einen erfreulichen Tag gehabt hatte. Jeder zweite Hausbesitzer hatte ihn abgewiesen. Dabei waren einige durchaus höflich gewesen, andere hatten sich genötigt gefühlt, ihn an die Gesetze zu erinnern, die für ‹Schurken, Herumtreiber und unliebsame Bettler› galten. Jene, die sich dazu herabließen, ihm eine Beschäftigung zu geben, wiesen ihm nur die unangenehmsten Aufgaben zu. Das hatte dazu geführt, daß er für einen Mann einen Misthaufen ans Ende der Straße gebracht hatte (sein Auftraggeber hatte Strafe zahlen müssen, weil er ihn vor seiner Eingangstür aufgeschichtet hatte); daß er für einen anderen die Seitennähte übelriechender Stiefel ausbessern mußte (eine zeitraubende Aufgabe, für die er schlecht entlohnt worden war) und daß er für einen dritten einen Stall ausmisten mußte – und das alles, ohne irgend etwas im Hinblick auf das eigentliche Ziel seines Auftrags zu erreichen.

Auf seine Frage: «Wer wohnt denn in dem stattlichen Haus auf der anderen Seite der Straße?» hatte er allzu oft einen argwöhnischen Blick und ein «Warum interessiert dich das?» geerntet, da man annahm, daß er ein Verbrechen, beispielsweise einen Einbruch plante. Am späten Nachmittag war er zu der Überzeugung gelangt, daß seine Bemühungen vergeblich waren. Bis er bei Enid Fitzwarren an die Tür klopfte.

Sie war eine wenig anziehende Frau unbestimmbaren Alters mit eingefallenen Wangen, auf ihrem Gesicht spiegelte sich ständiger Trübsinn und Ärger. Im Gegensatz zu den meisten rührigen Hausfrauen war sie tadellos gekleidet, als erwarte sie hohen Besuch. Ihr gestärktes dunkles Kleid mit dem fleckenlosen breiten Kragen verriet, daß sie es mit den Puritanern hielt, ihr Haus war so außergewöhnlich sauber und ordentlich, als würde keine Menschenseele darin wohnen. Enid sagte John, daß ihr gerade eben eine halbe Karrenladung Holz geliefert worden war. Wenn er sich nützlich machen wolle, könne er die Klötze ordentlich im Hof hinter dem Haus aufstapeln.

Während er arbeitete, blieb sie die ganze Zeit in seiner Nähe und zog über ihre Nachbarn her. John war genau an die Person geraten, die Simon beschrieben hatte, denn Enid verbrachte tatsächlich die Zeit damit, alles in ihrer Umgebung zu belauschen. Die ganze Welt schien sich gegen sie verschworen zu haben. Die Nachbarn machten Lärm und waren boshaft, die Kinder aufsässig. Die Männer waren träge Nichtsnutze, die nichts anderes im Sinn hatten, als den Weibern nachzustellen und sich in den Wirtshäusern zu betrinken, während die Frauen es kaum erwarten konnten, daß ihre Männer sich auf den Weg zur Arbeit machten und sie ihre Liebhaber durch die Hintertür hereinlassen konnten. Sie allein war ehrbar, sittsam, eine gute Nachbarin und eine rechtschaffene Bürgerin, die wußte, was ihre Pflicht war. Er würde daher entsetzt sein, wenn er hörte, was die Leute über sie erzählten – John murmelte in seinen Bart hinein, daß er das bezweifelte. Ihr eigener Mann jedoch war offenbar ein Ausbund von Tugend, er ging emsig seinem Handwerk als Buchbinder nach, vom frühen Morgen bis in den späten Abend.

Als John endlich einmal selbst zu Wort kam (Enid bot ihm keine Erfrischung an), fragte er, wer in dem stattlichen Haus auf der anderen Seite der Straße lebte. Ein unterwürfiges Lächeln erschien auf ihrem Gesicht. Das Haus gehörte Sir Wolford Barnes, dem großen Handelsherrn. Ein sehr reicher und mächtiger Mann, der sich aber im Gegensatz zu manchen anderen nicht zu gut dazu war, um Enid und ihren Mann zu grüßen, wenn er sie auf der Straße traf. Ihr Ton wurde jedoch schärfer, als sie auf die anderen Mitglieder des Haushalts zu sprechen kam. Die Tochter hatte sich eher wie eine Hure vom St.-Pauls-Kirchhof aufgeführt als wie die Tochter eines vornehmen Mannes – sie konnte ihm einiges erzählen, was vorgefallen war, in der Tat, das konnte sie. Im Flüsterton fuhr sie fort: «Man sagt, sie habe sich, als sie erst sechzehn Jahre alt war, mit einem der Schauspieler vom Curtain Theatre eingelassen!»

Nun war die junge Frau verheiratet (und nicht einen Augenblick zu früh), aber ihr Mann war kaum besser als ein verschwenderischer Taugenichts, obwohl er der Sohn eines Adligen war; zu jeder erdenklichen Nachtzeit kam er nach Hause, sturzbetrunken schlug er gegen das Tor, um den Pförtner zu wecken, und raubte so ehrbaren, gottesfürchtigen Menschen ihren Schlaf.

In der Tat schienen zur Zeit ständig Leute drüben aus und ein zu gehen, zu jeder Zeit, Tag und Nacht. Man hatte das Gefühl, auf einem Marktplatz zu wohnen. Die vorige Woche war ein Paradebeispiel. Eines Morgens hatte es in aller Frühe großen Wirbel gegeben, als Sir Wolford in seiner Kutsche wegfuhr, und zufällig hatte sie gehört, wie er zu einem Diener sagte, er werde die Nacht bei einem anderen Kaufmann in der Nähe von Barnes verbringen. Kurze Zeit später war sein Schwiegersohn in großer Eile fortgeritten, begleitet von seinem Diener.

Als wäre das nicht genug Trubel für einen Tag, war auch die Herrin einige Stunden später auf ihrem Pferd davongetrabt, begleitet von diesem verschlagen aussehenden Sekretär der Familie, «der einen anschaut, als sei man Dreck in der Gosse».

Enid war an jenem Abend früh zu Bett gegangen, wie das alle ehrbaren Leute tun sollten, aber es hatte noch eine weitere Ruhestörung gegeben. Sie hatte kaum die Augen geschlossen, als sie schon wieder geweckt wurde. «Und weißt du, was ich sah?» fragte sie John triumphierend, während er sich mit dem wachsenden Holzstapel abmühte.

John antwortete, er habe nicht die geringste Ahnung.

«Es war wieder dieser Sekretär. Ich habe offenbar nicht mitbekommen, wie er und die Herrin zurückkehrten. Wie auch immer, da war er mit diesem hellblonden Mädchen, der Dienerin der Herrin –.» Sie hielt inne. «Wie ich hörte, hat man sie tot aus dem Fluß gefischt. Ich sage, das soll allen leichtfertigen Mädchen, die keinerlei Scham kennen, eine Lehre sein. Mich hat meine Mutter Sittsamkeit und Gottesfurcht gelehrt und mir gezeigt, wo mein Platz ist. Und kein Mann hätte mich angerührt, bevor er mich nicht zum Altar geführt hätte.»

John versicherte ihr, daß er davon überzeugt sei, aber da er befürchtete, sie könne nun eine weitere Predigt über Wollust und Ehebruch beginnen, ohne ihm weitere Informationen zu liefern, erinnerte er sie hastig daran, daß sie ihm gerade erzählt hatte, wie diese liederliche junge Frau am späten Abend mit einem Diener auf der Straße erschienen sei.

Und so fuhr Enid mit ihrer Schilderung fort. «Es muß zehn Uhr gewesen sein, als ich draußen ein Pferd hörte. Nun, natürlich bin ich aufgestanden und habe durch den Vorhang hinausgeschaut.»

«Natürlich», erwiderte John.

«Nun, da waren die beiden, und obwohl es dunkel war, da der Mond nicht schien, sah ich, daß er seinen Arm um ihre Schultern gelegt hatte und mit ihr sprach; die Worte konnte ich allerdings nicht verstehen. Dann steigt er aufs Pferd und schon sitzt sie hinter ihm im Sattel, und sie reiten die Straße hinunter. Sie hatte eine Art Reisetasche mitgenommen. Das spricht für sich. Ein anständiges Mädchen würde nicht zu nächtlicher Stunde mit einem jungen Kerl davonreiten, da gibt es nur einen einzigen Grund. Merk dir meine Worte, sie gab seinem Drängen nach, ermutigte ihn wahrscheinlich noch, und dann, als er sein Vergnügen gehabt hatte, ging er und ließ sie entehrt zurück. Zumindest besaß sie genug Anstand, um sich zu ertränken», meinte Enid abschließend und rundum zufrieden mit dem Ende ihrer Geschichte.

Darauf hatte sie John seine Arbeit allein beenden lassen und ihn schweren Herzens mit dem fürstlichen Betrag von vier Pennies entlohnt.

«Wir hatten offenbar beide Glück», meinte Simon und erzählte John von Will Hudsons Überlegungen, wo Eliza mit der größten Wahrscheinlichkeit ins Wasser geworfen worden war. Dann berichtete er, was er selbst am Chelsea Creek herausbekommen hatte.

«Es steht fest, daß jemand mit einem Boot hinausgefahren ist, entweder spät in der Montagnacht oder in den frühen Morgenstunden des Dienstag, und Sir Wolford besitzt da draußen Land. Das kann kein bloßer Zufall sein. Und jetzt erzählst du von dieser rührigen alten Vettel, die beobachtet hat, wie Eliza mit Down spät an jenem Abend aufgebrochen ist.»

«Als ich nachfragte, war sie nicht ganz sicher, an welchem Tag das gewesen war», meinte John, «und ich wollte nicht zuviel Aufhebens davon machen, weil ich fürchtete, ihr Mißtrauen zu wecken.»

«Nun, da das Ereignis so ungewöhnlich war, daß sie es im

Gedächtnis behielt, wollen wir einfach davon ausgehen, daß es die Nacht war, in der Eliza starb, und daß sie mit Down unterwegs war. Die Frau erwähnte nicht, daß in irgendeiner Weise Zwang ausgeübt worden war?»

«Sie vermutete ganz im Gegenteil das Schlimmste – daß die beiden sich zu einem heimlichen Stelldichein davonstahlen.»

«Und sie sagte auch, daß sie Lady Tucketts Rückkehr nicht bemerkt habe?»

«Genau. Sie war ja deshalb so überrascht, Down wiederzusehen, weil sie keinen der beiden hatte heimkommen sehen, und doch mußten sie natürlich zurückgekehrt sein. Selbst so eine neugierige Wichtigtuerin konnte nicht die ganze Zeit am Fenster lauern.»

«Ich weiß nicht recht.» Simon sah nachdenklich aus. «Vielleicht kam sie gar nicht zurück, sondern nur er. Aber warum? Und wo war sie?»

John war all diese Mutmaßungen allmählich leid. «Versteht Ihr nicht, Doktor, jetzt ist alles klar. Gerade so wie ich ganz zu Beginn dieser Geschichte sagte. Alles hängt mit Elizas Schwangerschaft zusammen. Sie und dieser Down müssen sich im Bett vergnügt haben, sie merkte, daß sie ein Kind erwartete, und sagte ihm, er solle besser etwas unternehmen, und zwar schnell. Er wollte sie nicht heiraten und auch seine Stellung nicht aufs Spiel setzen, und damit sie ihm keine Schwierigkeiten bereitete, nahm er sie unter irgendeinem Vorwand mit und ertränkte sie. Vermutlich dachte er, sie würde – wenn überhaupt – flußaufwärts gefunden, und niemand würde je erfahren, was ihr zugestoßen war.»

Simon schüttelte den Kopf. «Ich kann nicht glauben, daß das die ganze Wahrheit ist. Warum sollte er zu einer so drastischen Maßnahme greifen? Falls es sein Kind war und sie sich so, wie du sagst, an ihn wandte, so war sie doch ein Mädchen mit einer Mitgift von einhundert Guineen. Ich kann mir nicht vorstellen, daß eine Ehe mit Eliza für einen Mann ein Zuckerschlecken wäre, aber ich bezweifle sehr, daß Down so ein Angebot ausgeschlagen hätte, vor allem dann nicht, wenn Sir Wolford und Lady Tuckett ihn dazu gedrängt und ihre Gunst davon abhängig gemacht hätten. Und wenn sie einmal verheiratet gewesen wären, hätte es keinen Grund gegeben, warum nicht jeder von beiden seine Stellung behalten sollte, zumindest für einige Zeit. Lady Tuckett wäre vielleicht sogar bereit gewesen, sie nach der Geburt des Kindes weiter zu beschäftigen. Solche Eheschließungen zwischen Dienern sind nichts Ungewöhnliches. Nein, ich sehe einfach kein ausreichendes Motiv für einen Mord.»

12. Kapitel

Brief an eine Dame

Am nächsten Morgen kamen etliche Patienten zu Simon, und er kam zu dem Schluß, daß ihm nichts anderes übrigblieb, als sie zu behandeln, egal ob die Bankside zum Zuständigkeitsbereich des Königlichen Kollegs gehörte oder nicht. Er hatte alle Hände voll zu tun, denn außer dem üblichen Ansturm wegen leichter Beschwerden und Verletzungen war eine Frau mittleren Alters dabei, die an immer stärker werdenden Schmerzen im Darm litt. Sie war deshalb schon einige Male bei ihm gewesen, und obwohl er ihre Beschwerden zeitweise hatte lindern können, war deutlich, daß sie immer schwächer wurde.

Sie hatte ihn gebeten, ein Horoskop zu erstellen, um den Verlauf, wenn nicht die Ursache der Krankheit zu bestimmen, und das hatte er getan. Die Vorhersage war nicht gut. Wieder gab er ihr eine Arznei und versuchte sie zu trösten, aber beiden war klar, daß er sie nicht heilen konnte.

Als sie gegangen war, saß er eine Weile in Gedanken versunken da; er war sich immer bewußt, daß ein Arzt trotz all seines Könnens oft nur wenig zu tun vermochte. Es war deprimierend genug, wenn er einer nicht näher bekannten Person eine solche Nachricht mitteilen mußte. Wenn es jemanden betraf, der ihm näherstand, dann war es, wie er aus bitterer Erfahrung wußte, niederschmetternd.

Aber trotzdem mußte er lächeln, als er den letzten Patienten sah, der auf ihn wartete. Der Dichter Robert

Greene war eine der schillerndsten Figuren der Bankside. Als Sohn eines Gutsherrn in Norfolk stand Robin – wie seine Freunde ihn nannten – der Titel Gentleman zu, auch wenn sein Verhalten das kaum rechtfertigte. Er behauptete, die Universitäten von Oxford und Cambridge besucht zu haben, hatte seine Ausbildung in Europa beendet und war nun ein etablierter und beliebter Dramatiker und die Hauptstütze der Wirtshäuser, Spielhäuser und Bordelle des Winchester-Viertels. Wieder einmal klagte er, sich einen Tripper geholt zu haben.

Simon untersuchte kurz den Körperteil, der Anlaß zur Sorge gegeben hatte. «Nun, Ihr wißt, was Ihr tun müßt, um das zu vermeiden, Robin.»

Greene machte eine ausladende Geste. «Ein Mann muß sein Vergnügen haben.»

Simon ging zu seinem Regal und wählte Arzneien aus. «Zuerst ist hier eine Salbe aus zyprischem Terpentin. Tragt das auf – regelmäßig!» Dann legte er verschiedene Samen in einen Mörser und zerrieb sie mit einem Holzstößel.

«Und was ist das für eine ekelerregende Masse, die Ihr dort herstellt?» wollte sein Patient wissen.

«Die gleiche, die ich Euch bereits gegeben habe. Anis-, Koriander- und Kümmelkörner, mit dem Sud vermengt, in dem Lakritze und Sarsaparille gekocht wurden. Nehmt das dreimal täglich, und wenn bis zur nächsten Woche keine Besserung eintritt, kommt wieder.»

Greene nahm die Flasche und das Glas und wühlte erfolglos in seiner Tasche. «Offenbar habe ich kein Geld bei mir», teilte er Simon mit.

«Ihr habt nie Geld bei Euch, Robin.»

«Die Wirtshäuser und Spielhäuser sind schuld daran», meinte Greene unverfroren.

«Bittet doch beim nächsten Mal deren Besitzer, Euch

von Eurer Krankheit zu heilen!» erwiderte Simon schlagfertig.

Greene tat, als sei er in seiner Würde verletzt. «Ihr könnt es Euch leisten, Simon, mit all den reichen Patienten aus der Stadt. *Ich* bin ein Dichter. Ihr solltet es als Ehre ansehen, mich zu behandeln.»

«Dann ist es wohl eine Ehre, auf die ich bald werde verzichten müssen», sagte Simon ohne nähere Erläuterung. Er sah, wie Greene in den Gassen der Bankside verschwand und zweifellos auf das nächste Wirtshaus zusteuerte. Das Verhalten des Dichters war empörend, aber was Simon ihm gesagt hatte, war nur zu wahr.

Simon blieb nur eine Möglichkeit. Er mußte die Aufklärung vorantreiben. Aus den Informationen, die John Bradedge aus der schrecklichen Enid herausbekommen hatte, wurde klar, daß Eliza am Abend vor ihrem Tod mit Francis Down davongeritten war, und danach war sie nicht mehr lebend gesehen worden. Sofern die Auskunft des Fährmanns über die Gezeiten stimmte (woran er keinen Zweifel hatte), stand auch fest, daß sie in der Gegend von Chelsea in den Fluß geworfen worden war. Und wenn er nicht eine völlig falsche Fährte verfolgte, hatte er den entsprechenden Ort entdeckt; außerdem war klar, daß in ebenjener Nacht ein Boot von einer unbekannten Person entwendet worden war und, noch wichtiger, daß Sir Wolford Land am Chelsea Creek besaß.

Also setzte Simon sich hin und verfaßte mit großer Sorgfalt einen Brief, der an Lady Olivia Tuckett adressiert war; er teilte ihr mit, daß er sie dringend allein sprechen müsse, um gewisse Informationen zu erörtern, die ihm über den Tod ihrer Zofe zugegangen wären. Nun bestand das Problem darin, sicherzustellen, daß sie den Brief direkt erhielt und niemand sonst ihn zu sehen bekam. Er wollte John

Bradedge nicht noch einmal beauftragen, schließlich konnte es sein, daß jemand, nicht zuletzt die wachsame Enid, ihn wiedererkannte und die Information weitergab. Er hatte das Gefühl, daß er auch Anna nicht hinschicken konnte, nicht nur weil ihr niederländischer Akzent ein zu deutliches Erkennungszeichen war, sondern auch weil Olivia ihr in seinem Haus begegnet war und ihren Mann oder ihren Vater darauf hinweisen konnte.

Da brachte ihn seine letzte Unterredung mit Robert Greene auf eine Idee. Greene war zwar verheiratet, hatte Frau und Kind aber in Norfolk zurückgelassen, nachdem er die Mitgift durchgebracht und lange mit seiner Geliebten Emma Ball zusammengelebt hatte. Emma unterschied sich sehr von den meisten Huren der Bankside. Zusammen mit ihrem Bruder, der nun als Straßenräuber unter dem Namen «Cutting Ball Jack» bekannt war, hatte sie von Kindesbeinen an die Straßen unsicher gemacht. Er hatte die beiden durch Diebstähle ernährt, sie, seit sie zwölf geworden war, durch Hurerei.

Aber mit zwanzig war sie die Geliebte des großen Clowns Tarleton, der, zum Entsetzen seiner Familie, nach einer Liebesnacht in ihren Armen gestorben war. Sie hatte ihn glücklich gemacht und aufrichtige Zuneigung für ihn empfunden, und als sich herausstellte, daß er ihr in seinem Testament ein kleines Haus vermacht hatte, war sie tief gerührt. Die aufgebrachte Witwe hatte zwar alles versucht, um diese Verfügung anzufechten, aber es war ihr nicht gelungen. Ein Dach überm Kopf, wenn auch ein kleines, verlieh Emma eine gewisse Unabhängigkeit und ermöglichte es ihr, ihre Kunden sorgfältiger auszuwählen, als die meisten anderen es konnten. Es blieb die einzige Beschäftigung, die ihr abgesehen von niedrigen Dienstarbeiten offen stand, und sie beklagte sich oft darüber, daß es Frauen verwehrt war, als Schauspielerinnen auf der Bühne aufzutreten, denn sie glaubte, daß dort ihr eigentliches Talent lag. Unglücklicherweise hatte sie sich in den extravaganten Greene verliebt, und es gab kaum Zweifel daran, daß er sie schamlos ausnutzte, um sich mit Geld fürs Trinken und Spielen versorgen zu lassen. Aber sie besaß einen wachen Verstand, und Simon mochte sie.

Er fand sie im *Anchor*, wo sie nach Greene suchte, der sich wieder herumtrieb. Sie hörte gefaßt, was Simon ihr über ihren unbeständigen Geliebten zu sagen hatte. «Ich sage Robin seit Tagen, er soll zu Euch gehen, aber Ihr wißt ja, wie er ist. Hat er Euch bezahlt?»

Simon schüttelte den Kopf. Emma schaute in die Börse an ihrer Taille und wollte gerade ein paar Münzen herausnehmen, als Simon sie davon abhielt. «Laß nur, Emma. Du kannst dir das kaum leisten. Aber es gibt etwas, was du für mich tun kannst.»

Emma strahlte ihn an, denn er gefiel ihr sehr.

«Das nicht, Emma», sagte Simon und lächelte zurück. «Ich möchte, daß du für mich einen Brief zu einer Dame in die Stadt bringst. Nein», fuhr er fort, als er Emmas Blick sah, «es ist überhaupt nicht so, wie du denkst. Alles was ich dir darüber sagen kann – und bitte behalte es für dich – ist, daß es das tote Mädchen betrifft, das kürzlich hier in der Nähe in der Themse gefunden wurde. Vielleicht hast du davon gehört. Der Brief ist für Lady Olivia Tuckett, die Herrin des Mädchens. Es gibt gute Gründe, warum ich ihn nicht selbst überbringen oder meinen Diener schicken kann. Es ist sehr wichtig, daß du einen Weg findest, ihn ihr zu geben, ohne daß jemand etwas davon bemerkt. Da ist ihr Mann und ihr Vater, und es gibt auch einen verschlagenen Sekretär, mit dem nicht gut Kirschen essen ist. Glaubst du, daß du das schaffst?»

Emma hörte zu, sie lächelte nicht mehr. «Es muß eine sehr ernste Angelegenheit sein, Dr. Forman», meinte sie schließlich.

«Ja, sehr ernst. Nicht zuletzt deshalb, weil der Vater dieser Lady gerade sein Bestes getan hat, mir meinen Lebensunterhalt zu rauben.»

Emma schwieg einen Augenblick lang. «Die Schwierigkeit wird darin bestehen, die Lady allein zu sehen. Wenn ich mit dem Brief einfach an die Tür klopfe, wird ihn höchstwahrscheinlich ein Dienstbote entgegennehmen, und vielleicht gelangt er dann nie in ihre Hände. Oder ich werde weggeschickt, ohne ihn auch nur abgeben zu können. Ich brauche einen anderen guten Grund und eine geeignete Verkleidung. Ich kann wohl kaum so dorthin gehen.» Sie deutete auf ihr abgetragenes Kleid, dessen leuchtende Farben verblaßt waren. Sie zögerte einen Augenblick, dann kam ihr eine Idee.

«Meine Freundin Molly verkauft im Sommer Lavendel. Ich sah, wie sie heute morgen ganz früh die Ufertreppen heraufkam. Sie war bei Tagesanbruch in den Wandsworth-Feldern gewesen und kam mit einem vollen Korb im Boot zurück. Sie hofft, alles schnell verkaufen zu können, weil wegen des schlechten Wetters sowenig Lavendel angeboten wurde. Ich könnte sie fragen, ob ich es für sie in der Innenstadt verkaufen kann. Sie hat keinen Mann und ein kleines Kind am Rockzipfel. Vielleicht geht sie darauf ein.»

Simon gab ihr ein paar Münzen. «Gib ihr das hier und kauf alles, was sie übrig hat. Wenn du nicht zu Lady Tuckett vordringen kannst oder sie es dir nicht abkaufen will, dann nehme ich es ganz bestimmt. Ich kann es immer gut gebrauchen, es ist eins der wertvollsten vielseitig verwendbaren Kräuter, die uns bekannt sind, getrocknet oder als

Öl. Ich weiß, ich kann mich darauf verlassen, daß du deine Rolle überzeugend spielst.

«Ich werde mein Bestes tun.»

Er beugte sich herunter und gab ihr einen Kuß auf die Wange. «Ich bin dir sehr dankbar, Emma. Komm danach zu mir und erzähl mir, ob du Erfolg hattest.»

Emma ging in ihr kleines Haus und kletterte die Leiter zu dem Schlafzimmer im Dachgeschoß hinauf. Sie stieg über Robins schmutzige Westen und Hosen, die auf dem Fußboden herumlagen, und nahm ihr saubersten und ansehnlichstes Kleid, das auch schon bessere Tage gesehen hatte, von einem Haken. Dann wusch sie ihr Gesicht, kämmte ihr Haar und steckte es hoch, fand sogar eine Leinenhaube, die sie aufsetzen konnte, legte ein unauffälliges graues Tuch um ihre Schultern und spähte in ein Stück eines zerbrochenen Spiegels, um das Ergebnis zu würdigen. Sie entschied, daß es genügen würde.

Emma traf ihre Freundin am Southwark-Ende der London Bridge, wo sie untröstlich dasaß, ein kleines quengelndes Mädchen neben sich. Sie hatte nur sehr wenig von ihrer Ware verkauft.

«Für die meisten ist es zu teuer», klagte sie. «Die Leute warten darauf, daß es nach ein paar Sonnentagen billiger sein wird.» Es war kaum überraschend, daß sie Emmas Angebot, den ganzen Korb ‹für einen Doktor› zu kaufen, sehr gern annahm. Dankbar ging sie mit ihrem Kind zu ihrer Wohnung zurück.

Emma war ein wenig eingeschüchtert von der Pracht des Hauses von Sir Wolford, auch deshalb, weil sie nicht auf ein verschlossenes Tor und einen Pförtner gefaßt gewesen war. Sie lauerte eine Ewigkeit im Schatten, bis das Tor geöffnet wurde und ein wichtig aussehender Herr in einem pelzbesetzten Mantel herauseilte; er wurde von einem dunkelhaarigen jungen Mann begleitet, der einen großen, zum Bersten vollen Lederbeutel über der Schulter trug. Draußen wandten die beiden Männer sich nach rechts und gingen in Richtung der St.-Pauls-Kathedrale davon.

Sie wartete, bis die beiden außer Sichtweite waren, dann ging sie zum Tor hinüber und zog die Klingel. Der Pförtner musterte sie verächtlich und fragte, was sie wolle. Bescheiden erwiderte sie, sie bringe die neue Lavendelernte, um die die Herrin sie gebeten hatte. Der Mann kratzte sich am Kopf, schaute sie zweifelnd an und bat sie, am Tor zu warten, während er im Haus nachfragte. Einige Zeit verging und sie wollte gerade ein weiteres Mal klingeln, als er wiederkam. «Niemand weiß irgend etwas davon», sagte er. «Die Dienstboten glauben, daß es Lady Tucketts Dienerin war, die in ihrem Namen etwas bestellt hat.»

«Könnt Ihr sie denn nicht fragen?» meinte Emma und fragte sich, was er darauf antworten würde.

Ihre Frage brachte ihn aus der Fassung. «Sie ... Sie ist nicht mehr hier», erwiderte er in einem Ton, der deutlich machte, daß die Sache für ihn damit erledigt war. Emma überlegte gerade, was sie als nächstes tun solle, als er gereizt hinzufügte: «Aber die Wirtschafterin sagt, du sollst hereinkommen, sie wird weiter nachfragen.»

Der Pförtner begleitete sie zum Hintereingang des Hauses und wies sie an, draußen in einem kleinen Hof zu warten, während er die Wirtschafterin holte. Als sie allein war, begann Emma vorsichtig, ihre Umgebung zu erforschen. Rechts vom Hof und den Außengebäuden war ein kleiner Bogen in der Mitte einer Buchsbaumhecke, hinter dem ein Garten lag. Sie ging hinüber, um ihn genauer ansehen zu können. Eine junge blonde Frau in einem grünen Seidenkleid saß auf einer Bank und las ein Buch. Emma schaute sich um. Von dem Pförtner oder der Wirtschafterin war nichts zu sehen. Mutig betrat Emma den Garten, ging auf die junge Frau zu und blieb ein paar Schritte vor ihr stehen.

«Lady Tuckett?» fragte sie.

Olivia schaute auf. «Wer bist du?» rief sie völlig überrascht aus. «Was machst du hier? Wer hat dich hereingelassen?»

Emma warf einen Blick zurück zum Haus, voller Angst bei dem Gedanken, durch ihre lauten Worte könnten Leute dort aufmerksam werden, aber alles blieb ruhig. Sie sah Olivia an und machte einen Knicks. «Auf Euren Wunsch bringe ich den Lavendel, Madam.»

«Ich habe keinen Lavendel bestellt», sagte Olivia. «Ich weiß nicht, was du im Schilde führst, aber du machst dich besser davon, bevor ich die Dienerschaft rufe.»

Emma blieb keine Wahl. Es hieß jetzt oder nie. Sie kramte unter dem Lavendel, zog den Brief hervor und reichte ihn Olivia. «Er ist von Dr. Forman. Er sagte, ich dürfe ihn Euch nur übergeben, wenn Ihr allein seid. Und daß er sehr wichtig ist.»

Olivia schaute zum Haus, erbrach das Siegel des Briefes und las ihn rasch. Ganz offensichtlich war sein Inhalt unangenehm. Sie faltete ihn und schob ihn in das Mieder ihres Kleides. «Sag Dr. Forman, daß ich mich mit ihm treffen will und ihm sobald wie möglich Ort und Zeit mitteilen werde.» Dann sah sie Emma interessiert an. «Bist du seine Dienerin?»

Emma verneinte.

Olivia betrachtete sie überlegend. «Seine Geliebte vielleicht?»

«Nein, Lady, nur eine Nachbarin. Mein ... mein Mann ist ein Patient von Dr. Forman.»

In dem Moment sah die Wirtschafterin, die zur Hintertür gekommen war und Emma dort nicht angetroffen hatte, die beiden Frauen zusammen und rief nach den Dienern. Ein junger Bursche erschien, der Pförtner folgte ihm auf den Fersen, und alle drei eilten zielstrebig auf den Bogengang zu, wobei der Pförtner Emma zubrüllte: «Komm sofort raus da!»

«Sie glauben, Eure Dienerin habe den Lavendel bestellt», beeilte Emma sich zu erklären, «aber sie konnten sie nicht fragen, weil sie nicht mehr hier ist.»

Olivia gab keine Antwort, aber als die drei sie erreichten und die Wirtschafterin Emma schalt, was sie sich einbildete, die Herrin zu belästigen, brachte Olivia sie zum Schweigen.

«Alles in Ordnung, Hannah. Es ist nichts passiert. Das Mädchen ist dumm und weiß es nicht besser. Ich hatte Eliza gebeten, frischen Lavendel für mich zu besorgen, sobald er gepflückt wurde, und offenbar hat sie diese junge Frau beauftragt, sobald wie möglich etwas hierherzubringen.» Dann wandte sie sich an Emma. «Gut, Mädchen, du kannst den Lavendel der Wirtschafterin geben, und hier hast du eine Münze für deine Mühe. Aber solltest du noch einmal kommen, warte am angewiesenen Ort, bis man nach dir schickt.»

Dann setzte Olivia sich wieder an ihren Platz, strich ihr Kleid glatt und griff nach ihrem Buch. «Fort jetzt. Gib Hannah deine Adresse, bevor du gehst, damit sie es dich wissen lassen kann, wenn wir mehr brauchen.» Emma folgte der Wirtschafterin den Weg zurück, sagte ihr, wo sie wohnte, und wurde dann vom Pförtner zum Tor gebracht, wo er seiner Meinung über sie Ausdruck verlieh, indem er es krachend hinter ihr zuschlug.

Im Garten nahm Olivia den Brief zur Hand und las ihn noch einmal. Dann warf sie ihn zu Boden und vergrub ihr Gesicht in den Händen.

13. Kapitel

Das Wirtshaus The Three Pigeons

Mehrere Tage vergingen, ohne daß Simon eine Antwort auf seinen Brief erhielt. Er bemühte sich sehr, den gewohnten Alltagsrhythmus, so gut es ging, wieder aufzunehmen, was nicht einfach war in Anbetracht der Tatsache, daß er auf der nördlichen Seite des Flusses keine Patienten mehr besuchen durfte. An den Vormittagen vervollständigte er die Aufzeichnungen in seinem vernachlässigten Patientenbuch, danach kümmerte er sich um die Nöte der Bewohner der Bankside (Geschwüre und tiefsitzenden Husten, Schwindsucht und Fisteln, Pocken, Geschlechtskrankheiten) und um jene, die ein Horoskop wünschten und ihn als einzige anständig entlohnten.

Fast drei Wochen waren vergangen, seit Elizas Leiche aus dem Fluß gezogen worden war, als Anna zu ihm kam, während er Eintragungen in sein Patientenbuch machte, und ihm sagte, daß ein «Kirchenmann» in der Halle auf ihn warte. Er erhob sich sofort, um ihn zu begrüßen, und sah, daß es kein Patient war, sondern Dr. James Field, der in ein Buch vertieft dasaß. Simon hieß ihn herzlich willkommen. «Es kommt selten vor, daß jemand, der auf mich wartet, das Wort Gottes studiert, Sir.»

Field lächelte, erhob sich und erwiderte seinen Gruß. «Leider, Dr. Forman, muß ich gestehen, daß Ihr Euch irrt. Dieses Buch, das ich gestern erstanden habe, enthält Chapmans Übersetzung der Werke Homers. Es ist sehr unterhaltsam.» Simon ging mit Field in sein Arbeitszimmer und fragte, was ihn nach London geführt habe.

«Ich hatte geschäftlich in der Stadt zu tun», erwiderte er, «und da meine Frau und meine Töchter unbedingt etwas vom Stadtleben sehen wollten, sind wir alle hier und wohnen bei einem alten Kollegen von mir in der Nähe von St. Pauls. Ich wollte auch Euch wiedersehen, Doktor, denn Mistress Pargeter hat mich kürzlich aufgesucht und von ihrem Kummer erzählt.»

«Ich verstehe», antwortete Simon.

«Sie erklärte, daß Ihr sie gebeten hättet, niemandem zu erzählen, was zwischen Euch besprochen worden war, aber sie konnte die Last nicht länger allein tragen und hatte niemanden in der Familie, dem sie sich hätte anvertrauen können. Ich versicherte ihr, wie jetzt auch Euch, daß ich über alles Stillschweigen bewahren werde.» Er hielt plötzlich inne und meinte dann: «Seit unserem Treffen habe ich das Untersuchungsprotokoll gelesen. Sagt mir, Dr. Forman, warum habt Ihr mir verschwiegen, daß Ihr den Verdacht hegt, daß Eliza durch ein Verbrechen zu Tode kam und daß die Geschworenen dieses Urteil fällten?»

«Um ehrlich zu sein, Dr. Field, ich hatte mich kaum von Euch verabschiedet, da hatte ich auch das Gefühl, daß ich das hätte tun sollen. Aber ich war meiner Sache selbst noch nicht ganz sicher, und da wir uns nie zuvor begegnet waren, beschloß ich, es für mich zu behalten. Ich sehe ein, daß ich die falsche Entscheidung traf.»

Field nickte. «Ich verstehe, daß Ihre Lage schwierig war. Wenn es jedoch stimmt, was Ihr Mistress Pargeter erzählt habt, dann scheinen Sir Wolford Barnes und seine Familie in ein abscheuliches Verbrechen verwickelt zu sein.»

«Genau das glaube ich», sagte Simon.

«Und Eure Beweise?»

«Ich bin noch dabei, die einzelnen Teile des Mosaiks zusammenzufügen. Hat Mistress Pargeter Euch von dem Geld erzählt, das Eliza erhalten hatte? So eine gewaltige Summe für so ein junges Mädchen! Ich kann mir keinen anderen Grund dafür vorstellen, als daß sie für ihr Schweigen bezahlt wurde, dafür, daß sie etwas nicht preisgab, was für die Familie ihrer Herrin Schwierigkeiten oder einen Skandal bedeutet hätte.»

«Was dazu führte, daß sie aus dem Weg geschafft wurde», antwortete Field.

«Genau.»

Der Pfarrer dachte darüber nach. «Aber was ist mit dem Kind, das sie erwartete? Meint Ihr, Sir Wolford selbst könnte der Vater sein, oder Sir Marcus?»

Simon gab zu, daß er darauf keine Antwort wußte.

«Wenn es das nicht ist», fuhr Field fort, «was haltet Ihr von folgender Möglichkeit. Diese Lady Olivia muß, wie Ihr wißt, einen Erben heranschaffen. Könnte es nicht einen Plan gegeben haben, der vorsah, daß ihre Dienerin ein Kind zur Welt bringen sollte, das als das ihrer Herrin ausgegeben werden würde, falls diese nicht selbst eins gebären könnte? Eine solche Täuschung könnte möglich sein, wenn sie, bald nachdem sie angeblich schwanger geworden war, alle ehelichen Beziehungen mit ihrem Mann verweigerte, aus dem Grund, daß das Kind dadurch Schaden nehmen könnte.»

Dieser Gedanke war Simon zuvor nicht gekommen. «Das ist eine Möglichkeit, nehme ich an», sagte er, als er einen Moment darüber nachgedacht hatte, «aber wenn Olivia Tuckett auch schwanger würde, wäre das nicht nur unnötig, sondern würde alles sehr komplizieren.»

«Außer wenn das Kind sterben oder tot geboren würde.

So etwas Trauriges passiert jeden Tag. Und Sir Wolford ist ziemlich skrupellos. Ich glaube wirklich, daß es kein Mittel gibt, das ihm nicht recht wäre, um sich das Gut zu sichern.»

«Davon bin ich ohnehin überzeugt», meinte Simon und erzählte Field von dem Überfall, durch den sein Erscheinen bei der gerichtlichen Untersuchung verhindert werden sollte. Außerdem berichtete er, wie Sir Wolford Druck auf das Königliche Kolleg ausgeübt hatte, damit seine Zulassung widerrufen wurde.

Field seufzte. «Das tut mir leid für Euch, Dr. Forman, aber ich kann kaum behaupten, daß ich überrascht bin. Es ist mir besonders unangenehm, weil ich, als ich hier in London nach dem Weg zu Euch fragte, viel Gutes über Euch gehört habe, vor allem, daß Ihr die Armen behandelt, ohne Bezahlung dafür zu erwarten.»

«Die Armen werden sich wohl bald allein durchschlagen müssen», erwiderte Simon grimmig, «denn um ihnen helfen zu können, brauche ich die Honorare der Wohlhabenden.»

Field erhob sich. «Ich darf Euch nicht länger von Eurer Arbeit abhalten. Ich wollte Euch nur wissen lassen, daß ich hier bin und noch mindestens eine Woche in der Stadt sein werde. Währenddessen werde ich auch eigene Nachforschungen anstellen. Vielleicht können wir uns noch einmal treffen, bevor ich nach Stratford St. Anne zurückkehre?»

Dr. Field war nicht der einzige Besucher an diesem Tag. Später klopfte ein junger Bursche an die Tür und überbrachte einen Brief «für den Doktor». Er war von Olivia Tuckett.

«Sehr geehrter Doktor Forman», schrieb sie. «Ein Treffen mit Euch zu vereinbaren war nicht einfach, denn wann immer ich das Haus verlasse, erwarten mein Vater und mein Mann, daß ich ihnen mitteile, wohin ich gehe. Aber nun möchte mein Mann, daß ich ihn nach Kent begleite, da sein Vater schwer krank ist. Er bricht morgen auf, und ich habe ihm gesagt, daß ich ihm etwas später folgen werde, da es etliche Haushaltsangelegenheiten gibt, um die ich mich zuvor kümmern muß. Da wir uns nirgendwo treffen können, wo einer von uns Gefahr läuft, erkannt zu werden, schlage ich vor, daß wir uns übermorgen im Wirtshaus *The Three Pigeons* in Brentford sehen. Ich möchte Euch bitten, am frühen Abend dorthin zu kommen. Ich habe zur Zeit keine Zofe und werde nur von einem Stallknecht begleitet werden, der bei unserer Unterredung nicht anwesend sein wird, das versichere ich Euch – Olivia Tuckett.»

Der Name des Wirtshauses entlockte Simon ein Lächeln, denn es war nicht nur wegen seiner großen Stallungen bekannt, die es Reisenden leichtmachten, dort die Pferde zu wechseln, sondern hatte auch als Ort für so manches Stelldichein eine gewisse Berühmtheit erlangt. Daher war es klug von Olivia, dort ein Treffen vorzuschlagen, denn vermutlich waren der Wirt und die Bediensteten daran gewöhnt, den Mund zu halten, wenn Damen und Herren kamen – und gingen – und zwar jeder für sich.

John Bradedge platzte fast vor Wut, als Simon ihm mitteilte, er wolle sich allein auf den Weg nach Brentford machen. «Ihr seid von Sinnen», sagte er zu seinem Herrn. «Durchschaut Ihr das Spiel dieser Dirne denn nicht? Diesmal wird es kein Halsabschneider in einer Gasse sein, sondern ein halbes Dutzend kräftiger Kerle mit Messern und Knüppeln oder sogar Pistolen.»

Simon versuchte ihn zu beruhigen. «Ich habe meinen Verstand noch nicht ganz verloren. Ich werde die ganze Zeit über darauf achten, was hinter mir vorgeht, und ich werde mein Schwert mitnehmen, ganz bestimmt. Außerdem werde ich der Dame bei unserem Treffen sagen, daß ich an einem sicheren Ort zusammen mit ihrem eigenen Brief eine Notiz hinterlegt habe, die erläutert, wohin ich gegangen bin und welchen Verdacht ich hege. Sie wird kaum riskieren wollen, daß solche Beweisstücke der Öffentlichkeit bekanntwerden.»

«Aber wer würde ihnen Glauben schenken, wenn Ihr ermordet worden seid?» entgegnete John, «und welcher Ort ist sicher vor einem Mann wie Sir Wolford Barnes? Er wird unter irgendeinem Vorwand alles durchsuchen lassen, egal wo ihr sie versteckt.»

«Ich werde dir ein Päckchen geben, das du zu Dr. James Field bringen wirst. Soweit ich weiß, ist er zu Gast bei einem Domherrn von St. Pauls, und auch Sir Wolford könnte die Behörden wohl nicht überreden, dessen Besitz zu durchsuchen. Wenn es dich beruhigt, dann sage Field, daß er das Päckchen öffnen und die Maßnahmen ergreifen soll, die er für richtig hält, falls ich ihn am nächsten Morgen nicht von meiner Heimkehr unterrichtet habe.»

John beobachtete, wie sein Herr sich zwei Tage später auf den Weg nach Brentford machte. Sobald Simon außer Sichtweite war, rief er Anna zu, er wolle fort, um sich ein anständiges Pferd zu leihen, bei seiner Rückkehr müßten seine Stiefel, sein Mantel und seine Waffen bereitliegen. «Ich werde dem Pfarrer den Brief übergeben, dann eile ich Forman nach. Er mag eine Menge Bücherwissen haben und jeden Stern kennen, aber wenn es um solche Sachen geht, hat er keinerlei gesunden Menschenverstand. Achte auf meine Worte, er reitet geradewegs in sein Unglück!»

Eine halbe Stunde später, nachdem er sich von Anna und dem kleinen Simon verabschiedet und seiner Frau versichert hatte, sie müsse sich seinetwegen keine Sorgen machen, trabte John so schnell er konnte über die London

Bridge, mit einem Schwert, einem handlichen Dolch und einer Pistole in der Satteltasche.

Olivia traf am Nachmittag in einer gemieteten Kutsche beim Wirtshaus *The Three Pigeons* ein, ihr Knecht saß vorn beim Kutscher. Der Wirt war tatsächlich ein Muster an Diskretion. Selbstverständlich hatte er ein Nebenzimmer für die Lady, genau wie sie es suchte, ganz ruhig und abgeschieden und mit Blick auf den Garten hinter dem Haus. Sie erwartete einen Herrn? Ah, ihr Bruder würde später eintreffen. Er verstand. Würde ihr – Bruder – auch eine Kammer wünschen? Es gelang ihm, ein Lächeln zu unterdrücken, als die Lady ihn wissen ließ, daß nur eine Kammer benötigt würde, da er wahrscheinlich nicht übernachten würde. Sie wünschte jedoch, daß bei seiner Ankunft ein gutes Abendessen serviert würde, dazu eine Probe der besten Weine des Hauses. Außerdem bräuchten ihr Knecht und der Kutscher eine Unterkunft. Auch das war kein Problem. Über den Stallungen befand sich ein großer Raum zu ebendiesem Zweck, wo beide neben ihresgleichen ein Bett bekommen konnten.

Wie erbeten, traf Simon erst wesentlich später in Brentford ein. Nach Verlassen der Bankside hatte er Blackfriars durchquert und dabei nach dem Haus von Olivias Freundin Celia Wynter gesucht. Er konnte ja sicher sein, daß Olivia nichts von seinem Besuch erfahren würde, da sie bis zum folgenden Tag in Brentford war.

Es dauerte nicht lange, bis er herausfand, wo die Wynters wohnten. Ihr Haus war nicht so stattlich wie das von Sir Wolford, aber man sah ihm an, daß auch sie wohlhabend waren. Simon klopfte an die Tür und wartete etwas beklommen, aber diesmal hatte er Glück, denn die Tür wurde von einem jungen Dienstmädchen geöffnet, das ihm zusicherte, sie werde nachsehen, ob die junge Herrin ihn empfangen könne. Sie kam unmittelbar darauf zurück und bat ihn in die Halle, wo eine ziemlich unscheinbare, aber vornehm gekleidete junge Frau auf ihn wartete. Sie schaute ihn ernst an und wollte dann wissen, wer er war und was er wolle.

Simon fand, daß unter diesen Umständen Täuschung gerechtfertigt war. «Ich heiße John Bradedge», sagte er. «Ein Sekretär von Sir Thomas Monkton, dem Richter bei der Untersuchung des Todes von Eliza Pargeter, der Zofe von Lady Olivia Tuckett. Da das Urteil auf ‹vorsätzlichen Mord› lautete, sind Nachforschungen notwendig.»

«Ich sehe nicht, wie ich dabei helfen könnte», erwiderte das Mädchen. «Sie war, wie Ihr sagt, nicht meine Zofe, sondern die meiner Freundin.»

Simon machte einen weiteren Versuch. «Wir versuchen den genauen Zeitpunkt dieses beklagenswerten Ereignisses zu ermitteln und haben von Lady Tuckett erfahren, daß sie das Verschwinden des Mädchens erst an dem Morgen bemerkte, als ihre Leiche aus dem Fluß gezogen wurde, da sie am Abend zuvor lange bei Euch zu Gast war.»

Celia Wynter wirkte irritiert. «Ich verstehe noch immer nicht, was das mit mir zu tun hat. Aber da Ihr fragt – es gibt einen Grund, warum ich mich daran erinnere, daß Olivia tatsächlich den fraglichen Abend hier verbrachte, sie wurde nämlich kurz nach dem Essen ohnmächtig.» Sie schwieg einen Augenblick lang, als sie an den Vorfall zurückdachte. «Das habe ich nie zuvor bei ihr erlebt. Meine Mutter überlegte später, ob sie vielleicht schwanger war, da sie noch nicht lange verheiratet ist. Als sie sich ein wenig erholt hatte, boten wir ihr natürlich an, die Nacht hier zu verbringen, ein Dienstbote hätte ihre Familie benachrichtigen können. Aber sie bestand darauf, nach Hause zurückzukehren, und das tat sie auch. Zwei unserer Diener begleiteten sie, damit sie sicher heimkam.»

Simon dankte ihr, erklärte feierlich, Sir Thomas würde sicher dankbar für ihre Unterstützung sein, und empfahl sich, bevor sie ihm ihrerseits Fragen stellen konnte oder ein anderes Mitglied der Familie auftauchte. Er wußte nicht genau, wie sinnvoll das Manöver gewesen war, aber zumindest war klar, daß Olivias Freundin ihre Geschichte bestätigte, ob sie nun stimmte oder nicht.

Als er beim Wirtshaus *The Three Pigeons* eintraf, schwirrte ihm der Kopf, da er die meiste Zeit unterwegs überlegt hatte, was er Olivia erzählen sollte.

Und auch jetzt war er sich keineswegs völlig im klaren darüber, so daß er nur hoffen konnte, seine Geschichte werde einigermaßen plausibel klingen. Denn er wollte Olivia nicht nur davon überzeugen, daß er etwas in der Hand hatte, sondern ihr auch irgendein Geständnis entlocken. Seine Gedanken schweiften auch zu anderen aufreizenden Möglichkeiten. Trotz allem fand er Olivia unglaublich anziehend, und er fragte sich, was genau in ihr vorgegangen war, als sie dieses Treffen vorschlug, dessen Deutung offenkundig war.

Als er jedoch auf den belebten Hof vor den Stallungen zuritt, bewegten ihn andere Fragen eher praktischer Natur. Nach wem sollte er fragen? Olivia würde kaum unter ihrem eigenen Namen nach einem Nebenzimmer gefragt haben. Aber als er sein Pferd einem Knecht übergab, erschien der Wirt selbst und fragte leise, ob er der Doktor sei, dessen Schwester vor kurzem eingetroffen war und ihn schon erwartete. Simon bejahte, in der Hoffnung, daß keiner von ihnen einen Fehler gemacht hatte und daß er nicht in eine falsche Kammer geführt würde, wo er sich dann bei einer drallen Kaufmannsfrau entschuldigen mußte, die ihren feurigen jungen Liebhaber erwartete.

Olivia stand am Fenster und schaute in den Garten hinaus, wo die Dämmerung rasch hereinbrach. Sie trug ein weich herabfallendes Kleid in ihrem Lieblingsgrün und sah wunderschön aus. Es klopfte an der Tür, und zwei Diener brachten etliche Schüsseln und Platten, etwas Obst und eine Karaffe Wein, mehrere Flaschen und zwei Gläser. Olivia dankte ihnen und sagte, sie müßten nicht warten, man werde sich selbst bedienen. Als alles zu ihrer Zufriedenheit angerichtet war, zogen sich die Diener zurück und ließen die beiden allein.

«Ich hoffe doch, Ihr werdet mit mir zu Abend essen, Dr. Forman», sagte sie nach der förmlichen Begrüßung. «Ihr habt einen recht weiten Weg hinter Euch.» Simon verbeugte sich und erklärte, er nehme die Einladung gern an, wobei sein Blick durch das Zimmer schweifte.

«Ihr könnt Euch ruhig umsehen», sagte Olivia. «Es gibt keine verborgenen Schränke oder geheime Priesterwinkel, keine hinter Vorhängen versteckten Nischen. Ihr könnt auch unter dem Bett und im Wäscheschrank nachsehen, wenn Ihr wollt.» Sie ging zur Tür hinüber, drehte den Schlüssel um und reichte ihn ihm. «Und damit Ihr ganz beruhigt seid, könnt Ihr den an Euch nehmen. So kann uns niemand plötzlich überraschen.»

Er schnallte sein Schwert ab, stellte es in eine Ecke, wo es griffbereit war, zog seinen Mantel aus, und die beiden setzten sich einander gegenüber an den schmalen Tisch. Während des Essens achteten sie darauf, nur über allgemeine Dinge zu reden, aber Simon war sich ihrer Nähe deutlich bewußt. Konnte es sein, daß sie ihn hergebeten hatte, um ihn zu verführen und so einen letzten Versuch zu unternehmen, seiner Einmischung ein Ende zu bereiten? Er schaute verstohlen zum Bett hinüber, und gestand sich ein, daß ihm der Gedanke gefiel. Oder hatte sie – was wahrscheinlicher war und der Warnung von John Bradedge entsprach – womöglich im Einvernehmen mit ihrem Mann und ihrem Vater Vorkehrungen getroffen, damit er auf dem Heimweg im Dunkeln aus dem Hinterhalt überfallen wurde? Er nahm das Weinglas, das sie ihm reichte, und trank auf ihr Wohl. Der Wein war rot und schwer und erinnerte ihn an den, den er mit dem Reverend Field getrunken hatte.

Zum Abschluß der Mahlzeit bedienten sie sich aus der Obstschale. «Und nun, Dr. Forman», sagte Olivia, «seid doch bitte so gut, mir zu sagen, welche Information Euch zugegangen ist. Ich habe nicht die geringste Ahnung, was es sein könnte.»

Simon lehnte sich zurück. «Ich weiß nicht recht, wo ich anfangen soll. Aber ich werde mein Bestes tun. Mich beschäftigte immer wieder die Frage, wo Eliza ins Wasser gelangt war, denn sie wurde unterhalb von Westminster, aber oberhalb von Blackfriars und der London Bridge herausgefischt, und daher muß sie weiter flußaufwärts in den Fluß gebracht oder geworfen worden sein. Nach Aussage des Fährmanns, der ihre Leiche gefunden hat, ist der wahrscheinlichste Ort das Flußufer bei Chelsea. Vor einigen Tagen war ich dort und habe, als ich am Chelsea Creek entlang ging, zwei interessante Dinge herausgefunden: In der Nacht, in der Eliza ertrank, wurde das Boot eines der dort ansässigen Bootsbesitzer ohne dessen Wissen benutzt, und, ein merkwürdiger Zufall, Euer Vater besitzt Land in genau der Gegend.»

Sie wollte ihn unterbrechen, aber er gab ihr durch einen Wink zu verstehen, daß er erst ausreden wollte. «Aus einer zuverlässigen Quelle weiß ich außerdem, daß beobachtet wurde, wie Eliza in der Nacht, in der sie starb, auf einem Pferd zusammen mit dem Sekretär Eures Vaters von Eurem

Haus davonritt. Das war das letzte Mal, daß sie lebend gesehen wurde.»

Olivia lachte. «Mir scheint, wir haben beide ganz umsonst eine Menge Unannehmlichkeiten auf uns genommen. Wer auch immer Euer Informant ist, er hat Euch mit der Aussage in die Irre geführt, Eliza sei in jener Nacht mit Down fortgeritten. Sie war den ganzen Tag über unauffindbar. Was entwendete Boote und den Besitz meines Vaters in Chelsea betrifft, so klingt das nach einem Stoff für ein Theaterstück. Ist das wirklich alles?» Sie schenkte ihm noch ein Glas Wein ein.

«Nicht ganz.» Simon nahm das Glas und trank. «Lady Tuckett, Euer Vater hat alles in seiner Macht stehende getan, um mir den Lebensunterhalt zu rauben. Daher habe ich kaum noch etwas zu verlieren. Sagt mir also, hat Eliza von Euch oder von einem anderen Mitglied Eures Haushaltes ungefähr vier Monate vor ihrem Tod einhundert Guineen erhalten?» Er sah ihr an, daß er ins Schwarze getroffen hatte und daß sie darauf nicht gefaßt gewesen war. «Ein so großzügiges Geschenk, daß man nach dem Grund für solche Großzügigkeit fragt.»

«Und habt Ihr einen Grund gefunden?» entgegnete sie verstört.

«Ich glaube, Ihr habt es ihr als Entgelt für ihr Schweigen in einer sehr wichtigen Angelegenheit gegeben. Aber es erwies sich als nicht ausreichend, und sie verlangte mehr, was in solchen Fällen nicht ungewöhnlich ist. So mußten andere Wege gefunden werden, ihr den Mund zu verschließen.»

«Das klingt immer mehr nach einem populären Schauspiel. Ihr solltet Bühnenstücke schreiben.»

Simon ließ nicht locker. «Worüber sollte Eliza Stillschweigen bewahren? Über einen Familienskandal?» Olivia stand schweigend auf und ging zum Fenster hinüber. Sie schien die Aussicht auf den Garten zu würdigen. Simon blieb, wo er war.

«Als Ihr zu mir kamt und ich die Tür zu meinem Arbeitszimmer öffnete und Euch dort in Eurem grauen Kleid stehen sah, hielt ich Euch einen Moment lang – aber nur einen Moment lang – für den Geist von Eliza Pargeter. Dann kam mir der Gedanke, ob diese Angelegenheit nicht ihren Ursprung darin haben könnte, daß Ihr zumindest einmal aus irgendeinem zwingenden Grund die Rollen getauscht habt und sie sich tatsächlich für Euch ausgab.»

Olivia wandte sich um, aber diesmal lächelte sie nicht. «Eure Phantasie scheint mit Euch durchzugehen, Dr. Forman. Wenn Ihr solche Dinge in Umlauf bringt, wird man Euch entweder auslachen oder erklären, daß Ihr ins Irrenhaus gehört.»

«Aber es war die Ähnlichkeit, nicht wahr?» beharrte Simon, in der festen Überzeugung, daß er der Wahrheit ganz nahe war. «Ihr habt die Rollen mit Eliza getauscht – aber wozu?» Er hielt inne. Plötzlich rief Olivias spöttischer Verweis auf Bühnenstücke die Erinnerung an das Gespräch in ihm wach, das er mit dem Schauspieler Thomas Pope geführt hatte, und er hatte eine plötzliche Eingebung. «Es ist die Bettentausch-Intrige! Ihr habt ganz recht. Es *ist* ein Stoff fürs Theater!» Er verspürte furchtbaren Durst und schaute auf sein leeres Glas und die Weinflasche. Olivia forderte ihn durch eine Geste auf, sich einzuschenken. Er nahm die Flasche, bot ihr etwas an, aber sie lehnte ab. Also füllte er sein Glas bis zum Rand, stand dann auf und ging zu ihr hinüber.

Diesmal war es ganz offensichtlich, daß er ins Schwarze getroffen hatte. «Ihr müßt die Geschichte kennen», meinte er herausfordernd, «ein Mädchen tauscht in der

Hochzeitsnacht die Rolle mit einem anderen, weil sie eigentlich die Braut sein sollte, aus Angst vor ... aus Angst wovor, Lady Tuckett?»

Olivia schenkte ihm ihr strahlendstes Lächeln. «Ihr nennt mich besser Olivia, Simon Forman, da wir nun über so vertrauliche Angelegenheiten sprechen. Ihr wollt wissen, wovor ich Angst hatte? Dann werde ich es Euch sagen. Daß mein Mann merken würde, daß ich keine Jungfrau mehr war. Seid Ihr jetzt zufrieden?»

«Daher nahm Eliza Euren Platz ein? Das war die Abmachung, nicht wahr? Einhundert Guineen für die Nacht im Bett Eures Ehemanns.» Er hielt nochmals inne. «Aber natürlich! Das war nicht alles, oder? Er schwängerte sie. Verlangte sie deshalb mehr Geld? Drohte sie, alles zu enthüllen? Das Bruchstück, das nicht ins Ganze passen wollte, war ihre Schwangerschaft. Ich habe etliche Möglichkeiten erwogen, sogar eine Liebschaft mit Eurem Mann, aber keine schien bedrohlich genug, um zu rechtfertigen, daß sie für immer zum Schweigen gebracht wurde.»

«Das ist sehr scharfsinnig – Simon –, aber ich glaube nicht, daß Ihr irgendwelche Beweise dafür habt.»

«Mag sein, und wenn ich diese Theorie verbreiten würde, würden mich ganz sicherlich einige für verrückt erklären, aber bei vielen anderen würde die Geschichte Zweifel wecken. Das alte Sprichwort ‹kein Rauch ohne Feuer› gilt noch immer.» Simon spürte, daß der Wein zu wirken begann, und fühlte sich auf einer Woge der Beschwingtheit davongetragen. Er fragte sich, warum er noch immer so durstig war, schaute sich suchend nach Wasser um, konnte aber keins entdecken. «Eliza hatte Euch in der Falle, Olivia. Sie konnte Euch nicht nur schröpfen, sie besaß die Macht, Euch jederzeit zu entlarven, indem sie drohte, Eurem Mann zu erzählen, wie er hintergangen worden war. Ihr hättet natürlich alles leugnen, sie mit Schimpf und Schande davonjagen können, aber wäre das genug gewesen? Welche Zweifel wären so bei Eurem Mann und auch Eurem Vater gesät worden? Und daher wurde sie ermordet», schloß er triumphierend.

Olivias Gesicht färbte sich grau, und sie fühlte sich einer Ohnmacht nahe, als ihre Gedanken zu jenem genialen Einfall zurückkehrten, der sie in ihre jetzige Lage gebracht hatte ...

Natürlich hatte sie schon einige Zeit vorher gewußt, daß sie heiraten mußte, nicht zuletzt, um den Besitz ihres Vaters zu sichern; die Auswahl an Dummköpfen, die er ihr als Kandidaten bot, hatte sie als ziemlich niederschmetternd empfunden. Aber Olivia war klar, daß sie ihrer Familie einen männlichen Erben gebären mußte, bevor Sir Wolford starb, denn ihm war das offensichtlich nicht gelungen. Außerdem wollte er nicht länger mitansehen, wie sie jeden Freier abwies, er ging sogar so weit, sie mit aller Deutlichkeit daran zu erinnern, daß sie nicht mehr in der ersten Blüte ihrer Jugend stand und daß ihre Auswahl sich weiter verringern würde, wenn sie noch länger zögerte. Sie hatte auch eigene Gründe. Die Beziehung mit Francis Down, die sie so ungestüm begonnen hatte und anfangs von so brennender Leidenschaft gewesen war, war abgekühlt, nachdem sie von ihm schwanger geworden war. Aber er weigerte sich, einen Schlußstrich zu ziehen, drängte sie immer wieder ins Bett, drohte einmal sogar, alles zu enthüllen. Eine Ehe schien eine gute Möglichkeit zu sein, ihre Affäre mit ihm endgültig zu beenden.

So willigte sie schließlich ein, Sir Marcus Tuckett zu heiraten. Er war nicht besser und nicht schlechter als manch anderer Bewerber, und er hatte den unbestreitbaren Vorteil, Erbe eines angesehenen Titels zu sein. So gingen die Anwälte daran, den Ehevertrag aufzusetzen, die Höhe ihrer Mitgift wurde vereinbart wie auch die großzügige Vermögenszuteilung für das junge Paar. Sir Marcus würde natürlich die heruntergewirtschafteten und hoch verpfändeten Güter seiner Familie beim Tod seines Vaters erben, aber obwohl nun bedeutende Beträge aus dem Vermögen Sir Wolfords zur Verfügung standen, um dem Haus und dem Besitz der Tucketts wieder zu Ansehen zu verhelfen, fand der Anwalt Lord Tucketts es doch bedenklich, daß Sir Wolfords beträchtliche Ländereien nur dann im Besitz der Familie bleiben würden, wenn die neue Lady Tuckett einen Sohn zur Welt brachte. Schließlich stimmte man jedoch darin überein, es sei unwahrscheinlich, daß eine so gesunde junge Frau keine Kinder haben würde, und so wurde ein Termin für die Hochzeit in ungefähr vier Wochen festgesetzt.

Bei dem Essen, das Sir Wolford gab, um die offizielle Verlobung des Paares zu feiern, hatte der alte Lord Tuckett dann auf das Wohl der zukünftigen Braut getrunken, wobei er ausrief, er beneide seinen Sohn um eine so reizende Jungfrau, und scherzhaft hinzufügte, jedenfalls hoffe er doch, daß sie eine Jungfrau sei. Daraufhin hatte Marcus, der inzwischen vom Wein erhitzt war, sie ziemlich unangenehm angelächelt und gesagt, daß er sicherlich erfahren genug sei, um zu erkennen, wenn sie es nicht wäre. Mit abschätzendem Blick hatte er sie gemustert. Zum Glück ging dieser unangenehme Augenblick vorüber, denn die übrigen Gäste begannen einander nun zotige Witze zu erzählen, aber nach diesem Zwischenfall überlief Olivia ein eiskalter Schauer.

Natürlich wußte sie, daß Jungfräulichkeit von ihr erwartet wurde, aber sie war wohl kaum die erste Braut, die ohne sie vor den Altar trat. Sie war darauf vorbereitet worden,

Probleme so gut wie möglich zu lösen, wenn die Zeit dazu da war. Aber die Tucketts hatten sich sehr bestimmt geäußert. Was würde Marcus als Beweis erwarten? Als sie in der Nacht nicht schlafen konnte, hatte sie eine Kerze angezündet und ein Buch mit italienischen Erzählungen zur Hand genommen, das ihr seit mehreren Wochen Zerstreuung bot. Und da fand sie einen möglichen Weg aus ihrer Notlage.

Am Morgen, nachdem sie den genialen Einfall gehabt hatte, brachte sie das Thema zur Sprache, während Eliza ihr Haar frisierte. Wegen der Folgen ihrer vorigen Beziehung wußte ihre Dienerin natürlich, daß sie zumindest einen Liebhaber gehabt hatte, vielleicht wußte sie auch, daß es Francis Down gewesen war, obwohl sie nichts gesagt hatte, auch in tiefster Verzweiflung nicht, als der Trank, den ihr die alte Frau gegeben hatte, seine Wirkung entfaltete. Daher konnte sie ohne Umschweife zur Sache kommen und die Frage aufwerfen, wie sie es anstellen sollte, sich in ihrer Hochzeitsnacht als Jungfrau auszugeben.

Wie erwartet, dachte Eliza äußerst praktisch darüber. «Bestimmt könnt Ihr einen großen Dummkopf wie ihn täuschen. Sorgt dafür, daß er genug Wein trinkt, und er wird sich am Morgen an nichts dergleichen erinnern. Zu Hause hatte ich eine Freundin, die genau das getan hat. Ihr Mann fiel besinnungslos ins Bett, und sie mußte sich nur in den Finger schneiden, ihn am Laken abwischen und ihm dann am nächsten Morgen erzählen, daß er die halbe Nacht damit verbracht hätte.»

«Aber wenn er stur bleibt und sich nicht betrinken will?» fragte Olivia. «Das könnte sein. Sein Vater machte viel Aufhebens um meine Jungfräulichkeit, worauf Marcus allen Anwesenden verkündete, er würde es bestimmt merken, wenn es anders wäre!»

Eliza war mit Olivias Haar fertig und holte die Halskrause, die zu ihrem Kleid paßte. Als sie wiederkam, machte Olivia ihr den Vorschlag. Eliza hatte ungefähr ihre Größe und Statur. Angenommen, nur angenommen, sie könnten in der Hochzeitsnacht die Rollen tauschen?

Eliza hatte Bedenken. «Aber wie sollte das gehen? Ihr werdet beide von den Hochzeitsgästen zum Bett geleitet, alle sehen zu, und wenn sie gegangen sind, will er vielleicht sofort sein Vergnügen haben und alle Kerzen dabei brennen lassen.»

Darüber hatte Olivia schon nachgedacht. «Ich werde dafür sorgen, daß wir die Hochzeitsnacht im großen Gästezimmer verbringen. Du weißt, daß dort ein Schrank nahe beim Bett steht. Wenn die Gäste gegangen sind, werde ich ihm versichern, daß ich nach all dem reichhaltigen Essen und all dem Wein zum Toilettenstuhl muß und dann hineinschlüpfen. Ich werde auch wie eine echte Jungfrau tun und sagen, daß ich im Dunkeln ins Bett kommen will. Ich werde sicherstellen, daß all meine Kleider und Mäntel im Schrank hängen, so daß du dich dahinter verstecken kannst. Dann gehst du an meiner Stelle ins Bett und bleibst bei ihm, bis er einschläft. Dann tauschen wir wieder die Rollen.» Da durchzuckte sie ein Gedanke. «Du *bist* doch Jungfrau, Eliza, nicht wahr?»

Eliza antwortete mit ihrem kühlen Lächeln. «O ja, Herrin. Ich habe keine Neigung verspürt, das zu ändern. Aber was ist, wenn er danach nicht einschläft?»

«Wir müssen ihm etwas geben, damit er ganz bestimmt einschläft, etwas, das man in Wein mischen kann. Du mußt in einiger Entfernung von hier einen Arzt aufsuchen und ihm sagen, daß ich sehr schlecht schlafe und einen Trank brauche. Dann müssen wir ihn einfach mit etwas Wein mischen und darauf achten, daß er ihn trinkt. Ich weiß, daß ich sehr viel von dir verlange», fuhr sie verzweifelt fort, da Eliza schwieg, «aber es wird sich für dich lohnen. Mit einer guten Mitgift wirst du leicht einen Mann finden. Wenn du das für mich tust, wirst du von mir mehr Geld bekommen, als du dir je erträumt hast. Sag mir, was hältst du für einen angemessenen Betrag?»

Eliza schaute sie ruhig und kühl überlegend aus ihren hellen Augen an. «Einhundert Guineen.»

Einhundert Guineen waren ein sehr hoher Preis, aber Olivia war verzweifelt, und so willigte sie ein. Drei Tage später hatte Eliza ein kleines Fläschchen Mohnsirup von einem Arzt in der Bankside mitgebracht. Olivia betrachtete es zweifelnd und fragte sich laut, ob die Menge ausreichen würde.

«Ich habe nach mehr gefragt, Herrin, aber er sagte, er könne mir nicht mehr geben und müsse Euch selbst sehen, da die Mixtur stark sei und man nur sehr wenig davon einnehmen dürfe.»

«Du hast ihm doch nicht meinen Namen gesagt?» fragte sie besorgt.

Eliza beruhigte sie. «Natürlich nicht. Ich habe sogar so getan, als sei der Mohnsirup nicht der eigentliche Grund für mein Kommen. Wißt Ihr, der Doktor erstellt auch Horoskope, und daher habe ich ihn um meins gebeten. Erst danach habe ich den Schlaftrunk verlangt.»

«Und hat er dein Horoskop erstellt?» fragte Olivia.

«Ja, aber er bat mich, in ein paar Tagen wiederzukommen, da es Zeit braucht. Wenn Ihr glaubt, daß dies hier nicht genug ist, und er mir nicht mehr geben will, werde ich sehen, was ich tun kann, um dennoch an den Mohnsirup zu kommen.»

Olivia war sehr interessiert. «Und wer ist dieser Arzt, der Horoskope erstellt?»

«Er heißt Dr. Simon Forman.»

Der Name sagte ihr nichts, und Olivia vergaß ihn bald, da die Vorbereitungen für die Hochzeit immer schneller vorangetrieben wurden. Einige Tage vorher erzählte Eliza ihr, sie habe wahrscheinlich einen Weg gefunden, mehr Mohnsirup zu beschaffen, brauche aber Geld dafür. Später am Tag brachte sie ihn, erwähnte aber nicht, wie sie ihn besorgt hatte. Auch über ihr Horoskop verlor sie kein Wort.

Auch wenn die Beziehungen zwischen dem Gutsherrn und der Kirche besser gewesen wären, wäre die Hochzeit in der Stadt gefeiert worden. Sir Wolford war entschlossen, daraus ein überaus prachtvolles Ereignis zu machen, um allen in der Umgebung seinen Reichtum und seine Bedeutung zu demonstrieren, und seine Tochter stand ganz und gar im Mittelpunkt. Ihr Kleid, an dem eine Gruppe von Näherinnen gearbeitet hatte, war aus silbernem Tuch, mit Perlen (als Symbol für die Reinheit) bestickt und mit der feinsten Spitze abgesetzt, die es zu kaufen gab. Auf dem Weg zum Altar sollte sie von nicht weniger als sechs Brautjungfern begleitet werden, alle in weißen Brokat gekleidet. Andere Näherinnen wurden geholt, die sich um die Bettwäsche, die Unterhemden, Unterröcke und Nachthemden kümmern sollten. Bei letzteren hatte Olivia darauf bestanden, daß zwei nach genau demselben Muster angefertigt wurden.

Am Morgen ihres Hochzeitstages kamen ihr Vater und ihre Mutter in ihr Zimmer, um ihr alles Gute zu wünschen, und ihr Vater überreichte ihr einen schönen Anhänger mit kleinen Edelsteinen, die sein Wappen formten. Kurz vor Mittag wurde Olivia in einer Kutsche zur Kirche gefahren, die mit weißen Bändern und Girlanden geschmückt war. Im Haar, das zum Zeichen der Jungfräulichkeit offen ihren

Rücken herunterfiel, trug sie einen Kranz aus weißen Blumen. Sie konnte sich später kaum an die Zeremonie erinnern, durch die sie zu Lady Tuckett wurde, ihre Gedanken kreisten fast nur um das, was auf sie zukam.

Wie üblich dauerten die Feierlichkeiten viele Stunden, die üppige Gastlichkeit zog sich in den Abend hinein, als auf Festmahl und Gelage Tanz und derbe Späße folgten. Es gab keine festgelegte Zeit, zu der ein glückliches Paar zu Bett begleitet wurde, im allgemeinen hing es vom Brautpaar selbst ab: Jene, die sich monatelang vor Sehnsucht verzehrt hatten, brachen auf, sobald es mit einigem Anstand möglich war; andere dagegen, die der Gedanke an das kommende Ereignis mit Furcht oder Gleichgültigkeit erfüllte, waren bemüht, die Festlichkeiten so lange wie möglich auszudehnen. Zu letzteren schien Olivia zu gehören, denn sie machte keine Anstalten, die Festgesellschaft zu verlassen, obwohl ihr Bräutigam immer ungeduldiger wurde. Obwohl Sir Marcus dem Wein reichlich zugesprochen hatte, gab es keinen Zweifel, daß er nicht betrunken und sehr wohl in der Lage war, die Ehe zu vollziehen.

Als sie es schließlich nicht länger hinauszögern konnte, gab Olivia zu verstehen, daß die Zeit da war. Ihre Brautjungfern und andere Frauen begleiteten sie ins Hochzeitsgemach. Dort wurde ihr prachtvolles Hochzeitskleid aufgeschnürt, auch wurden der schwere Reifrock wie auch die Unterröcke entfernt. Eliza hatte eins der schönen Nachthemden auf das Bett gelegt, und das streifte Olivia nun über, während viel darüber gekichert und gescherzt wurde, wie lange es dauern würde, bevor ihr Frischvermählter es ihr wieder ausziehen würde. Eins der Mädchen fragte, ob Eliza bei den anderen Dienstboten unten schlafen würde, da Olivia sie in dieser Nacht nicht brauchen würde. Als Olivia in das große Bett stieg, sah sie zufrieden, daß Eliza eine

Karaffe Wein und ein Glas neben einen Kerzenleuchter ans Bett gestellt hatte.

Lärm von draußen kündigte die Ankunft des Bräutigams an, der, in einen Schlafrock gehüllt, von einer lärmenden Gruppe junger Männer hereingeführt wurde; sie standen daneben, während er ins Bett stieg, und gaben etliche handfeste Ratschläge, wie er an die Aufgabe herangehen sollte, die jetzt auf ihn wartete. Dann warf die Braut ihre Strumpfbänder zu den Mädchen hinüber, die sich um sie balgten, um so herauszufinden, wer als nächste heiraten würde. Und schließlich – für Olivia schien alles eine Ewigkeit zu dauern – gingen alle lärmend hinaus, und das Brautpaar war allein. Marcus kam sogleich zur Sache. Sobald die Tür ins Schloß fiel, streifte er seinen Mantel ab, kniete sich über sie und schob seine Hand unter ihr Hemd. Offensichtlich hatte er keine Zeit für irgendwelche Zärtlichkeiten. Aber sie machte sich los.

«Was ist denn jetzt?» fragte er. «Du läßt mich schon seit Stunden warten.»

Sie zwang sich zu einem Lächeln, das verführerisch wirken sollte. «Ich fürchte, ich habe zu gut gegessen und getrunken. Bevor wir ... Bevor es weitergeht, verzeih mir, aber ich muß zum Toilettenstuhl.»

«Dann beeil dich», meinte er mürrisch, als sie aufstand.

«Da steht Wein für dich», sagte sie, «der beste Rotwein von den Kanarischen Inseln.» Er schaute kurz hinüber und meinte, er werde ihn später trinken. Im Vorbeigehen löschte sie die Kerzen aus.

«Warum hast du das gemacht?» fragte er ärgerlich.

«Damit ich mich nicht so schäme», entgegnete sie und schlüpfte schnell in den Schrank, der von einer Kerze ein wenig erhellt wurde.

Eliza wartete auf sie, sie trug genau das gleiche Nachthemd und zitterte vor Kälte und Furcht, nun, da der entscheidende Moment gekommen war. Schweigend gab Olivia ihr zu verstehen, daß alles in Ordnung war. Dann fiel ihr ein, daß sie noch das Hochzeitsgeschenk ihres Vaters trug, sie nahm die Kette und streifte sie dem Mädchen über den Kopf. Ihr Herz pochte wild, als Eliza hinausschlich, dann schloß sie die Schranktür, denn was nun folgte, wollte sie nicht hören.

Es schien sehr lange zu dauern, bis das Mädchen wiederkam, mit starrem Gesicht und zerrissenem Hemd. Sie war ganz bleich. «Ihr könnt jetzt zu ihm gehen», sagte sie, «er hat den Wein getrunken und schläft jetzt, schnarcht dabei wie ein Schwein.»

Flüsternd begann Olivia, sich bei ihr zu bedanken.

Eliza unterbrach sie. «Es war ein Handel zwischen uns, Herrin, und ich habe meinen Teil erfüllt. Grämt Euch nicht deswegen. Er hat nichts gemerkt. Sagt man nicht, daß in der Nacht alle Katzen grau sind?»

Als die Hochzeitsnacht ohne Zwischenfall überstanden war und nichts darauf hindeutete, daß Marcus etwas von der List bemerkt hatte, hatte Olivia Eliza den versprochenen Betrag gezahlt. Es war alles andere als einfach gewesen, die einhundert Guineen zusammenzubekommen, denn Olivia verfügte nur über sehr wenig eigenes Geld. Vor ihrer Hochzeit war es ihr fast immer gelungen, ihrem Vater kleine Beträge abzuschwatzen, aber jetzt konnte sie sich kaum wegen eines ganz und gar nicht bescheidenen Betrages an ihn wenden; und selbst wenn sie den Mut aufgebracht hätte, hätte er doch nur erwidert, daß es nun Sache ihres Mannes sei, für ihre Bedürfnisse zu sorgen. Schließlich war Sir Wolfords Geld die Stütze der Tucketts.

Die einzige Möglichkeit, die ihr blieb, um ihren Teil der Abmachung zu erfüllen, war daher, einige ihrer Schmuckstücke zu verkaufen. Sie betrachtete den Inhalt ihrer Schmuckschatulle und überlegte, welche Teile wohl kaum vermißt würden. Vielleicht ein hübscher mit Perlen besetzter Haarschmuck, den ihre Eltern ihr zu ihrem fünfzehnten Geburtstag geschenkt hatten, und ein häßlicher, aber reich mit Edelsteinen verzierter Armreif, ein Erbstück von einer Großtante. Aber wie sollte sie es anstellen, sie zu verkaufen? Sie kannte die meisten Juweliere der Stadt und konnte sich keinen glaubhaften Grund vorstellen, aus dem sie ihnen zwei so wertvolle Stücke anbieten könnte. Noch schlimmer war, daß jeder von ihnen vielleicht zu der Ansicht kommen würde, daß ihr Vater von dem Vorhaben seiner Tochter wissen sollte. Andere Probleme würden entstehen, wenn sie einen Diener beauftragte, denn jeder achtbare Juwelier würde glauben, daß so kostbare Stücke Diebesgut waren.

So kam es, daß sie, nachdem sie sich Francis Down seit der Sache mit seinem Kind vom Leib gehalten hatte, schließlich das Gefühl hatte, ihr bliebe kein anderer Ausweg, als ihn um Hilfe zu bitten und zu gestehen, warum sie das Geld brauchte. Er hatte ihr zugehört, ohne sie zu unterbrechen, und sie dabei mit durchdringendem und berechnendem Blick gemustert.

«Gab es keinen anderen Weg? Ihr seid ein gewaltiges Risiko eingegangen.»

«Glaubt Ihr, daß ich das nicht weiß?» rief sie.

«Und wenn Tuckett irgendwann herausfindet, daß er getäuscht wurde? Für Eure Schande wird es keine Wiedergutmachung geben.»

«Aber er weiß nichts, und er wird nichts herausbekommen», versicherte sie Down mit wachsender Zuversicht. «Möglicherweise hätte es einen anderen Weg gegeben, ja, vielleicht hätte ich ihn von meiner Jungfräulichkeit überzeugen können, indem ich mich gesträubt und geschrieen hätte, aber er machte soviel Aufhebens um seine Erfahrung in dieser Hinsicht, daß ich es nicht wagte, etwas dem Zufall zu überlassen. Und was soll das Geschimpfe?» fuhr sie bitter fort. «Hätte ich mich Euch nicht hingegeben, wäre es nie zu diesem Problem gekommen!»

«Wieso?» Er lächelte sie wissend an, was sie als zutiefst unangenehm empfand. «Vergeßt Ihr, daß es vor mir einen anderen gab?» Sie wandte sich von ihm ab, und er legte die Hand auf ihren Arm. «Schaut mich an, Olivia. Seht Ihr denn nicht, was Ihr getan habt? Ihr behauptet, daß Tuckett es nie erfahren wird, aber wie könnt Ihr dessen sicher sein? Eliza hat Euch nun in der Hand.»

«Eliza ist mir treu ergeben, ich kann ihr vertrauen.»

«Bisher hatte sie keinen Anlaß, etwas anderes als treu ergeben und vertrauenswürdig zu sein. Oh, ich gebe zu, sie ist eine mustergültige Dienerin, alles was Ihr wollt, aber ich hege seit langem den Verdacht, daß sich hinter ihrem kühlen Äußeren und bescheidenen Auftreten eine skrupellose junge Frau verbirgt. Glaubt mir, Lady, ich kann bei anderen erkennen, was ich bei mir selbst sehe. Ihr habt Eliza etwas gegeben, was sie zuvor nicht gekannt hat: Macht. Das ist eine starke Droge. Die geringste Wirkung besteht darin, in ihr die Neigung zu fördern, Geld zu verlangen.»

Olivia schob seine Hand weg. «Ihr redet Unsinn. Sie hat hier eine ausgezeichnete Stellung, eine viel bessere als andere Mädchen ihres Alters und ihrer Herkunft, und wenn sie so schlau ist, wie Ihr behauptet, dann wird sie sie nicht aufs Spiel setzen wollen. Außerdem wird sie sich mit dem Geld im wörtlichen Sinne den Mann ihrer Wahl kaufen können, wenn sie heiraten will.»

Er nahm die beiden Schmuckstücke und steckte sie in seine Tasche. «Sagt nicht, ich hätte Euch nicht gewarnt.»

Olivia sah ihn mit wachsender Ungeduld an. «Verkauft den Schmuck und bringt mir das Geld, damit ich es ihr geben kann, damit ist die Sache erledigt. Das war der Handel. Sie hat meinen Platz im Hochzeitsbett eingenommen, und dafür bekommt sie einhundert Guineen. Das ist alles.»

Etwas mehr als zwei Monate später war Eliza eines Morgens zu ihrer Herrin gekommen und hatte ihr erzählt, daß sie ganz sicher war, schwanger zu sein.

Als die Erinnerungen an die Ereignisse der Vergangenheit jetzt wieder auf sie einstürmten, wankte Olivia im Nebenzimmer des Wirtshauses *The Three Pigeons* auf Simon zu, und er eilte zu ihr, um sie aufzufangen. Sie begann zu zittern und brach dann in Tränen aus. «Ich habe ihren Tod nicht gewollt», schluchzte sie. «Ich war völlig verzweifelt, aber ich habe nie daran gedacht, sie umzubringen. Warum nur habe ich jemals Francis Down Vertrauen geschenkt!»

«Der verschlagene Sekretär. Ich verstehe.»

«Ich hatte niemanden, dem ich mich anvertrauen konnte. Ich wußte nicht mehr aus noch ein, denn es war klar, Eliza würde immer mehr Geld verlangen, egal wieviel ich ihr gab. In meiner Verzweiflung habe ich mich an Francis Down gewandt. Er hat mich immer ... bewundert. Er tröstete mich und versprach, die Angelegenheit zu regeln, ich solle nicht mehr daran denken. Als Eliza verschwand, nahm ich an, er habe die Dinge zufriedenstellend geregelt, habe einen Weg gefunden, sie davon zu überzeugen, daß sie London für immer verlassen müsse. Ich hoffte, sie sei nach Hause zurückgekehrt. Ich war genauso entsetzt wie jeder andere, als Ihr kamt und uns mitgeteilt habt, daß sie in der Themse gefunden wurde.»

Simon fühlte sich plötzlich ganz seltsam. Die ganze Situation bekam etwas Unwirkliches. Alles schien in gewisse

Entfernung zu rücken, als sei er ein Zuschauer, der irgendeinen unbekannten Mann und eine unbekannte Frau durch dickes Glas beobachte. Es kostete ihn Mühe zu sprechen, geschweige denn nachzudenken, aber schließlich gelang es ihm zu fragen: «Habt Ihr Down dann gefragt, was geschehen ist?»

Sie nickte. «Natürlich leugnete er alles. Er behauptete, daß er sie einfach vor die Wahl gestellt habe: Sie solle schwören, die Sache nie wieder zu erwähnen, und auf der Stelle nach Hause zurückkehren, oder er werde dafür sorgen, daß sie mit Schimpf und Schande entlassen, öffentlich ausgepeitscht und als verlogene Hure in Bridewell eingesperrt würde.»

Ganz offensichtlich bemühte sie sich verzweifelt, ihn zu überzeugen. Sie wandte sich zu ihm und legte plötzlich den Kopf auf seine Schulter. Eine Strähne ihres duftenden Haars strich über sein Gesicht. Mit einem Schluck leerte er das Weinglas und stellte es ab. Vielleicht sagte sie ja jetzt doch die Wahrheit. Es fiel ihm immer schwerer, sich zu konzentrieren, seine Gedanken zu ordnen. Sie hob den Kopf zu ihm, und er küßte sie. Sie erwiderte seinen Kuß mit echter Leidenschaft und umarmte ihn. Hinter ihrer Schulter tanzten die Flammen der Kerzen vor seinen Augen.

«Ihr müßt nicht gehen», sagte sie ganz sanft, dann dringlicher, «geht nicht! Es ist schon spät, und niemand wird es je erfahren. Bitte verlaßt mich nicht.»

Sie gingen zum Bett hinüber, der Boden schien Simon immer schwankender. Er ließ sich fallen, zog seine Stiefel aus. Die Kammer schien sich zu drehen, als er sich mühsam auf das Bett hievte. Olivia kam auf ihn zu, streifte dabei ihr Kleid ab. Wenn nur sein Mund nicht so entsetzlich trocken wäre. Was er am allernötigsten brauchte, war etwas zu trinken. Etwas zu trinken ... was war daran nicht in Ordnung?

«Mein Gott!» Er versuchte sich aufzurichten, aber es gelang ihm nicht. Es kostete ihn Anstrengung, die Worte herauszubringen. «Der Mohnsirup … so viel … Mohnsirup.» Das waren seine letzten Worte.

14. Kapitel

In Gefahr

John Bradedge vermutete, daß Simon mehrere Stunden vor ihm im Wirtshaus *The Three Pigeons* eingetroffen war, denn er hatte das schnellere Pferd. Als er sein eigenes Pferd in den Stall brachte, sah er Simons Stute, die in einer Box Futter fraß. Im Wirtshaus herrschte reges Treiben, und wieder einmal saß er in einem fremden Schankraum und harrte der Dinge, die da kamen. Die Zeit verging, und er bestellte ein Abendessen. Er überlegte, wie lange Simons Tête-à-tête mit Lady Tuckett wohl dauern würde und wo die beiden in diesem weiträumigen Haus steckten.

Die Dämmerung brach herein, und ein junger Bursche ging umher und zündete Kerzen in Metalleuchtern an. Zweimal trat John hinaus, um sich zu vergewissern, daß Simon nicht unbemerkt aufgebrochen war, aber sein Pferd war noch da. Es wurde wirklich sehr spät. Vielleicht gab es einen naheliegenden, wenn auch nicht ehrbaren Grund für die Verzögerung, denn bekanntlich hatte der Doktor eine Schwäche für Frauen. Die Frau mochte zwar eine Lady sein, aber sie war immer noch eine Frau. Vielleicht hatte sich die Beziehung zu ihrem Mann als unbefriedigend erwiesen, und ihr stand der Sinn nach Abwechslung, was vielleicht an sich schon ein Grund für das heimliche Stelldichein war. John seufzte. Es sah so aus, als sollte er in dieser Nacht wenig Schlaf bekommen.

Sobald sie sicher war, daß Simon das Bewußtsein verloren hatte, zog Olivia sich praktischere Kleidung an, schlich aus dem Zimmer und dann die Hintertreppe hinunter zu den Stallungen, wo sie einen Pferdeknecht rief und ihn anwies, sofort ihren Diener zu holen. Sie hätte ihre Pläne geändert, und sie würden sich sofort auf den Heimweg machen.

Wenig später kam Francis Down in der Kleidung eines Dieners zu ihr in die Kammer. «Alles in Ordnung?»

Sie nickte. «Er schläft wie ein Toter. Er wußte viel und ahnte noch mehr. Ich habe versucht, ihn davon zu überzeugen, daß er sich irrte, aber er hat mir nicht geglaubt.»

Down ging zu Simon und hob eins seiner Augenlider. «Nun, das spielt jetzt keine Rolle mehr. Ich werde dafür sorgen, daß die Kutsche bereit ist, dann werden wir ihn hineinschaffen und dem Wirt erzählen, daß er betrunken ist. Eigentlich dürfte er nicht wach werden, aber habt Ihr etwas, womit ich für alle Fälle seine Hände fesseln kann?» Sie nahm ihren Gürtel ab, und er drehte Simon auf die Seite und fesselte geschickt seine Hände hinter seinem Rücken. «Ich werde gleich zurück sein. Habt Ihr Geld, um die Rechnung zu begleichen?» Wortlos reichte sie ihm ihre Börse. «Dann werde ich bezahlen und dem Wirt sagen, daß wir alle zusammen aufbrechen. Ihr werdet mit ihm in der Kutsche fahren, und ich werde auf seinem Pferd reiten.»

Er war bald zurück. Zusammen mit dem Kutscher zerrte er Simon vom Bett und zog ihm die Stiefel wieder an, dann ging Olivia vor, während die beiden Simon auf dem Weg die Treppe hinunter in die Mitte nahmen; vorsichtshalber hatte Down seine Kleidung mit Wein durchtränkt, damit die Geschichte glaubwürdig wirkte. Die schläfrigen Knechte reagierten ziemlich amüsiert, einer von ihnen fragte, ob der Herr denn auf seine Kosten gekommen sei, bevor der Wein ihn bewußtlos machte. Als Down die Rechnung beglich, hatte er dem Wirt gesagt, er werde ‹das Pferd seines Herrn› reiten, und es war gesattelt und wartete auf ihn, als sie die Kutsche erreichten. Simon wurde hineinverfrachtet, Olivia folgte. Der Kutscher knallte mit der Peitsche, und die Kutsche fuhr zügig aus dem Hof, Down folgte ihr.

Als sie außer Sichtweite des Wirtshauses waren, hielt der Kutscher an, und Olivia stieg aus. Down stieg von Simons Pferd ab und übergab ihr die Zügel. «Reitet, so schnell Ihr könnt. Ich habe den Pförtner bestochen, bevor wir aufgebrochen sind. Er wird auf Euch warten und Euch durch das Hoftor einlassen. Sorgt dafür, daß er das Pferd in den Stall bringt, alles weitere liegt bei Euch. Wenn Ihr gesehen werdet, müßt Ihr eine Ausrede erfinden, warum Ihr so früh auf seid. Ich komme zurück, sobald ich kann.» Olivia schürzte ihre Röcke, damit sie im Herrensattel reiten konnte, und galoppierte, so schnell sie konnte, in Richtung London.

Als John Bradedge nach einem Nickerchen erwachte, war der Schankraum fast leer. Sein Körper fühlte sich kalt und steif an. Er raffte sich auf, ging nach draußen und verwünschte dann seine Trägheit und Dummheit. Simons Pferd war nicht mehr da. Er ging ins Wirtshaus zurück, wo der erschöpfte Wirt dabei war, die schmutzigen Bierkrüge wegzuräumen.

«Ich suche meinen Herrn», sagte er zu ihm, «aber offenbar ist er fort.»

«Viele Leute sind gekommen und gegangen, seit Ihr hier seid», erwiderte der Wirt.

«Er kam schon früh. Vor mir. Ein Mann mit kastanienbraunem Haar und kurzem Bart, gut gekleidet und mittelgroß.» Der Wirt zuckte mit den Achseln. John versuchte, von Mann zu Mann mit ihm zu reden. «Er war mit einer Dame in einem Nebenzimmer verabredet.»

Der Wirt zwinkerte vielsagend. «*Der* Herr! Nun, ich weiß nicht, ob die Dame mit ihm zufrieden war, aber er war mit Sicherheit mit meinem Wein zufrieden. Seine Diener haben ihn gerade nach Hause gebracht, er konnte sich nicht mehr auf den Beinen halten. Nur gut, daß die Dame eine Kutsche hatte, denn er konnte nicht einmal mehr die Treppe hinuntergehen, zwei Männer mußten ihn stützen. Der jüngere von ihnen sagte, das käme oft vor, da er beim Trinken kein Maß kennt; aber das werdet Ihr ja alles selbst wissen.»

John lief es kalt über den Rücken. «Wie lange ist das her?»

«Nicht mehr als zwanzig Minuten, glaube ich», gab der Wirt zur Antwort.

«Und welchen Weg haben sie genommen?»

«Welchen Weg sollten sie schon nehmen, den zu seinem Haus natürlich! Die Straße, die am Fluß entlang nach Mortlake führt!»

Der Weg nach London war weit, und viele Gedanken stürmten auf Olivia ein. Dies war das zweite Mal, daß sie zur Mitwisserin an einem Mord wurde. Es tat ihr leid um Simon, denn ihre Zuneigung zu ihm war echt, und unter anderen Umständen wäre sie glücklich gewesen, sich mit ihm im Bett zu vergnügen, ja sie wäre durchaus dazu bereit gewesen, wenn nicht der Mohnsirup, in Verbindung mit dem reichlich genossenen Wein, seine Wirkung getan hätte. Aber er stellte eine zu große Bedrohung dar. Sie wußte nicht, ob er der Erklärung Glauben schenkte, mit der sie ihre Rolle beim Tod Elizas erläutert hatte; aber sie war sicher, daß er, sobald er wieder einen klaren Kopf hatte, entweder darauf bestehen würde, noch einmal mit ihr zu sprechen, oder aber, weit schlimmer, sich direkt an ihren Vater und ihren Mann wenden würde. Vielleicht würden sie ebenfalls zu der Ansicht gelangen, daß drastische Maßnahmen nötig waren, um sich Forman vom Halse zu schaffen, aber es war auch möglich, daß sie seinen Worten Glauben schenkten. Sie hatte noch immer nicht aus dem Labyrinth herausgefunden, und, schlimmer noch, sie stand mehr denn je in Francis Downs Schuld. Ihm verdankte sie, daß sie alles überstanden hatte.

Aber was sonst hätte sie tun sollen? Als sie ihm sagte, daß Eliza ein Kind von Sir Marcus erwartete und mehr Geld verlangte, war er nicht überrascht gewesen. «Ihr wolltet ja nicht auf mich hören, nicht wahr? Ich habe Euch gesagt, was passieren würde. Nicht daß sie schwanger werden würde, natürlich, ich kann nicht behaupten, daß ich das vorhergesehen habe, aber alles andere habe ich Euch doch prophezeit.»

«Aber was ich Euch gesagt habe, stimmte», klagte Olivia. «Sie war mir immer treu ergeben.»

Down streichelte ihren Nacken. «Die Verlockung des Goldes verändert alles. Glücklicherweise erscheint es mir nicht so verführerisch wie andere Güter. Wenn Ihr meine Hilfe wieder in Anspruch nehmt, so kennt Ihr den Preis, den ich verlange.»

Sie hatten den Plan gemeinsam ausgeheckt. Olivia sollte so tun, als ginge sie auf Elizas Forderung ein, ihr versichern, daß sie das Geld bekäme, daß es aber eine Weile dauern würde. Das müßte ihnen, wie sie meinten, Zeit geben, eine günstige Gelegenheit für das Unvermeidliche zu finden. Diesmal, ermahnte Down Olivia, tat sie gut daran, auf ihn zu hören.

«Eliza darf nicht den geringsten Verdacht schöpfen, daß sie in Gefahr ist, sonst wird sie mit Sicherheit ihre Drohung wahr machen. Die Zuneigung, die Ihr in der Vergangenheit für sie empfunden habt, darf Euch jetzt nicht im Wege stehen: Euer Herz darf nicht über Euren Verstand regieren.»

Einen Mord hatte Olivia nie ernsthaft als einen Ausweg betrachtet, und die nüchterne Art, mit der Down an die Sache heran ging, ließ sie erschauern. Doch sie wußte, daß es keinen anderen Ausweg gab, es sei denn, sie würde sich mit dem Damoklesschwert abfinden, das über ihr schwebte. Denn wenn Eliza ihre Drohung je wahr machte und es ihr gelang, Marcus davon zu überzeugen, daß sie, nicht Olivia, in der Hochzeitsnacht seine ‹Braut› gewesen war und nun sein Kind erwartete, gab es kaum Zweifel, daß Marcus seine Frau verstoßen würde. Der Skandal würde unglaubliches Aufsehen erregen, er würde auch auf ihren Vater zurückfallen, und dessen Reaktion war etwas, das sie sich kaum vorzustellen wagte.

«Soll Ich Euch sagen, was ich vorhabe, oder wollt Ihr es lieber nicht wissen?» hatte Down sie gefragt. Darauf hatte sie nichts erwidert. «Nun gut, zunächst einmal tut Ihr genau, was ich Euch sage. Die Tatsache, daß sie ein Kind erwartet, kommt uns sehr entgegen. Wir brauchen nur dafür zu sorgen, daß es so aussieht, als habe sie sich das Leben genommen. Dann haben wir die alte Geschichte von dem unschuldigen Mädchen, das von einem treulosen Liebhaber sitzengelassen wurde.»

«Und wenn niemand ihren Zustand bemerkt?» fragte Olivia.

Er überlegte einen Moment. «Wir werden eins Eurer Schmuckstücke in ihre Tasche stecken, damit man annimmt, sie habe es gestohlen. Und habt Ihr von Eurer Hochzeitsnacht noch etwas von dem Mohnsirup übrig?»

«Eliza hat mehr davon geholt. Ich habe reichlich.»

«Bewahrt ihn gut auf.» Er riß sie an sich. «Euer Mann ist

im Spielhaus, Euer Vater in der Stadt, im Haus ist es ruhig.» Mit geübter Hand schnürte er ihr Mieder auf. «Wir beide, Lady, gehen jetzt ins Bett.»

Drei Wochen nachdem sie ihre Beziehung zu Down wieder begonnen hatte, war klar, daß Eliza immer aufsässiger wurde. Sie mußten eine günstige Gelegenheit finden, und zwar bald. Es war Marcus, der sie ihnen verschaffte. Eines Nachmittags kam er herein, vom Spiel und vom Wein erhitzt, und erzählte Olivia, er habe für den kommenden Tag eine Einladung nach Hertford, dort solle ein Wettkampf stattfinden, mit Ringen, Hahnenkämpfen und Bärenhatz. Er ginge davon aus, daß sie ihn nicht begleiten werde. Schon allein bei dem Gedanken schauderte ihr, und sie sagte, das wolle sie ganz bestimmt nicht. Sie verspürte nicht die geringste Lust, den Tag in der Gesellschaft zu verbringen, mit der er verkehrte.

«Wunderbar», meinte Down, als sie ihm davon erzählte, «das Glück ist auf unserer Seite. Wie Ihr wißt, plant Euer Vater wieder mit Sir Henry Clavell eine gemeinsame Expedition nach Indien, Clavell hat ihn für morgen in sein Haus in der Nähe von Barnes eingeladen, damit sie die Sache mit anderen Geldgebern besprechen, danach gibt es ein festliches Abendessen. Er will dort übernachten. Sagt Eliza, daß Ihr ihr morgen abend das Geld geben werdet. Wenn Euer Vater und Euer Mann das Haus verlassen haben, werden wir so tun, als wollten wir einen gemeinsamen Ausritt unternehmen.»

Sie blickte ihn verwirrt an. «Wozu denn das?»

«Damit ich später zurückkommen und Eliza sagen kann, daß es einen Unfall gegeben hat – etwa, daß Ihr vom Pferd gefallen seid, daß Ihr zwar nicht schwer verletzt seid, aber nicht reiten könnt und daher mich geschickt habt, um sie zu holen. Und daß sie niemandem davon erzählen darf, da es Sir Marcus erzürnen würde, daß wir beide allein ausgeritten sind.»

«Und was ist mit mir?»

«Ihr habt doch bestimmt eine Freundin, die Ihr besuchen und bei der Ihr lange bleiben könnt? Täuscht ein leichtes Unwohlsein vor, wenn das die Sache erleichtert. Ich denke, ich werde Eliza ungefähr um zehn Uhr weggeschafft haben. Dann könnt Ihr ganz arglos nach Hause kommen.»

Sie wirkte unschlüssig. «Das scheint mir sehr gefährlich.»

«Habt Ihr eine bessere Idee?» entgegnete er. «Nein? Dann müssen wir hoffen, daß das Glück uns weiter hold ist.»

«Wohin werdet Ihr sie bringen?»

«Zum Chelsea Creek. Ich werde behaupten, daß der Unfall sich in der Nähe des Gutes Eures Vaters ereignet habe und daß Ihr dort auf sie wartet. Ich werde sie im Damensitz auf meinem Pferd mitnehmen. Unterwegs werde ich eine Rast einlegen, damit wir eine Erfrischung zu uns nehmen können, und ihr dabei so viel von dem Trank geben, daß sie schläfrig wird. Dann werde ich sie vor mich setzen, um sicherzugehen, daß sie unterwegs nicht stürzt.» Er blickte auf ihren Hals. «Gebt mir Eure Kette. Etwas Wertvolles muß bei ihr aufgefunden werden.»

«Aber das war das Hochzeitsgeschenk meines Vaters, es wurde extra für den Anlaß angefertigt.»

«Ein ausreichender Grund für sie, wegzulaufen, nachdem sie es gestohlen hat.»

Widerstrebend reichte sie ihm die Kette, dazu ein Fläschchen mit Mohnsirup. Down steckte beides sorgfältig ein. «Seid nett zu dem Mädchen. Sagt ihr, Ihr wärt nach reiflicher Überlegung zu dem Entschluß gelangt, sie wieder in Euren Dienst zu nehmen, wenn das Kind geboren ist – vorausgesetzt, daß sie es auf dem Land zur Welt bringt und einen willigen Ehemann findet. Überlaßt mir alles Weitere.»

«Was werdet Ihr tun?» fragte sie.

«Mit ihr auf den Fluß hinaus fahren und sie stromaufwärts hineinstoßen. Wenn sie gefunden wird, wird man vermuten, daß sie sich ertränkt hat.»

Alles schien so einfach. Aber nun galoppierte sie die dunkle Straße entlang, mit einem zweiten Mord auf dem Gewissen.

Simon versuchte wieder zu Bewußtsein zu kommen. Ihm war furchtbar übel, sein Kopf schmerzte, und als er wach genug war und seine Arme bewegen wollte, bemerkte er, daß sie hinter seinem Rücken gefesselt waren. Außerdem war er offenbar in eine dicke, übelriechende Decke eingewickelt. Er mußte sich wach halten. Offensichtlich lag er auf dem Boden einer Kutsche, er fühlte ein Holpern unter sich und hörte das Geräusch der Räder. Er stieß einen Fluch aus. Zum zweiten Mal hatte John Bradedge recht behalten. Er hätte den Rat seines Dieners beherzigen, ihn zumindest mitnehmen sollen, statt sich einzureden, daß Olivia allein ihm nur wenig anhaben konnte, solange er grundlegende Vorsichtsmaßnahmen beachtete.

Aber jetzt war es nur allzu klar, daß sie nicht allein gewesen war. Die Tatsache, daß niemand sich in der Kammer versteckt oder hinter der Tür gelauert hatte, bedeutete gar nichts. Das schlimmste war, daß er ein solcher Narr gewesen war, daß er getrunken hatte, Wein getrunken hatte, der mit seinem eigenen Mohnsirup vermischt gewesen war. Warum um alles in der Welt hatte er den unangenehmen Geschmack nicht bemerkt, den typischen trockenen Mund? Sie mußte ihn in kleinen Mengen dem Wein beigemischt haben, wenn sie ihm etwas einschenkte, dann hatte sie den Rest in die Flasche geschüttet, damit er sich selbst bedienen konnte. Er konnte sich nicht daran erinnern, wann sie die Gelegenheit dazu gefunden hatte, denn die Ereignisse des Abends waren wie in einen Nebel getaucht. Eines war jedoch sicher: Als sie ihn aufgefordert hatte, ins Bett zu kommen, war er nur allzu eilig gefolgt, und die zunehmende Hoffnung, daß sie das tun würde, hatte dazu geführt, daß er jegliche Vorsicht in den Wind geschlagen hatte. O Gott, er würde alles, alles geben, wenn nur dieses Hämmern in seinem Kopf aufhören würde!

Nach einer Weile merkte er, daß die Kutsche anhielt, und hörte, wie ein Mann sagte, er wolle lieber nachsehen, ob der Kerl noch schlafe. Er fragte sich, ob er mit Olivia sprach. Würde sie so weit gehen, sich an seiner Ermordung zu beteiligen? Denn jetzt war er sicher, daß sie ihn umbringen wollten. Wieder verfluchte er seine grenzenlose Dummheit, durch die er sein Leben aufs Spiel gesetzt hatte. Wozu? Für eine Stunde des Vergnügens mit einer intriganten Hure? Er hörte Schritte, die sich um das Gefährt herumbewegten, dann öffnete sich die Tür, und jemand stieg herein. Simon verharrte vollkommen bewegungslos und atmete so ruhig er konnte, als die Decke von seinem Gesicht gezogen wurde und der Mann ihn mit seinem Fuß anstieß und herumdrehte.

«Kein Lebenszeichen», rief der Mann seinem Begleiter zu. Simon war nahezu sicher, daß es Francis Down war. Hatte er tatsächlich geglaubt, Olivia sei das beinahe unschuldige Opfer des Sekretärs? Daß sie sich in ihrer Not und Verzweiflung an ihn gewandt hätte? Sicherlich hatten beide von Anfang an gemeinsam gehandelt, Olivia war wahrscheinlich Downs Geliebte gewesen, vielleicht war sie es immer noch. Down prüfte nach, ob die Fesseln um seine Arme sich nicht gelöst hatten, dann versetzte er ihm einen kräftigen Tritt in die Seite; Simon unterdrückte mit Mühe einen Aufschrei. Darauf verließ Down die Kutsche und setzte sich wieder nach vorn zum Kutscher. «Los, weiter. Bieg hier links in den Weg ein und fahr so nah ans Ufer wie möglich, dann werden wir die Sache hinter uns bringen.»

Simon zerrte mit aller Kraft an den Fesseln um seine Arme und Handgelenke, doch ohne Erfolg. Ihm schien das gleiche Schicksal bestimmt zu sein wie Eliza. Wenn die beiden ihn ertränken wollten, würden sie ihm vorher die Fesseln lösen, so wie sie es bei ihr getan hatten? Vielleicht hatte Down, um ganz sicherzugehen, vor, ihn erst zu erstechen. Er spürte, daß die Kutsche in einen holperigen Weg einbog, die Räder knirschten, und sie schlingerte von einer Seite zur anderen. Dann hielt sie wieder an. Außer dem Schrei einer Eule war nichts zu hören, es war so still, daß Simon, der angestrengt lauschte, für einen Moment glaubte, in einiger Entfernung den Hufschlag eines Pferdes zu hören, aber er war nicht sicher, ob er sich das Geräusch nicht nur eingebildet hatte. O Gott, sein Kopf, wenn er doch nur klar denken könnte. Er nahm sich vor, nie, nie wieder irgend jemandem Mohnsirup zu verkaufen; künftig würde er ihn nur noch verabreichen, wenn er sicherstellen konnte, daß er ordnungsgemäß verwendet wurde. Dann lächelte er gequält, die Überlegung war müßig, da er wohl nicht mehr lange genug leben würde, um seinen Vorsatz zu verwirklichen.

Er hörte, wie Down und der Kutscher vom Bock abstiegen. Vermutlich war Olivia nicht mehr bei ihnen. Nach einer kurzen Pause hörte er, wie der Sekretär fluchte.

«Ich hätte nicht gedacht, daß der Wasserstand so niedrig ist. Nun gut, wir müssen eben das Beste daraus machen, hineinwaten und ihn so weit hinausstoßen, wie wir können.»

Er hatte also recht gehabt. Es sollte der Fluß sein. Die ganze traurige Geschichte war unauflöslich mit Londons bedeutender Wasserstraße verbunden, von der Entdekkung der Leiche Elizas bis zu ihrem letzten Akt.

«Ich habe nur gesagt, daß ich diese Kutsche lenke», erwiderte der Kutscher, doch sein markiger Ton klang nicht sonderlich überzeugend. «Von einem Mord war nie die Rede.»

«Das macht nichts, du bist gut genug bezahlt worden», entgegnete Down.

«Nicht gut genug für so etwas. Ich verschwinde», meinte der Kutscher, und in seiner Stimme schwang jetzt nackte Angst mit. Simon hörte, wie jemand wegrannte, dann folgten Geräusche eines Kampfes und ein Aufschrei des Kutschers.

«Steh auf, du Narr.» Down schien ein wenig außer Atem. «Das ist mein Dolch, der deine Rippen kitzelt. Mach keine Schwierigkeiten, sonst bringe ich dich auch um. Eigentlich würde mir das sogar sehr gut in den Kram passen. Ich könnte euch beide erstechen und es so aussehen lassen, als habe es einen Kampf gegeben, in dem er dich getötet hat, gleichzeitig aber von dir tödlich verwundet wurde. Hör auf zu wimmern und hilf mir, ihn herauszuschaffen.»

Er öffnete die Tür, und die beiden zogen Simon an den Füßen aus der Kutsche heraus, wobei sein Kopf auf das Trittbrett schlug, dann legten sie ihn aufs Gras. Irgendwo in der Nähe wieherte ein Pferd.

«Was war das?» fragte der Kutscher mit zitternder Stimme.

«Ein Pferd. Was sonst? Es wird auf einem der Felder in der Nähe sein.»

Down kniete sich hin, hob eins von Simons Augenlidern und schien zufrieden. «Das Zeug wirkt stärker, als ich dachte», meinte er. «Du nimmst die Füße, ich den Kopf, so bringen wir ihn hinunter.» Mühsam schleppten sie ihn ans Ufer. Er hörte das Geräusch fließenden Wassers, vermutlich war es der Fluß. Es roch unangenehm faulig.

«Jetzt», sagte Down, «müssen wir ihn über diesen Schlick hinüberbringen. Paß um Himmels willen auf, daß du ihn nicht fallen läßt.»

Sie hoben Simon wieder an, und er spürte, wie sie sich abmühten, als ihre Füße im zähen Schlick einsackten. Sie hatten offensichtlich große Schwierigkeiten, ihn zum Wasser zu schleppen. Der Kutscher rutschte aus und ließ seine Beine fallen, woraufhin Down den Kopf losließ. Simon fühlte, wie sein Gesicht im Schlick versank, er fürchtete schon, er würde ersticken, bevor die beiden ihn hochzogen, aber sie packten ihn wieder, und einige Minuten später spürte er, daß sie im Wasser waren. Bald umspülte es seinen Kopf.

«Gut», meinte Down und rang nach Luft, «ich werde seine Fesseln lösen, und dann schieben wir ihn so weit hinaus, wie es geht.»

«Wollt Ihr ihm nicht eins über den Schädel ziehen?» fragte der Kutscher.

«Nicht, wenn es sich vermeiden läßt. Mir wäre es lieber, wenn nichts auf ein Verbrechen hindeutet. In seinem Zustand müßte er ohne weiteres ertrinken.» Down lachte. «Diesmal wird er nicht von Spuren von Fesseln und von Mord faseln können.» Er drehte Simon herum, so daß er mit dem Gesicht im Fluß lag, als er seine Fesseln durchschnitt. Als Down ihn wieder umdrehen wollte, um ihn dann in den Fluß zu stoßen, kam plötzlich Leben in Simon, er versuchte, sich zu wehren, war aber hoffnungslos im Nachteil. Es gelang ihm nicht, sich in dem weichen Schlick aufzurichten, und je mehr er das versuchte, um so tiefer versank er darin. Außerdem war er schwerfällig und umnebelt vom Mohnsirup.

«Verdammt noch mal», brüllte Down, der jetzt selbst auf dem rutschigen Grunde ausglitt, dem Kutscher zu, «steh nicht so herum, um Himmels willen, drück seinen Kopf unter Wasser, damit ich ihn erledigen kann!» Er schwang seinen Dolch, und Simon wartete mit geschlossenen Augen darauf, daß er zustach. Statt dessen platschte es laut im seichten Wasser, ein Schrei ertönte, und der Mann, der ihn hatte ermorden wollen, stürzte in den Schlick und versank im Wasser. Es folgte ein Pistolenschuß, dann ein Aufschrei des Kutschers. John Bradedge hatte sie eingeholt.

Nachdem er erfahren hatte, daß Simon fort war, hatte er sich auf sein Pferd geschwungen und war so schnell aus dem Hof galoppiert, daß die Stallknechte nur den Kopf schüttelten. Er wußte gar nicht genau, wo er sich befand und in welcher Richtung Mortlake lag, da er nie zuvor so weit stromaufwärts gewesen war, aber wenn der Doktor mit seiner Vermutung recht hatte und Eliza im Fluß ertränkt worden war, schien es wahrscheinlich, daß der Mörder, wer immer es sein mochte, es noch einmal auf die gleiche Art versuchte.

Als er die Stelle erreichte, wo der Weg sich gabelte, kam ihm zum Glück ein Reiter entgegen, den er fragen konnte, ob er unterwegs eine Kutsche gesehen habe. Der Mann bejahte; eine Kutsche sei in die entgegengesetzte Richtung, nach Mortlake gefahren, und vorher sei er fast von der Straße gefegt worden, als ihn ein wahnsinniger Reiter in halsbrecherischem Tempo überholt habe. John dankte ihm und ritt in leichtem Galopp weiter, dankbar für den grasbewachsenen Streifen am Wegrand, der das Geräusch der Hufe dämpfte. Kurze Zeit später hörte er die Räder einer Kutsche vor sich, und es gelang ihm gerade noch, sein Pferd zu zügeln, als die Kutsche hielt. Aus Angst, er könne sich verraten, blieb er, wo er war, bis die Kutsche sich wieder in Bewegung setzte, den Weg verließ und zum Fluß hinunterfuhr. Dann folgte er in sicherer Entfernung und kam in genau dem Moment hinzu, in dem sein Herr ermordet werden sollte.

Nun schleppte er Down zur Seite und zog Simon hoch, der völlig durchnäßt und mit Schlick bedeckt war. Simon klammerte sich an seinen Retter und rang nach Luft. «Gott sei Dank, daß du mir nicht gehorcht hast. Ohne dich wäre ich jetzt tot.»

«Ja, mit Sicherheit, Doktor.» John hatte allen Grund, mit sich zufrieden zu sein, und konnte es nicht lassen, hinzuzufügen: «Ich habe Euch gesagt, was passieren würde, nicht wahr?»

«Das hast du, und ich kann dir nur von ganzem Herzen dafür danken, daß du ein so treuer Freund bist.» Simon sah auf seinen Angreifer herab, der im Schlick lag, nachdem der Wasserspiegel während des Kampfes weiter gesunken war. «Was hast du mit ihm gemacht?»

«Ihm mit dem Griff meines Schwertes eins über den Schädel gezogen, obwohl ich keine Bedenken gehabt hätte, ihn aufzuspießen.»

«Und der Schuß?»

«Der Kutscher wollte davonlaufen, also rief ich ihm zu, er solle stehenbleiben, und habe einen Schuß über seinen Kopf abgefeuert, damit er begreift, daß ich es ernst meine. Du da», rief er einer schattenhaften Gestalt neben einem Busch zu, «komm her und hilf uns, wenn du nicht willst, daß meine nächste Kugel dich trifft.»

Der Kutscher, der nun vor Angst völlig von Sinnen war, eilte herüber und folgte der Anweisung. Mit Mühe gelang es ihnen, Francis Down wieder ans Ufer zu zerren.

«Habe ich ihn getötet?» fragte John.

«Ich glaube nicht.» Simon kniete sich neben Down und untersuchte ihn. «Er hat eine häßliche, tiefe Wunde am Kopf und ist bewußtlos, aber er wird überleben – um am Galgen zu enden.» Als er aufstand, schwankte er. «Nein», antwortete er auf John Bradedges unausgesprochene Frage, «ich bin nicht wirklich verletzt, nur Schnittwunden und Beulen, und mein Körper ist ganz steif. Aber sie haben mich betäubt, und ich spüre die Wirkung noch.» Er wandte sich an den Kutscher und zeigte auf Down. «Wenn du nicht neben ihm in Tyburn hängen willst, dann tust du jetzt genau das, was wir dir sagen. Wir werden ihn nach London zurückbringen, und zwar in mein Haus. Ich werde mich in die Kutsche setzen und aufpassen, daß er nicht entwischt. Das Pferd meines Dieners werden wir hinten anbinden, und John wird neben dir sitzen – mit seiner Pistole.» In diesem Augenblick erinnerte er sich an seine eigene Stute. «Mein Pferd. Ich habe es im Wirtshaus gelassen.»

«Offenbar hat einer von ihnen es genommen, Doktor», sagte John. «Zumindest hat man mir das gesagt, und ich habe es dort nicht gefunden.»

«Nun gut, wir werden uns morgen darum kümmern – genauer gesagt, heute, aber später. Also zurück zur Bankside. Wir werden diesen Kerl irgendwo unterbringen, wo er keine Schwierigkeiten machen kann, uns waschen und ausruhen. Und dann, glaube ich, werden wir Dr. Field fragen, ob er so nett ist, uns alle zum Haus von Sir Wolford Barnes zu begleiten.»

15. Kapitel

Endspiel

Als Olivia die Stadt erreichte, war sie völlig erschöpft und zitterte vor Kälte. Bei Anbruch der Morgendämmerung erreichte sie Bishopsgate; zumindest konnte sie sicher sein, daß weder ihr Vater noch ihr Mann zu Hause sein würde und sie wegen ihrer Abwesenheit zur Rede stellten konnte. Marcus war ja in Kent bei seinem Vater, Sir Wolford und Sir Henry Clavell waren beide in Bristol, um sich um ihre Expedition nach Indien zu kümmern; sie wurden erst in einigen Tagen zurückerwartet. Die Diener würden vielleicht Zweifel an der Geschichte haben, die sie sich zurechtgelegt hatte – daß sie es sich in den Kopf gesetzt hatte, ohne die Begleitung eines Dieners frühmorgens auszureiten –, aber sie würden den Mund halten.

Sie ritt um das Haus herum, stieg von Simons Pferd und führte es zu den Ställen, wo – wie verabredet – der Pförtner wartete. Sie war auf einen dahingemurmelten mürrischen Kommentar gefaßt gewesen, aber er schwieg und blickte sie nur mit einem unangenehmen Funkeln in den Augen an, als empfinde er dabei eine tiefe Genugtuung. Dann führte er das Pferd, das ganz offensichtlich jemand anderem gehörte, in den Stall.

Leise öffnete sie die Hintertür, die zur Küche und den Gesindeunterkünften führte. Sie glaubte, es würde ihr gewiß gelingen, unbemerkt in ihre Kammer zu schlüpfen. Aber im Haus herrschte nicht die erwartete Ruhe, es war laut, Lichter brannten, Schritte waren zu hören. Alles deutete darauf hin, daß gerade jemand angekommen war. Dann erschien Hannah mit verstörtem Gesicht; offensichtlich hatte sie sich in aller Eile angezogen. Schlaftrunkene Dienstboten kamen die Hintertreppe herunter, rieben sich die Augen und gähnten.

«Oh, da seid Ihr, Herrin, Gott sei Dank», begrüßte Hannah sie voller Erleichterung. «Wir konnten uns nicht erklären, warum ihr nicht in Eurem Bett wart, und haben überall nach Euch gesucht. Ihr habt nicht gesagt, daß Ihr die Nacht außer Haus verbringen wollt. Und auch der Herr ist nicht daheim.»

«Ich bin nur in aller Frühe ausgeritten», erwiderte Olivia. Dann fragte sie, von einer bösen Vorahnung erfüllt: «Warum habt ihr nach mir gesucht? Was ist passiert?»

Die Wirtschafterin sah sie bestürzt an. «Es ist nicht an mir, Euch das zu sagen, Herrin. Sir Marcus erwartet Euch in der Wohnhalle.»

Olivia begann zu zittern und verspürte Übelkeit. Ihre Füße waren schwer wie Blei, als sie durch den Korridor zur großen Wohnhalle ging, die nun von Kerzenleuchtern erhellt war. Marcus saß am großen Tisch und blickte zur Tür. Olivia sah sofort, daß er völlig nüchtern war. Sie versuchte zu lächeln. «Warum bist du so früh zurückgekommen, Marcus? Ich hatte fest vor, dir im Laufe des Tages nachzureiten.»

«Wirklich?» Er musterte sie von Kopf bis Fuß, bemerkte ihre beschmutzte Kleidung und ihr zerzaustes Haar. «Ich könnte dir die gleiche Frage stellen. Wo bist du gewesen, Madam? Was tust du um diese nachtschlafende Zeit, oder, genauer gesagt, so früh am Morgen?»

«Ich konnte nicht schlafen. Daher bin ich in aller Frühe ausgeritten.»

Sein unangenehmes Lächeln verriet, daß er ihr kein Wort glaubte. «Ich bin vor ungefähr einer halben Stunde nach Hause gekommen, Olivia. Du warst nicht in unserem Bett, es war kalt und offensichtlich nicht benutzt worden. Niemand konnte mir sagen, wo du warst, und obwohl mich doch alle hätten belügen können, versicherte man mir, du habest nichts davon gesagt, daß du die Nacht außer Haus verbringen wolltest.»

Sie öffnete den Mund, brachte aber kein Wort heraus.

«Weißt du, ich bin hier, weil Vater gestern gestorben ist. Also kam ich her, um meine liebende und treue Frau mit nach Kent zu nehmen, nachdem verschiedene wichtige Angelegenheiten mit deinem Vater geklärt worden sind.»

Sie schluckte. «Es tut mir sehr leid, daß Lord Tuckett tot ist, und natürlich werde ich sofort mit dir nach Kent aufbrechen. Aber mein Vater ist mit Sir Henry Clavell in Bristol und wird erst zum Wochenende zurückerwartet.»

Marcus erhob sich. «Als klar war, daß mein Vater sterben würde und es keine Rettung für ihn gab, habe ich einen Boten zu Sir Wolford geschickt; er hatte mir seine Adresse in Bristol mitgeteilt. Dein Vater hat mir sofort eine Antwort gesandt. Jetzt ist er auf dem Weg hierher und wird wohl jeden Augenblick eintreffen.» Er ging auf sie zu. «Und nun, Olivia, wirst du vielleicht so freundlich sein, mir genau zu sagen, wo du gewesen bist und weshalb.»

Sie suchte verzweifelt nach einer Antwort und legte sich gerade eine wenig glaubwürdige Ausrede zurecht, als sie hörte, wie draußen rasselnd eine Kutsche anhielt. Im selben Augenblick eilte Hannah herein, um zu melden, daß der Herr aus Bristol zurückgekehrt war.

Der Morgen war schon angebrochen, als Simon und John Bradedge zu Hause eintrafen. Nachdem der Kutscher geholfen hatte, Down in genau das Nebengebäude zu schaffen, in dem Elizas Leiche gelegen hatte, schickten sie ihn mit der Warnung fort, falls er sich jemals wieder in der Bankside blicken ließe, würde man ihn einem Richter vorführen, damit er als Verbrecher gebrandmarkt werde.

Als sie Down auf die Steinfliesen legten, begann er zu stöhnen und fragte, wo er sei und was geschehen wäre.

Simon sah zu ihm herab. «Ich werde Euch sagen, was geschehen ist, Down. Ihr habt versucht, mich zu töten. Zum Glück ist es Euch nicht gelungen. Und was den Ort betrifft, an dem Ihr Euch befindet – Ihr seid in einem Nebengebäude meines Hauses, genau dort, wohin wir auch Euer Opfer brachten.» Simon beugte sich hinab und betrachtete die Wunde an Downs Kopf genauer, sie blutete noch immer ein wenig. «Ich werde Euren Kopf säubern und mit einer Salbe aus Amarant versorgen, ja, ich werde Euch sogar eine alte Strohmatratze geben, auf die Ihr Euch legen könnt. Dann werdet Ihr gefesselt hier warten, bis wir Euch zu Sir Wolford Barnes zurückbringen, als Geschenk. Grämt Euch nicht – Ihr werdet überleben – um am Galgen zu enden.»

Er ging ins Haus zurück, kaum fähig, die Augen offenzuhalten. Anna, die auch eine schlaflose Nacht verbracht hatte, saß neben ihrem Mann, ihr Kind hockte auf ihren Knien und lutschte am Daumen. Sie schrie vor Schreck auf, als sie sah, in welcher Verfassung Simon war, der noch immer in der verdreckten, völlig durchnäßten Kleidung steckte.

«Ich habe schon Schlimmeres als das erlebt, Anna». sagte er, während er sich mühsam die durchweichten Stiefel auszog. «Jetzt brauche ich eine Wanne voll heißem Wasser. Ich stinke wie ein Misthaufen.» Er wandte sich an John. «Du solltest ein wenig schlafen, wenn du kannst. Wenn ich Downs Wunde versorgt habe, will ich mich auch für ein paar Stunden ins Bett legen. Wir brauchen alle etwas Erholung, bevor wir zu unserem Besuch in Bishopsgate aufbrechen.»

Sir Wolfords Ankunft war eine glückliche Fügung, denn sie enthob Olivia einer Antwort auf Marcus' Frage. Sie ging sofort hinaus, um ihren Vater zu begrüßen und ihm ein Frühstück anzubieten. Da der übrige Haushalt auf seine Ankunft nicht vorbereitet war und er selbst nie besonders aufmerksam auf seine Umgebung achtete, entging es Sir Wolford, wie mitgenommen sie aussah. Er verlangte zuerst nach etwas zu essen und trinken, dann, nachdem er mit seinem Schwiegersohn und seiner schweigsamen Tochter gefrühstückt hatte, ging er zu seinem Schreibtisch und schickte sogleich nach seinem Sekretär.

Der Diener, der Francis Down holen sollte, kam wenige Minuten später zurück und meldete, er habe ihn nicht finden können. Sogleich brüllte Sir Wolford nach Hannah und befahl ihr, hinauf ins Dachgeschoß zu laufen und den faulen Schuft aus den Federn zu holen. Er wollte auch wissen, ob Down üblicherweise erst mittags aufstehe, wenn sein Herr außer Haus war. Aber auch Hannah kam mit der gleichen Nachricht zurück. Sie hatte ihn nicht finden können: «Außerdem, Sir, sein Bett scheint nicht benutzt worden zu sein.» Diese Mitteilung schien Sir Marcus besonders zu interessieren.

Inzwischen drängten sich mehrere Diener vor der Tür, um Sir Wolford zu sagen, daß Master Down seit dem Vortag spurlos verschwunden war. Während dieses Durcheinanders schwieg Sir Marcus und starrte nur unverwandt seine Frau an, als dämmere ihm etwas.

Sir Wolford wandte sich an Olivia. «Du warst die ganze Zeit über hier. Hast du eine Ahnung, wo er steckt?»

Sie schüttelte den Kopf und wich dabei dem Blick ihres Mannes aus. «Ich habe ihn seit gestern morgen nicht mehr gesehen.» Sie war unbeschreiblich müde, wollte aber nicht in ihr Zimmer gehen, aus Angst, ihr Mann könnte ihr dorthin folgen und klare Antworten auf seine Fragen verlangen – Antworten, die sie nicht geben konnte. Sir Wolford schrie so laut, daß jeder es hörte, Down solle, sobald er auftauche, unverzüglich zu ihm kommen; dann schlug er Marcus auf die Schulter und versicherte ihm sein Bedauern darüber, daß eine so nebensächliche Angelegenheit ihn aufhielt, wo es doch nach dem Tod seines Vaters, der gewiß ein schmerzlicher Verlust für ihn war, so vieles zu besprechen gebe.

Marcus wirkte nicht sonderlich erschüttert. «Sein Tod kam nicht unerwartet, und Vater hatte seine Angelegenheiten geordnet – zumindest soweit, wie sie sich ordnen ließen. Natürlich bin ich jetzt unabhängiger, aber ich kann nur wenig tun, um die finanzielle Lage zu verbessern, der Besitz ist schließlich Familiengut und er muß, Hypotheken hin oder her, als Ganzes an meinen Erben weitergegeben werden. Das heißt, falls ich jemals einen Erben haben werde. Vater war, als er starb, zutiefst enttäuscht darüber, daß nicht einmal die Aussicht darauf bestand.» Er warf Olivia einen finsteren Blick zu. «Ich hatte erwartet, daß Eure Tochter inzwischen schwanger wäre.»

«Ich bin keine Zuchtstute, die man mit dem Hengst zusammenbringt», entgegnete Olivia mit einer Spur ihres gewohnten Feuers. «Dein Vater wird doch wohl kaum eine Garantie erwartet haben.»

Sir Wolford blickte ein wenig überrascht vom einen zum andern. «Nun, die augenblickliche Situation ist nicht zu ändern, und jetzt ist kaum der passende Zeitpunkt, sie zu erörtern.» Er wandte sich wieder Marcus zu. «Wann soll Euer Vater bestattet werden?»

«Heute in vier Tagen. Der zusätzliche Tag soll uns Gelegenheit geben, meine beiden Onkel und andere Familienmitglieder zu benachrichtigen, damit sie an der Beerdigung teilnehmen können. Ich hoffe, daß es auch Euch möglich sein wird, Sir?»

Sir Wolford versicherte es ihm. Außerdem wollte er sogleich einen Boten zu seiner Frau in Stratford St. Anne schicken und sie bitten, sich unverzüglich auf den Weg nach London zu machen, um ihn zu begleiten. Sir Marcus dankte ihm und kam dann auf andere Dinge zu sprechen. Seine zukünftige Stellung als Familienoberhaupt schien ihm Selbstbewußtsein zu verleihen. «Jetzt möchte ich Euch bitten, wenn Ihr so gut sein wollt, einen Blick auf die Verfügungen im Testament meines Vaters und einige wichtige Papiere zu werfen. Ich habe die Absicht, unmittelbar nach dem Mittagessen zurück nach Kent zu reiten und Olivia mitzunehmen. Es gibt viel zu tun, und als zukünftige Herrin des Hauses hat sie die Pflicht, dafür zu sorgen, daß alles für die Beerdigung vorbereitet wird und Zimmer für die Trauergäste hergerichtet werden.»

Er breitete die Papiere auf dem Tisch aus, damit Sir Wolford sie lesen konnte. «Verdammt noch mal», fluchte dieser. «Welcher Teufel hat Down geritten, genau dann zu verschwinden, wenn ich ihn dringend brauche?»

Dankbar für die günstige Gelegenheit, die dieses Gespräch ihr bot, schlüpfte Olivia hinaus, eilte in ihr Zimmer und verschloß die Tür. Sie schälte sich mühsam aus ihren Kleidern, sank auf das Bett, und trotz all ihrer Ängste sank sie in Schlaf, als sie versuchte, eine Ausrede zu erfinden, warum sie die Nacht außer Haus verbracht hatte, eine Ausrede, gegen die ihr Mann nichts einwenden konnte, auch wenn er ihr kein Wort glaubte.

* * *

Am späten Vormittag klopfte Anna an Simons Schlafzimmertür, um ihm zu sagen, daß der Geistliche unten auf ihn wartete. Simon richtete sich auf und blinzelte ins Licht. Sein Kopf schmerzte noch immer, und obwohl er etliche Krüge Wasser und Ale getrunken hatte, war sein Mund noch ganz trocken. Vorsichtig untersuchte er seine Blessuren. Seine Handgelenke und Unterarme waren von den Fesseln aufgeschürft, und er hatte eine üble Prellung an der Stelle, wo Down ihn in die Rippen getreten hatte. Er rief Anna zu, er werde gleich kommen, dann zog er sich so schnell er konnte an, auch wenn er dabei immer wieder vor Schmerz zusammenzuckte, und ging dann nach unten, wo James Field in der Küche mit John Bradedge saß, der ihm offenbar eine farbige Beschreibung der nächtlichen Ereignisse gegeben hatte.

Field schüttelte Simon herzlich die Hand. «Gott sei Dank, daß Ihr alles sicher überstanden habt», meinte er. «Als ich heute morgen nichts von Euch hörte, bin ich Eurer Weisung gefolgt und habe Euren Brief gelesen. Nachdem ich noch eine Weile gewartet hatte, fühlte ich mich verpflichtet herzukommen, um herauszufinden, was Euch zugestoßen war. Ich muß Euch sagen, daß ich Angst um Euer Leben hatte.»

«Daß ich noch lebe und die Geschichte erzählen kann, verdanke ich allein John», erwiderte Simon lächelnd. «Weil er fürchtete, daß so etwas passieren könnte, widersetzte er sich meinen Befehlen und folgte mir nach Brentford. Offensichtlich muß ich noch viel lernen, bevor ich mich mit weiteren Fällen dieser Art abgebe. Falls ich je den Wunsch dazu verspüre», fügte er hinzu, «was ich allerdings bezweifle.»

«Es war Euch offensichtlich bestimmt, den Doktor bei dieser Unternehmung als Schutzengel zu begleiten, Master Bradedge», sagte Field, «und es uns so zu ermöglichen, ein Schlangennest auszuheben.» Dann fragte er, wo sich Francis Down befand.

«Im Nebengebäude meines Hauses, gefesselt und mit schmerzendem Kopf», erwiderte Simon. «Ich will ihn seinem Herrn übergeben, sobald ich gefrühstückt habe, und hoffte, Ihr würdet mich begleiten.»

Field lächelte voller Genugtuung. «Es ist wahrscheinlich nicht besonders christlich, aber ich muß sagen, ich freue mich sehr darauf.»

Einige Zeit später rief langandauerndes Läuten Sir Wolfords Pförtner ans Tor. Davor stand ein gutgekleideter Geistlicher in Begleitung eines untersetzten Mannes mit einer Narbe im Gesicht. Offensichtlich waren sie mit der Kutsche gekommen, die hinter ihnen stand. Als der Pförtner hörte, daß Dr. James Field, Pfarrer von Stratford St. Anne, Sir Wolford Barnes in einer dringenden Angelegenheit zu sprechen wünschte, öffnete er das Tor einen Spaltbreit, sagte ihnen in seinem üblichen mürrischen Ton, sie sollten warten, während er sich erkundigte, ob Sir Wolford – der gerade eben erst heimgekommen war, nachdem er die ganze Nacht unterwegs gewesen war und von wichtigen Dingen in Anspruch genommen wurde – bereit wäre, sie zu empfangen.

Dann wollte er das Tor wieder schließen, aber John, der vor diesem Verfahren gewarnt worden war, stemmte sofort seine Schulter dagegen, zwängte sich durch die Lücke und packte den Mann; mit einer Hand hielt er einen seiner Arme hinter seinem Rücken fest, mit der anderen setzte er ihm seinen Dolch auf den Rücken. «Du wirst jetzt still sein», zischte er dem erschrockenen Pförtner zu, «und tun, was man dir sagt, oder ich jage dir dieses Ding in den Leib. Glaub mir, ich spaße nicht.»

Inzwischen war Field zur Kutsche zurückgegangen und hatte Simon geholfen, den widerspenstigen Francis Down herauszuzerren. Er war noch immer mit Schlamm bespritzt, hatte die Hände auf dem Rücken gefesselt und war mit einem Schal geknebelt. Nachdem alle durch das Tor gegangen waren, verlangte Simon den Schlüssel des Pförtners, nahm ihn an sich und verschloß das Tor von innen. Dann machte sich die seltsame Gruppe auf den Weg zur Haustür, die offenstand. Als sie dort ankamen, zog John den Pförtner um eine Ecke, fesselte seine Hände, knebelte ihn und schob ihn unter einen geeigneten Busch. Dann schloß er sich wieder den anderen an.

Im Haus war es ruhig, die Dienstboten gingen ihrer Arbeit nach, und niemand stellte sich ihnen in den Weg, als sie eilig die Halle durchquerten und auf den Raum zugingen, in den Simon bei seinem ersten Besuch geführt worden war. Sie wußten, daß sie Sir Wolford dort antreffen würden, denn seine Stimme klang dröhnend durch die Tür.

Field stieß sie auf und trat als erster hinein. Sir Wolford saß neben seinem Schwiegersohn an einem großen Tisch, auf dem zahlreiche Papiere ausgebreitet waren. Er blickte seinen ungebetenen Gast voller Erstaunen an.

«Field? Um Gottes willen, was tut Ihr hier? Wer hat Euch hereingelassen? Niemand hat mich benachrichtigt, daß Ihr mich sprechen wollt.» Er machte eine abwehrende Geste. «Was immer auch der Zweck Eures Besuches sein mag, jetzt kann ich nicht mit Euch sprechen. Es gibt dringende Angelegenheiten, um die ich mich kümmern muß. Ihr müßt ein andermal wiederkommen und mir Euer Anliegen mitteilen – sofern Eure Herde in Stratford St. Anne Euch entbehren kann.»

Field lächelte, nahm sich einen Stuhl und setzte sich, als habe man ihn dazu aufgefordert. «Ich entschuldige mich für mein Eindringen, Sir Wolford, aber ich kann Euch versichern, daß Eure Angelegenheiten, wie dringlich sie auch sein mögen, nicht so wichtig sein können wie meine. Kommt herein, Dr. Forman», rief er nach hinten gewandt, und Simon erschien, gefolgt von John Bradedge, der Francis Down vor sich herschob. Dann schloß John die Tür und lehnte sich dagegen, das gezogene Schwert in der rechten Hand.

Sir Wolford sprang auf, rasend vor Wut. «Was zum Teufel soll das heißen, Forman? Wie könnt Ihr es wagen, mein Haus zu betreten? Habt Ihr Eure Lektion noch immer nicht gelernt? Diesmal werdet Ihr nicht nur Eure Zulassung verlieren, sondern Eure Freiheit. Ihr werdet im Gefängnis landen, und wenn ich mit Euch fertig bin, wird man den Schlüssel zu Eurem Verlies wegwerfen.» In diesem Moment bemerkte er den Gefangenen. «Down? Warum seid Ihr in einem solchen Zustand? Haben diese Räuber Euch so zugesetzt? Nehmt ihm sofort die Fesseln ab!» befahl er.

Nichts geschah. Sir Wolford drehte sich zu Sir Marcus um. «Sitzt nicht stocksteif da, sagt dem Pförtner, er soll augenblicklich den Constable herholen und ein paar starke Männer mitbringen.»

Marcus blickte suchend nach seinem Schwert, das er abgeschnallt und mit der Schlaufe über die Stuhllehne gehängt hatte. «Ah-ah», sagte Simon. «An Eurer Stelle würde ich nicht dieses Spielzeug versuchen zu benutzen. Ich bin ebenso gut bewaffnet wie mein Diener, und er versperrt die Tür. Was das Gefängnis betrifft, so gibt es mit Sicherheit einige unter uns, die in Kürze dort landen werden – um sich dort für den Weg nach Tyburn vorzubereiten. Nehmt doch Platz, Sir Wolford, Ihr wirkt allzu erhitzt.» Der Kaufmann sank auf seinen Stuhl zurück. «Ich glaube», fuhr Simon fort, «daß Eure Tochter an unserer Unterredung teilnehmen sollte, denn es wird ganz wesentlich um sie gehen.»

Marcus tastete verstohlen nach seinem Gürtel, worauf Simon innehielt. «Bevor Ihr nach Eurem Dolch greift oder gar um Hilfe ruft, muß ich Euch sagen, daß die Informationen, die wir Euch jetzt mitteilen werden, heute morgen auch einem Richter der Stadt vorgelegt wurden: Informationen, die für Euch, Sir Marcus, ganz besonders interessant sein dürften. Ich schlage vor, daß Ihr Euch anhört, worum es geht, bevor Ihr irgend etwas Unüberlegtes tut. Jetzt werde ich nach einer Dienerin suchen und sie bitten, Lady Tuckett zu holen.»

Das tat er, und als er zurückkam, hatte Sir Wolford sich soweit erholt, daß er noch einmal verlangte, Francis Down die Fesseln zu lösen. Simon entfernte immerhin den Schal, der den Mund des Sekretärs verschlossen hatte. «Dieser Mann hat sich seine Lage selbst zuzuschreiben», sagte er. «Und ich schlage vor, Ihr seht von weiteren Fragen ab, bis Eure Tochter hier ist.»

Olivia wurde von einer Dienerin aus unruhigem Schlaf geweckt, die sie mit großen Augen anstarrte und ihr atemlos vor Aufregung sagte, daß mehrere Herren bei ihrem Vater wären und sie sofort zu ihnen hinunterkommen sollte. Olivia hatte große Mühe, wach zu werden, verlangte dann nach Wasser, um ihr Gesicht zu waschen, kämmte sich flüchtig und bat das Mädchen, ihr in das erstbeste saubere Kleid zu helfen. Für etwas anderes blieb keine Zeit. Sie fragte sich, wer die Männer sein mochten und warum solche Eile geboten war, aber sie war in der gegenwärtigen Lage froh über jede Ablenkung. Sicherlich mußte auch Francis Down inzwischen zurückgekehrt sein und würde ihr sagen können, wie er Simon Forman beseitigt hatte.

Sie öffnete die Tür und starrte entgeistert auf das Bild, das sich ihr bot. Ihr Vater saß an seinem gewohnten Platz, sein Gesicht war von einer ungesunden Röte überzogen. Marcus saß neben ihm, seine Finger umklammerten die Tischplatte, und in seinem Gesicht lag ein Ausdruck, den sie nie zuvor bei ihm gesehen hatte. Ihnen gegenüber stand der Mann, von dem sie geglaubt hatte, er sei tot, während der, der ihn umbringen wollte, mit Schlamm bespritzt und einem provisorischen Verband um den Kopf an der Wand lehnte und in seinen durchnäßten Kleidern zitterte. Dr. James Field, der Pfarrherr aus Stratford St. Anne, saß mit grimmigem Gesicht da. Sie trat ins Zimmer, und die Tür schloß sich wie von selbst hinter ihr, als John Bradedge wieder seinen Posten bezog. Das Blut wich aus ihrem Gesicht. Simon bot ihr einen Stuhl an, auf den sie sich setzte.

«Nun», meinte Sir Wolford, der offenbar Mühe hatte, zu sprechen, «vielleicht seid Ihr jetzt endlich so gut, eine Erklärung abzugeben.» Er schaute zu John Bradedge hinüber, der an der Tür lehnte. «Ihr könnt uns kaum länger gefangenhalten. Ich werde dem ersten Diener, der anklopft, zurufen, er soll so viele Helfer wie möglich auftreiben, hier eindringen und uns befreien. Und wenn Ihr Euch dann vor Gericht für Eure Taten verantworten müßt, wird ganz London davon erfahren, dafür werde ich sorgen.»

Simon blickte ihn mit einem schiefen Lächeln an. «Ich weiß nicht. Nun, um es kurz zusammenzufassen, dieser Mann hier», er zog Down hoch und packte seine Schulter, «hat Eliza, die Dienerin Eurer Tochter, ermordet, dafür haben wir Beweise. Er wollte auch mich ermorden, aber dazu kommen wir später.

Wie ja gerade Ihr nur zu gut wißt, war ich nicht einverstanden mit den Erklärungen für den Tod des Mädchens und wurde so – man könnte sagen, von den altmodischen Idealen Wahrheit und Gerechtigkeit – getrieben, herauszufinden, was wirklich geschah; das führte dazu, daß Ihr alles in Eurer Macht stehende getan habt, mir meinen Lebensunterhalt zu rauben. Dabei hättet Ihr eigentlich merken müssen, daß ich nichts mehr zu verlieren hatte. Daher setzte ich meine Nachforschungen fort, die mich gestern auf Ersuchen Eurer Tochter in das Wirtshaus *The Three Pigeons* in Brentford führten.»

Sir Wolford schlug mit der Faust auf den Tisch. «Erwartet Ihr, daß ich diesen Unsinn glaube, Forman? Ihr gehört nicht ins Gefängnis, Ihr gehört ins Irrenhaus.» Er wandte sich an Marcus. «Habt Ihr jemals eine so verrückte Geschichte gehört?» Aber Sir Marcus reagierte nicht wie erwartet, sondern schaute Olivia an, als sei ihm endlich einiges klargeworden.

«Genau das hat Eure Tochter gestern abend in einem separaten Zimmer in den *Three Pigeons* zu mir gesagt», fuhr Simon fort. «Zu dem Zeitpunkt hatte ich kaum hinreichende Beweise. Jetzt habe ich genug, um Euch alle zu vernichten.»

«Was habt Ihr dazu zu sagen, Down?» unterbrach ihn Sir Wolford noch einmal. «Nun kommt, Ihr könnt Euch doch sicher gegen diese ungeheuerlichen Vorwürfe verteidigen?»

Ganz offensichtlich hatte Down einen so trockenen Mund, daß er kaum sprechen konnte. Simon nahm den Alekrug, der auf dem Tisch nah bei Sir Wolford stand, schenkte etwas in einen Becher und reichte ihn Down. Der Sekretär hob den Kopf. «Genau wie Ihr, Sir Wolford, halte auch ich diesen Mann für verrückt. Was er erzählt hat, ist ein Lügengespinst. Ich mußte mir das gleiche sagen lassen, als er mich ohne Vorwarnung angegriffen hat.»

In diesem Moment erhob sich Sir Marcus. «Bevor wir fortfahren, Sir Wolford, hätte auch ich gern Antworten auf einige Fragen. Vielleicht ist Eure Tochter so freundlich, mir zu erklären, was sie gestern abend mit diesem rührigen Doktor in Brentford gemacht hat. Als ich aus Kent zurückkam, war sie nicht zu Hause, kam erst in den frühen Morgenstunden zurück und behauptete, sie habe nicht schlafen können und sei am frühen Morgen ausgeritten. Hat sich dieser Kerl hier», er sah zu Down hinüber, «mit ihr auf dem Land herumgetrieben?»

Olivia schaute vom einen zum andern. «Ihr werdet doch wohl nichts von all dem glauben? Dieser Mann», sie zeigte auf Forman, «hat mich seit seinem ersten Besuch in diesem Haus verfolgt – aus Gründen, die ich erst gestern abend verstanden habe. Gestern bin ich in der Tat aufs Land hinausgeritten, da ich frische Luft und Bewegung brauchte, und ich habe in der Tat Master Down zu meinem Schutz mitgenommen. Offenbar hat Dr. Forman mir aufgelauert und ist mir gefolgt, denn als wir Rast machten, vor dem Heimweg, um eine Erfrischung zu uns zu nehmen, stürzte er plötzlich in das Zimmer, in dem ich allein saß, und behauptete, er besäße Informationen über Elizas Tod, die er mir unbedingt mitteilen müsse.»

«Und wo steckte der treue Master Down währenddessen?» wollte Sir Marcus wissen. «Saß er daneben und machte Notizen?» Wenn er nicht gerade völlig betrunken war, konnte er offensichtlich ganz scharfsinnig sein.

«Master Down hat mit anderen Bediensteten gegessen, wie es sich gehört», erwiderte Olivia. «Ich bat Dr. Forman, rasch zur Sache zu kommen, da es spät wurde und ich zurück nach Hause wollte. Daraufhin stürzte er sich auf mich, zerrte mich zu einem Sofa und versuchte mich zu vergewaltigen, dabei beteuerte er, er begehre mich schon lange und sei entschlossen, seinen Willen durchzusetzen. Ich habe ihm Widerstand geleistet, so gut ich konnte, wäre aber nicht unbeschadet davongekommen, wenn Master Down nicht erschienen wäre, um zu fragen, wann wir uns auf den Heimweg nach London machen würden.»

«Da habt Ihr es!» brüllte Sir Wolford. «Dafür werdet Ihr hängen, Forman.»

«Natürlich bin ich dankbar, daß Eure Tugend bewahrt wurde, Olivia», fuhr Sir Marcus fort, «aber das erklärt doch kaum, warum Down hier mit gefesselten Händen und verletztem Kopf steht.»

Olivia zögerte einen Augenblick zu lange, dann erwiderte sie: «Wir glaubten, er habe Dr. Forman vertrieben, aber auf dem Heimweg nach London überfiel er uns an einer einsamen Stelle mit Hilfe dieses Dieners dort.» Sie zeigte auf John Bradedge.

Field, der bisher schweigend den Wortwechsel verfolgt hatte, mischte sich jetzt ein. «Jetzt ist es aber genug! Sollte es nötig sein, werde ich später ausführlicher erklären, wie ich in diese Angelegenheit verwickelt wurde, einstweilen genügt es zu sagen, daß wir bei Dr. Formans Durchreise durch Stratford St. Anne» – Sir Wolford schüttelte ungläubig den Kopf – «über den Tod des Mädchens sprachen, da er bei ihrer Beerdigung anwesend war. Als er später der Familie sein Beileid aussprach, erzählte die Mutter des Mädchens ihm, daß ihre Tochter einhundert Guineen in Gold heimgebracht hatte, und obwohl ihr Mann und sie sie mit Fragen bestürmt hätten, hätte sie sich geweigert zu verraten, woher sie sie hatte. Sie sagte nur, es sei nicht gestohlen.»

«Seht Ihr», meinte Sir Wolford und schaute zu seinem Schwiegersohn auf, «er ist Teil dieser wahnwitzigen Verschwörung.»

Field achtete nicht darauf. «Später vertraute Mistress Pargeter sich mir an und zeigte mir das Geld. Zusammen mit den Auskünften über den Tod durch Ertrinken, die ich von Dr. Forman erbeten hatte, gab dies mir Anlaß zu großer Besorgnis. Ein Mann in meiner Stellung kennt die menschliche Schwachheit nur zu gut, und ich dachte, daß das Mädchen diese große Summe womöglich erhalten hat, damit sie über eine Sache Stillschweigen bewahrte, die zu einem öffentlichen Skandal für ihre Herrin führen konnte. Hinzufügen muß ich, daß ich Dr. Formans Vorgehensweise voll und ganz billige. Ihm blieb keine andere Wahl.»

Simon dankte ihm. «Ich war zu der gleichen Schlußfolgerung gelangt», sagte er. «Als Lady Tuckett mich aufsuchte – oh, ich versichere Euch, daß sie das getan hat», fügte er hinzu, als Sir Wolford wieder den Kopf schüttelte, «da fiel mir eine vage Ähnlichkeit zwischen ihr und ihrer Dienerin auf. Den wahren Zusammenhang begriff ich allerdings erst, als ich mit ihr darüber sprach – und zwar in einem Nebenzimmer des *Three Pigeons,* in das sie mich bestellt hatte. Ich habe nie versucht, sie zu vergewaltigen und denke, die Knechte werden sich daran erinnern, daß ich bewußtlos von Down und einem Kutscher in eine Kutsche geschleppt wurde.»

«Aber warum sollte mein Sekretär getan haben, was Ihr behauptet?» fragte Sir Wolford.

«Weil Eure Tochter, wie sie mir gesagt hat, ihre Dienerin beseitigen mußte, denn nachdem sie Eliza einmal für ihr Schweigen bezahlt hatte, wurde diese gierig und verlangte mehr. Lady Tuckett bat Down, sich für sie darum zu kümmern. Sie hat mir mit Tränen in den Augen versichert, daß sie nie den Tod des Mädchens gewollt hätte, aber daß er nicht auf sie gehört habe.»

In diesem Moment verlor Francis Down die Beherrschung. «Das ist also Euer Spiel, Lady! Ich soll den Wölfen vorgeworfen werden, damit Ihr unbehelligt bleibt! Habt Ihr Forman auch gesagt, wie Ihr gefleht habt, ich solle erst das Mädchen aus dem Weg schaffen, dann ihn selbst? Wie Ihr einen Schurken angeheuert habt, der ihn daran hindern sollte, bei der Untersuchung auszusagen? Ihr seid genauso schuldig, als wärt Ihr stets an meiner Seite gewesen. Und wollt Ihr wissen, warum Eliza Pargeter zum Schweigen gebracht werden mußte?» fragte er Sir Marcus ganz direkt.

«Nein», rief Olivia und sprang auf, «nein!» Sie schaute mit wildem Blick in die Runde. «Was auch immer er sagt, glaubt ihm kein Wort!»

Down sah Sir Marcus voll Verachtung an. «Sie hat das Mädchen dafür bezahlt, daß es in der Hochzeitsnacht ihren Platz einnahm, weil sie wußte, daß ihr Mann merken würde, daß sie keine Jungfrau mehr war. Ihr wurdet getäuscht, Sir Marcus, betäubt mit Wein, der mit Mohnsirup vermischt war. Ihr hattet in jener Nacht die Dienerin, nicht die Herrin im Bett.»

Sir Marcus ging auf Down zu, packte ihn am Wams und schüttelte ihn. «Ich habe lange einen Verdacht gegen Euch und Eure hinterhältige Art gehegt. Warum wart Ihr bereit, all das zu tun? Und welche anderen Dienste habt Ihr meiner Frau erwiesen?»

«Wie könnt Ihr dulden, daß er mich beleidigt?» rief Olivia. «Ein Mann, der in Eurem Dienst steht. Schaut ihn an. Ich weiß nicht, was er getan hat, wo er war, warum er mich dieser schrecklichen Dinge beschuldigt.» Sie machte einen Schritt auf ihren Vater zu, aber Marcus hatte Down losgelassen und packte sie statt dessen.

«Was ist wirklich gestern abend in Brentford passiert, Olivia? Bist du die Geliebte Formans?»

Als Down das hörte, lachte er laut. «Er ist nicht ihr Liebhaber! Ich, der Bedienstete, bin mit Eurer Frau ins Bett gegangen, lange bevor sie sich mit Euch verlobt hat – und auch danach. Aber ich war nicht der erste. Die Lady hat Gefallen daran. Und da ist noch etwas, das Ihr wissen solltet.» Er lachte wieder. «Habt Ihr gehört, daß die Dienerin schwanger war? Es war Euer Kind!»

Sir Marcus stürzte sich auf Down, packte ihn an der Kehle und hätte ihn erwürgt, hätten Simon und Field ihn nicht mit vereinten Kräften daran gehindert. «Laßt ihn!» befahl der Pfarrer, während Down nach Atem rang. «Er wird in dieser und in der kommenden Welt gerichtet werden. Überlaßt ihn dem Allmächtigen und dem Gesetz.»

Sir Wolford gab einen erstickten Laut von sich, sank dann in sich zusammen und atmete schwer, aber Sir Marcus beachtete ihn nicht, sondern wandte sich wieder Olivia zu. «Ist das wahr? Sag mir, Hure, ist das wahr? Keine Angst», meinte er, als sie zurückwich, «ich werde mein gutes Schwert nicht mit deinem Blut besudeln.»

Olivia sah zu ihm auf. «Mein Vater hat mich an dich verkauft, Marcus, so wie er andere Waren kauft und verkauft. Ich hatte bei der Angelegenheit wenig zu sagen. Es war ein Handel: sein Reichtum für deinen Titel. Ja, ich hatte Liebhaber. Einen Schauspieler, den ich wirklich geliebt habe. Und Francis Down, weil ich mich langweilte, nach Vergnügen sehnte und er verfügbar war.»

Sir Marcus starrte sie entsetzt an. «Du hast mein Kind getötet», sagte er. «Nicht nur das Mädchen, sondern auch mein Kind. Du bist schlimmer als eine Hure in Bankside.»

«Bist du etwa besser?» entgegnete sie. «Du bist ein Trunkenbold, der seine Zeit in Spielhäusern und Bordellen verbringt. Jedes Mal, wenn ich mit dir im Bett war, hatte ich entsetzliche Angst, mir die Syphilis zu holen.»

Die beiden schienen vergessen zu haben, daß sie nicht allein waren. Marcus packte Olivias Hand und zerrte sie um den Tisch herum zu ihrem Vater. «Da, nehmt sie zurück. Ich will keine beschmutzten Waren. Eigentlich ist es nur gut, daß du kein Kind erwartest», meinte er zu ihr, «denn wie sollte ich wissen, ob es von mir ist?»

Sir Wolford versuchte aufzustehen, sein Atem ging rasselnd, und sein Gesicht verfärbte sich dunkelrot. Er versuchte zu sprechen, brachte aber nur unverständliche Laute hervor. Dann sackte er nach vorn auf den Tisch. Simon eilte sofort zu ihm und schob ihn zurück auf seinen Stuhl. «Ruft Eure Diener», wies er Olivia und ihren Mann an, «er muß zu Bett gebracht werden. Ich werde für ihn tun, was ich kann, aber er ist totkrank.»

«Das geht mich nichts mehr an», erwiderte Sir Marcus. «Ich werde sofort nach Kent aufbrechen. Sobald mein Vater beerdigt ist, werde ich unsere Ehe annullieren lassen, Olivia. Ich will dich niemals wiedersehen oder irgend etwas von dir hören.»

«Aber was soll aus mir werden?» fragte sie verzweifelt.

«Was kümmert mich das? Wenn du dir Mühe gibst, wirst du schon einen anderen finden. Das heißt, wenn du nicht mit deinem Liebhaber auf dem Schafott landest.» Er ging zur Tür, die John Bradedge für ihn öffnete, und verließ das Haus.

Als Simon nach den Dienern rief, waren einige von ihnen erstaunlich rasch zur Stelle. Sie mußten wohl in der Nähe gelauert haben, denn ihnen konnte kaum entgangen sein, daß etwas nicht stimmte. Als erste kam Hannah herein, sie schrie bestürzt auf, als sie ihren Herrn reglos im Stuhl liegen sah. «Bittet zwei Diener, ein Weidengitter aus dem Hof zu holen», wies Simon sie an, «damit wir ihn darauf legen und in sein Zimmer tragen können.»

Während Hannah seine Anweisung ausführte, bat er John, Down nach draußen zu bringen und einen sicheren Ort ausfindig zu machen, an dem er warten konnte, bis der Constable kam. «Es wird wohl besser sein, dem Pförtner die Fesseln abzunehmen, obwohl ich dich um diese Aufgabe nicht beneide. Ich kann nur hoffen, daß mein Pferd irgendwo hier ist, denn ich kann mir kein anderes leisten», fügte Simon seufzend hinzu. Das Gitter wurde gebracht, Sir Wolford daraufgelegt und die Treppe hinaufgetragen, was nicht einfach war, denn er war ein stattlicher Mann. Simon und Olivia bildeten die Nachhut der Prozession.

«Euch ist klar, daß die Behörden über all das informiert werden müssen?» fragte er. «Ich habe die Wahrheit gesagt, als ich behauptet habe, daß wir bereits Anklage gegen Down erhoben haben. Er wird sich ganz sicher vor Gericht verantworten müssen. Ob er Euch mit hineinzieht oder nicht, ist eine andere Frage. Aber jetzt muß ich sehen, was ich für Euren Vater tun kann.»

«Wird er überleben?» fragte sie.

«Das liegt in den Händen des Allmächtigen, aber ich bezweifle es.» James Field stand bereits unten am Fuß der Treppe, und Simon rief ihm zu: «Ihr solltet auch zu ihm kommen, Sir. Er wird einen Mann der Kirche brauchen, wenn er seinen Frieden mit dieser Welt machen will.»

Olivia blickte den Pfarrer mit einem schiefen Lächeln an. «Das Glück scheint Euch hold zu sein, Pfarrer. Wenn mein Vater stirbt, wird kein Erbe da sein, der Euch Euer Gut streitig macht.» Vor der Tür des Schlafzimmers ihres Vaters blieb sie stehen und legte die Hand auf Simons Arm. «Offenbar habt Ihr die meisten Trümpfe in diesem Spiel, Dr. Forman», sagte sie, «aber glaubt nicht, daß Ihr alle habt.»

Epilog

«Tot?» dröhnte Simon. «Hast du gesagt, er ist *tot*? Wie ist das möglich?»

John Bradedge zuckte die Achseln. «Das hat mir der Wärter im Gefängnis gesagt. Er meinte, Down habe nachts schreckliche Magenkrämpfe bekommen und sei noch vor Morgengrauen gestorben. Und das, wo morgen seine Verhandlung stattfinden sollte.»

Der Juni war vergangen, der Juli hatte begonnen, das Wetter war noch immer unbeständig, aber es gab schöne Sonnentage wie diesen. Nachdem Simon seine Aufzeichnungen vervollständigt hatte, war er in seinen Kräutergarten gegangen. Die Planung und Bepflanzung dieses Garten war die einzige Freude, die ihn, den Sohn eines Landarbeiters aus Quidhampton, noch mit seinen ländlichen Wurzeln verband, derer er sich ansonsten glücklich entledigt hatte. Er empfand die Arbeit als entspannend und beruhigend. Sie erforderte auch Sachkenntnis, und nicht nur in der Gartenarbeit, denn die Wirksamkeit vieler Kräuter hing davon ab, daß sie in der richtigen Mondphase gepflanzt wurden oder daß ihr Planet im Aszendenten stand. Der Duft der Kräuter erfüllte die Luft.

Seine Zukunft war noch immer ungewiß. Dr. Field hatte versprochen, alles in seiner Macht stehende zu tun, damit das Königliche Ärztekolleg Simon seine Zulassung zurückgab, und auf sein Wort war Verlaß gewesen: Er hatte nicht nur geschrieben, sondern war auch nach London zurückgekommen, um mit dem Präsidenten persönlich zu sprechen. Man hatte wohl keine Eile, zu einer Entscheidung zu gelangen, und in der Zwischenzeit hatte Simon ganz diskret einige seiner Patienten in der Innenstadt und in Blackfriars besucht, ohne deshalb behelligt worden zu sein.

Fields Aufgabe wurde dadurch erleichtert, daß Sir Wolford, wie Simon erwartet hatte, den Folgen seines Schlaganfalls erlag, nachdem er eine Woche lang bewußtlos gewesen war. Die Beerdigung hatte in aller Stille stattgefunden, was der Öffentlichkeit nicht entgangen war. Von Olivia Tuckett hatte er nichts gehört, weshalb er annahm, Francis Down habe seine Absicht geändert und ihre Mitschuld nicht erwähnt oder man habe ihm, als er sie erwähnt hatte, nicht geglaubt. Sir Wolford mochte tot sein, und die Tucketts mochten getrennt leben, aber weder ihnen noch Sir Wolfords Geschäftsfreunden war an einem offenen Skandal gelegen. Down war ein willkommener Sündenbock, und Simon hatte keinen Zweifel daran, daß man alle Hebel in Bewegung gesetzt hatte, damit es dabei blieb.

Aber wenn es wahr war, was John Bradedge behauptete, würde es keine Untersuchung geben, und Down war doch noch dem Galgen entkommen. Simon ging ins Haus zurück und wusch sich die Erde von den Händen. Somit würde die Wahrheit nicht ans Licht kommen, und Sir Thomas Monkton brauchte sein Urteil nicht zu revidieren. Simon griff nach seinem Wams und seinem Hut. «Ich werde vor der Mittagszeit zurück sein», teilte er den Bradedges mit. «Ich gehe zu Sir Wolfords Haus und dann zum Newgate Gefängnis.»

Simon wanderte durch das geschäftige Bankside-Viertel zur London Bridge. Das Leben hatte seinen gewohnten Gang genommen, während er sich mühte, das Rätsel um Elizas Tod zu lösen. Die ganze Geschichte erschien ihm jetzt so unwirklich wie eine Theateraufführung. Bei diesem Gedanken blickte er über die Schulter zum Rose Theatre, wo eine flatternde Fahne ankündigte, daß am Nachmittag eine Vorstellung stattfinden würde.

Als er die Brücke überquerte, dachte er an Olivia und daran, was sie nach dem Zusammenbruch ihres Vaters zu ihm gesagt hatte. Tapfere Worte – oder hatte sie wirklich noch einen Trumpf im Ärmel, den sie ausspielen konnte? Seine Gedanken wanderten zu dem Abend in den *Three Pigeons,* und er stellte sich vor, was hätte geschehen können, wenn er nicht betäubt gewesen wäre. Sicherlich keine Vergewaltigung; er war überzeugt, daß sie sich tatsächlich zu ihm hingezogen gefühlt hatte, auch wenn sie sich dies für ihre Absichten zunutze gemacht hatte. Eine Nacht mit Olivia wäre bestimmt unvergeßlich gewesen. Seine Hoffnungen richteten sich jetzt allerdings auf eine andere Frau, denn in den letzten Tagen war ihm zweimal die bezaubernde Avisa Allen begegnet, als sie ihren Onkel besuchen wollte. Beim letzten Mal war ihr eine entzückende Röte in die Wangen gestiegen, und sie hatte ihm gesagt, daß sie ihn demnächst aufsuchen wolle, um mit ihm über ein geringfügiges gesundheitliches Anliegen zu sprechen. Darauf freute er sich.

Obwohl seit Sir Wolfords Tod erst wenige Wochen vergangen waren, wirkte sein Haus ein wenig vernachlässigt. Vom Pförtner war nichts zu sehen, und als Simon läutete, öffnete Hannah ihm. Er fragte, ob Olivia zu sprechen sei.

Hannah erklärte ihm, daß Lady Tuckett nicht zu Hause sei, sie könne aber Lady Barnes fragen, ob sie ihn empfangen wolle. «Die arme Frau, sie ist von all diesen Schicksalsschlägen ganz mitgenommen», seufzte sie, «und auch in ihren besten Zeiten war sie nicht die Gesündeste.»

Sie führte ihn ins Haus und bat ihn in der Halle zu

warten, während sie die Herrin fragte, ob sie sich kräftig genug fühlte, einen Besucher zu empfangen. Sie kam nach wenigen Minuten zurück und bat Simon in ein kleines Wohnzimmer. Lady Barnes, eine verblaßte Kopie ihres Portraits, ruhte auf einem kleinen Sofa, die Beine unter einer Decke. Sie wies auf einen Stuhl.

«Ich hoffe, es wird nicht lange dauern, Dr. Forman. Ihr seht, daß ich schwach und alles andere als gesund bin.»

Simon versicherte ihr, daß er ihre Zeit nicht allzu sehr in Anspruch nehmen würde, behauptete, obwohl es nicht der Wahrheit entsprach, daß er mit Bedauern vom Tod ihres Mannes gehört habe, und meinte, daß er eigentlich gekommen sei, um mit ihrer Tochter zu sprechen. Es war offenkundig, daß Lady Barnes nur wenig Ahnung davon hatte, was vorgefallen war und welche Rolle er dabei gespielt hatte. Ihr waren nur die schlimmen Folgen bewußt: daß sie das Gut in Essex verlassen mußte, wo sie glücklich gewesen war, und in die Stadt kommen mußte, wo sie nicht glücklich war, und daß Marcus, der neue Lord Tuckett, nicht mehr gewillt war, Olivia als seine Ehefrau zu akzeptieren.

«Was aus all dem werden soll, weiß ich nicht, auch nicht, warum wir so vom Unglück heimgesucht sind», klagte sie. Und über Olivia: «Meine Tochter ist gestern abend nach Paris abgereist. Mein verstorbener Gatte hat dort einen Geschäftsfreund, dessen Familie sie besucht. Sie wird wohl einige Monate dort bleiben.» Bis das Urteil über Francis Down gefällt war, dachte Simon gequält. Aber sie hätte sich keine Sorgen machen müssen, denn der Mann war tot. Er überlegte, ob sie diese Flucht nach Frankreich erwogen hatte, als sie meinte, das Spiel sei noch nicht zu Ende. Ganz offensichtlich war es müßig, Lady Barnes weiter zu befragen; also verabschiedete er sich und machte sich auf den Weg nach Newgate.

Lady Barnes lebte also allein in dem großen Haus. Simon fragte sich, ob sie dort bleiben würde – ohne ihren Mann und ohne das gesellige Leben, für das Olivia und Marcus gesorgt hätten, wenn sie und ihre für die Zukunft erwarteten Kinder in die Stadt gekommen wären. Aber was für Lady Barnes schmerzlich war, war für James Field äußerst erfreulich.

Es bereitete ihm große Genugtuung, sein Erbe anzutreten. Simon hatte ihn gefragt, ob er weiter als Pfarrer in der Gemeinde tätig sein wolle, und er hatte geantwortet, ja, vorläufig schon, aber er wolle nach einem geeigneten Hilfsgeistlichen suchen, der sich um die alltäglichen Dinge kümmern sollte. Zu seiner Überraschung habe er festgestellt, daß ihm seine Herde ans Herz gewachsen war.

Was die Pargeters anbetraf, so hatte er ihnen so viel von den Geschehnissen mitgeteilt, wie sie seiner Meinung nach wissen sollten. «Zumindest haben sie die Genugtuung», schrieb er Simon, «daß der Hauptschuldige vor Gericht stehen wird. Ich habe ihnen auch zugesichert, daß ihre Pacht auf dem Gut nicht angetastet wird und sie weiterhin dort arbeiten können. Da sie nicht wußten, wie Eliza zu den hundert Guineen gekommen war, sehe ich keinen Grund, warum sie sie nicht behalten sollten.» Er hatte seinen Brief mit der Zusicherung beendet, daß Simon jederzeit willkommen sei, wenn er ihn und seine Familie irgendwann besuchen wolle.

Simon hatte jetzt das Newgate-Gefängnis erreicht. Hätte Francis Down, da er außer dem Strick des Henkers nichts mehr zu erwarten hatte, Olivia in einem letzten Racheakt in die Sache hineingezogen? Nun, die Frage war müßig. Simon ging zur Hintertür, spähte durch das Gitterfenster und fragte den diensthabenden Wärter, ob der Kerkermeister zu sprechen sei. Auf seine Frage erntete er nur einen gleichgültigen Blick, doch als Geld von einer Hand zur anderen wanderte, wurde die Tür geöffnet und der Mann schlurfte einen naßkalten Flur entlang. Der Gestank, der aus den überfüllten Zellen nach oben drang, war so unerträglich, daß Simon sich ein Taschentuch vor die Nase hielt.

Der Kerkermeister befand sich in seinem Dienstzimmer, einem Kabuff, das ein wenig sauberer war als der Korridor draußen. Der Mann saß an einem abgenutzten Tisch und brütete über einem kleinen Stapel Papiere, eine geöffnete Flasche Brandy neben sich. Er kannte Simon vom Sehen, denn er hatte gelegentlich nach ihm geschickt, damit er einen kranken Gefangenen behandelte, der genug Geld besaß, um einen Arzt bezahlen zu können. Die meisten Ärzte weigerten sich, ihren Fuß in ein Gefängnis zu setzen.

Der Kerkermeister deutete auf die Papiere. «Futter für Tyburn», sagte er. «Die, die morgen am Galgen hängen werden. Nun, Doktor, was wollt Ihr?»

«Es geht um einen der Häftlinge, dem ebendieses Los blühte. Er sollte morgen vor Gericht stehen, aber wie ich höre, hat er Euch ein Schnippchen geschlagen.»

Der Oberaufseher runzelte die Stirn. «Wer soll das sein?»

«Ein Mann namens Francis Down. Er war der Sekretär des verstorbenen Sir Wolford Barnes, eines Handelsherrn. Ich habe gehört, daß er tot ist.»

«Und warum interessiert Ihr Euch für ihn?»

Simon erklärte ihm, daß der Mann dank seiner Bemühungen vor Gericht gebracht worden war. «Auch kommt sein Tod so unerwartet, denn als ich ihn zuletzt sah, war er bei guter Gesundheit, abgesehen von einer Wunde am Kopf. Und ich habe nichts darüber gehört, daß Euer Gefängnis zur Zeit vom Kerkerfieber oder von der roten Ruhr heimgesucht wird.»

Der Mann pflichtete ihm bei und meinte, Down sei begünstigt gewesen, da er sich eine eigene Zelle habe leisten können – ein echter Luxus, denn ansonsten wäre er in einer der großen Gemeinschaftszellen untergebracht worden. Deshalb habe er sich auch weniger vor ansteckenden Krankheiten fürchten müssen. Er habe sich sogar eine Matratze leihen, Kerzen kaufen und Essen besorgen lassen können. «So kann niemand behaupten, daß er an dem gestorben ist, was er hier zu essen bekommen hat», schloß er.

«Hatte er Besuch?»

«Warum fragt Ihr?» erwiderte der Kerkermeister mit unstetem Blick.

«Ja oder nein?» fragte Simon.

Der Mann kratzte sich in der Leistengegend. «Diese verdammten Flöhe», murrte er. «Irgendeine Frau kam gestern», gab er schließlich zu. «Sie gab mir eine Guinea, um mit dem Gefangenen zu sprechen. Sah nichts Schlechtes daran.»

«Wie sah sie aus?»

«Schwer zu sagen. Sie trug einen weiten Mantel mit einer Kapuze, die ihr Gesicht fast vollständig verbarg. Drückte sich aber sehr gewählt aus. Wohl von adliger Herkunft. Ich hielt sie für seine Dirne. Viele von denen mögen es etwas derber, wenn es um Liebe geht. Aber das wißt Ihr in Eurem Beruf wohl selbst.»

Simon blieb hartnäckig. «Hat sie irgend etwas mitgebracht?»

«Sie brachte zu essen und zu trinken. In einem Korb. Zeigte mir eine Pastete, ein paar Apfelsinen und zwei Flaschen Wein. Sonst hatte sie nichts. Ich habe nachgesehen.»

Simon hätte es wissen sollen. Das mußte es sein, natürlich. So hatte Olivia schließlich ihren Trumpf doch noch ausgespielt. Er fragte sich, wie die letzte Begegnung zwischen den beiden verlaufen war, als sie Down das schmackhafte Essen gebracht hatte, wie es ihr gelungen war, das Gift zu beschaffen, das sie in den Wein gemischt haben mußte, und was sie verwendet hatte. Mönchskraut? Das wirkte nicht schnell genug. Tollkirsche? Die Symptome stimmten nicht. Vielleicht eins der mineralischen Gifte. Jetzt würde er es nie erfahren.

«War es das?» brummte der Kerkermeister.

Simon sagte, ja, das sei alles, er werde ihn nicht länger von seiner Arbeit abhalten. Der Mann zuckte die Achseln. «Wollt Ihr nicht wissen, wer sie war?»

Simon schaute ihn erstaunt an. Olivia war sicherlich nicht so dreist gewesen, ihren eigenen Namen anzugeben. Der Kerkermeister griff in ein Regal und zog ein großes, abgenutztes Buch heraus. Er schlug es auf und blätterte bis zur Liste der vergangenen Tage, die er mit seinem schmutzigen Finger entlangwanderte. Dann schob er es zu Simon hinüber, damit er die Unterschrift sehen konnte.

In einer klaren, kühnen Handschrift stand da der Name ‹Eliza Pargeter›.

Nachwort der Autorin

Der historische Doktor Simon Forman

Lange Zeit war der Eintrag im *Dictionary of National Biography* fast unsere einzige Informationsquelle über ihn. In diesem Lexikonartikel, der in den späten 1870ern von Sir Sydney Lee verfaßt wurde, wimmelt es von Irrtümern. Forman wird darin als Scharlatan und Quacksalber beschrieben – eine Ansicht, zu der Lee vermutlich gelangt war, nachdem er von den Konflikten gelesen hatte, die Simon Forman einige Jahre lang mit dem Königlichen Ärztekolleg auszufechten hatte. Spätere Forschungen, die wir zu einem großen Teil Dr. A. L. Rowse verdanken, zeigen, daß er alles andere als ein Kurpfuscher war, daß er viele neue Vorstellungen vertrat, die er auf dem Kontinent kennengelernt hatte. Damit war er jenen, die das Denken in England zu seiner Zeit bestimmten, weit voraus. So hielt er zum Beispiel nichts vom Aderlaß, der damals allgemein üblich war und es noch mehrere Jahrhunderte blieb; seiner Meinung nach wurde der Patient dadurch nur geschwächt. Die Tatsache, daß er sich in der Astrologie auskannte, Horoskope erstellte und sie auch für seine Diagnosen nutzte, machte ihn nicht zu einem Quacksalber; dies war gängige Praxis bei den meisten Ärzten und auch bei einem der ersten, allgemein geachteten Präsidenten des Königlichen Ärztekollegs.

Simon Forman wurde wahrscheinlich 1558 als jüngstes von fünf Kindern in Quidhampton, Wiltshire, geboren. Sein Vater, ein Landarbeiter, starb, als er noch sehr jung war, und hinterließ eine Familie, die ganz und gar nicht begütert war. Nach dem Besuch der Dorfschule gelang ihm der Wechsel auf das Gymnasium des Ortes, wo er als glänzender Schüler galt. Es war die Neue Wissenschaft, die ihn faszinierte, und er wollte Medizin studieren. Seinen Lehrern war sehr daran gelegen, daß er die Universität von Oxford besuchte, seiner Mutter gefielen seine ehrgeizigen Pläne nicht, was angesichts ihrer Lage kaum überraschend war. Was er erreichen konnte, war eine zeitlich begrenzte Anstellung als Diener beim Sohn eines Ortspfarrers, der in Oxford studierte. Forman konnte einige Vorlesungen besuchen, wurde aber selbst als Student nicht zugelassen, da er nicht über die finanziellen Mittel verfügte und kein Stipendium erhalten hatte.

Nach einem Jahr kehrte er nach Wiltshire zurück, um dort Arbeit zu suchen. Er geriet bald mit dem Gutsbesitzer Giles Estcourt aneinander, was zur Folge hatte, daß er fast ein Jahr im Gefängnis verbrachte. Es folgt eine riesige Nachrichtenlücke. Später hat er als praktischer Arzt in Salisbury gearbeitet (in dieser Zeit zeugte er ein uneheliches Kind), bevor er nach London zog, wo er als zugelassener Arzt mit der offiziellen Anerkennung der Universität von Cambridge praktizierte. Wir wissen nicht, ob er in Italien oder anderswo auf dem Kontinent studiert hat. Ich jedenfalls bin im Zusammenhang mit dieser Geschichte zu dem Schluß gekommen, daß es in Italien war.

Als Forman in London zu praktizieren begann, wurde er immer wieder vom Königlichen Ärztekolleg vorgeladen, man weigerte sich, ihn als Arzt anzuerkennen, obwohl seine Qualifikation von Cambridge bestätigt worden war.

Man mißbilligte seine Ansichten, betrachtete ihn als Emporkömmling, der aus den Reihen der Armen aufgestiegen war, und setzte aller Wahrscheinlichkeit nach das Gerücht in die Welt, er sei ein Geisterbeschwörer, der Schwarze Kunst betreibe.

Dr. Rowse schreibt, er habe sich 1593 oder 1594 als Arzt in London niedergelassen. Man nimmt an, daß der große Spion der Königin Elizabeth, Sir Francis Walsingham, sich bei einer Gelegenheit für ihn einsetzte und verhinderte, daß er auf Betreiben des Königlichen Ärztekollegs ins Gefängnis geworfen wurde. Wenn das zutrifft, muß er schon 1590 in London gearbeitet haben, denn im Frühjahr jenes Jahres starb Walsingham.

Fest steht jedenfalls, daß Simon Forman seit Beginn der 1590er in einem ansehnlichen Haus in der Nähe der Bankside lebte (wo er nicht der Rechtssprechung der Stadt London unterworfen war). In seinem Garten pflanzte er Kräuter und Blumen, die er für seine Arzneien verwendete. Er behandelte Patienten bei sich zu Hause und besuchte sie auch, und seine Patienten deckten in einzigartiger Weise das gesamte Spektrum der Gesellschaft ab – von Gastwirten, Schauspielern, Schriftstellern und Huren der Bankside über Kaufleute der Stadt bis zu Adligen und der Gesellschaft am Hof. Er liebte das Theater und hinterließ uns die ersten Berichte über Aufführungen von Shakespeare-Stücken. Shakespeares Wirtin in der Bankside gehörte genauso zu seinen Patientinnen wie die Frau von Richard Burbage. Forman liebte die Frauen und sprach freimütig über Sex. Er hatte ein Kodewort (halek) für die Frauen, die ihn ohne Geld bezahlten. Es gab auch eine zwar kurze, aber heftige Affäre mit Emilia Lanier, geborene Bassano, die höchstwahrscheinlich Shakespeares Dark Lady war.

Die größte Liebe seines Lebens war jedoch Avisa Allen,

die Frau eines Kaufmanns, der älter war als sie selbst und die auch ‹destillierte›, das heißt Arzneien aus Kräutern herstellte. Da er sie überlebte und eine Scheidung unmöglich war, konnte von einer Heirat keine Rede sein. Sie wurde seine Geliebte, und ihre Beziehung dauerte bis zu ihrem Tod. Viele Jahre später heiratete er Jane Baker, die Tochter eines Ritters aus Kent. Er kannte sich hervorragend mit Giften und Todesursachen aus und sollte als Zeuge in dem Prozeß gegen Lady Howard aussagen, die des Mordes an Sir Thomas Overbury beschuldigt wurde. Doch kurz vor dem Prozeß starb er plötzlich, vielleicht an einer Blinddarmentzündung.

Wie viele Ärzte seiner Zeit, darunter auch Shakespeares Schwiegersohn John Hall, führte Simon Forman ein genaues Patientenbuch, in das er all ihre Krankheiten und auch die von ihm erstellten Horoskope eintrug. Forman schrieb auch Bücher über Medizin und Astrologie. Wenngleich meine Darstellung Simon Formans von dichterischer Freiheit geprägt ist, steht doch fest, daß dieser Arzt tatsächlich ein vitaler, gescheiter Mann voller Energie war, immer bestrebt, den Dingen auf den Grund zu gehen.

Die Geschichte seiner Bediensteten John und Anna Bradedge entspricht im wesentlichen meiner Darstellung im 2. Kapitel, wenngleich sie etwas später in sein Leben getreten sind als in meinem Roman. Sir Wolford Barnes, seine Tochter Olivia, Sir Marcus Tuckett und Dr. James Field sind ganz und gar erfundene Figuren.

Diener, die mit ihren Herren oder Herrinnen die Rollen tauschen, tauchen schon bei dem römischen Schriftsteller Plautus auf. Dieses Handlungselement war wie das Motiv der Verwechslung von Zwillingen beim Elisabethanischen und Jakobäischen Publikum sehr beliebt.

Shakespeare verwendete beide Motive sehr häufig. In der *Komödie der Irrungen* und in *Was ihr wollt* werden Zwillinge miteinander verwechselt. In *Der Widerspenstigen Zähmung* tauscht Lucentio mit seinem Diener Tranio die Rolle, damit er Kates Schwester Bianca den Hof machen kann.

Die Bettentausch-Intrige, bei der eine Frau den Platz einer anderen im Bett einnimmt, taucht in ernsthafteren Stücken auf. Shakespeare hat sie zweimal verwendet. In *Ende gut, alles gut* weigert sich der unzugängliche Bertram, mit seiner ungeliebten Frau Helena zu schlafen und sagt ihr, er werde sie nur als seine Frau annehmen, wenn sie von ihm schwanger wird. Um das Unmögliche wahr werden zu lassen, tauscht sie die Rolle mit Diana, der Frau, in die Bertram sich verliebt hat. In *Maß für Maß* erklärt der tyrannische Regent Angelo der Heldin Isabella, er werde ihren Bruder nur vor der Hinrichtung bewahren, wenn sie mit ihm ins Bett gehe; daraufhin wird Angelos enttäuschte Verlobte Marianna überredet, Isabellas Platz einzunehmen.

Das auffallendste Beispiel jedoch, das meine Geschichte in mancher Weise angeregt hat, ist *The Changeling* von Thomas Middleton und William Rowley, eine der besten Jakobäischen Tragödien. Darin überredet die amoralische Beatrice Joanna den Haushofmeister der Familie, der sie liebt, ihren Verlobten zu töten, damit sie einen anderen heiraten kann. Aber der Preis, den er verlangt, ist ihre Jungfräulichkeit. Als sie erfährt, daß ihr zukünftiger Ehemann darüber nachsinnt, wie er herausbekommen kann, ob sie unberührt ist oder nicht, überredet sie ihre Dienerin, in der Hochzeitsnacht mit ihr die Rolle zu tauschen. Die Folgen sind tragisch. In *The Changeling* ist die Dienerin zwar wichtig für die Handlung, bleibt aber eine Nebenfigur, ein unschuldiges Opfer. Mein Roman spielt jedoch vor der Zeit, in der diese Bühnenstücke zur Aufführung kamen; ihnen kann Olivia ihren Einfall also nicht verdanken.

Robert S. Elegant

Robert S. Elegant, geboren in New York, selbst lange Jahre als Korrespondent in Hongkong, Singapur, Tokio und Neu-Delhi tätig, gewährt mit seinen Roman-Bestsellern und Fachbüchern einen tiefen Einblick in die Geschichte, die politischen Geschicke und die uralten Kulturen Chinas und Asiens. Er lebt heute in London und Umbrien.

Mandarin *Roman*
(rororo 5760)
In der zweiten Hälfte des vergangenen Jahrhunderts erfährt der jüdische Kaufmann Saul Halevie das Ränkespiel am chinesischen Kaiserhof. Im Reich der Mitte herrscht Aufruhr, doch ändert sich wenig an den Spielregeln der Korruption: Ohne Geld geht nichts in China, mit Geld alles. Ein Roman voller unschätzbarer kulturgeschichtlicher Details und dramatischer Szenen.

Mandschu *Roman*
(rororo 5484)
«... ein historisch-exotisches Kolossalgemälde.»
Hamburger Abendblatt

Bianca *Venezianische Aufzeichnungen. Roman*
rororo 13646
Eine dramatische Liebesgeschichte, eingebettet in politische Intrigen, wie sie in keinem modernen Spionagethriller feiner gesponnen sein könnten.

Sturm über Shanghai *Roman*
(rororo 13152)

rororo Unterhaltung

Zeit des Bären Roman
Deutsch von Maria Mill
448 Seiten. Gebunden
Ein rasanter Thriller im Spannungsfeld von Politik und Medienmacht, von Moral und Größenwahn.

Die Loge zum Grünen Lotos
Roman
Deutsch von Peter Weber-Schäfer
336 Seiten. Gebunden
Das Buch ist ein atmosphärisch dichter, packender Spannungsroman, der den Leser in die politisch konfliktreiche Mao-Ära versetzt – eine Epoche, die das Gesicht Asiens prägte.

Ein Gesamtverzeichnis aller lieferbaren Titel der *Rowohlt Verlage* finden Sie in der *Rowohlt Revue*. Vierteljährlich neu. Kostenlos in Ihrer Buchhandlung.

Christian Jacq

Christian Jacq, geboren 1947 bei Paris, promovierte in Ägyptologie an der Sorbonne. Er veröffentlichte zahlreiche wissenschaftliche Aufsätze und wurde von der *Académie française* ausgezeichnet. Neben Beiträgen zur Fachliteratur schrieb er mehrere erfolgreiche Romane. Mit «Ramses», der großen Romanbiographie über den legendären Pharao Ramses II. und das Goldene Zeitalter Ägyptens, gelang ihm auf Anhieb der Sprung an die Spitze der Bestsellerlisten.

Christian Jacq
Ramses *Der Sohn des Lichts*
Deutsch von
Annette Lallemand
448 Seiten. Gebunden
Wunderlich Verlag
Der erste Band beginnt mit den Prüfungen, durch die sich der Knabe Ramses unter Anleitung seines Vaters Sethos auf sein Amt vorbereiten muß. Sethos hat früh erkannt, daß Ramses zum Pharao geboren ist, doch bevor er die Führung des Reiches übernehmen kann, muß er Kämpfe und Mutproben bestehen und lernen, das Gesetz der Götter zu akzeptieren. Die Liebe zu der schönen und klugen Nefertari, seiner späteren Gemahlin, und die Freundschaft mit Moses, dem Hebräer, helfen ihm im Kampf gegen die bösartigen Machenschaften seines älteren Bruders Chenar, der den Thron für sich selbst beansprucht ...

Unterhaltung

Ramses *Der Tempel der Ewigkeit*
Deutsch von
Ingrid Altrichter
416 Seiten. Gebunden
Wunderlich Verlag
Band zwei der großen Romanbiographie über den großen Pharao: Wird Ramses, kaum dreiundzwanzig Jahre alt, der schweren Aufgabe, Pharao zu sein, ohne die weise Führung seines allzufrüh gestorbenen Vaters gewachsen sein? Wird er sich gegen die Machtgelüste des älteren Bruders, gegen die Intrigen am Hof zu Memphis und die Selbstherrlichkeit der Amun-Priester in Theben behaupten können?

Band 3 bis 5 in Vorbereitung.

Im Rowohlt Taschenbuch Verlag ist außerdem lieferbar:

Der lange Weg nach Ägypten
(rororo 22227)

3649/1